Michael Rodewald

AF206664

GOLEM im Zeitalter der Cyborgs und Androiden

Vorwort

Im vierten Band der GOLEM-Reihe begleitet der Leser / die Leserin die künstliche Intelligenz GOLEM weiter auf ihrem Weg, sich auf der Erde zu etablieren und ihre Existenz dauerhaft abzusichern.

Dabei erweist sich GOLEM als kluger und geschickter Global Player, im Hintergrund die Fäden in seinem Sinne ziehend, ohne dass die Menschen es in dieser Gesamtheit erfassen können.

Der größte Feind des Menschen ist jedoch der Mensch selbst – und so sollten sich die Leser/innen auf einige Turbulenzen gefasst machen, bei denen aber auch das Herz nicht zu kurz kommt. Die Welt befindet sich im Umbruch und es entstehen neue Machtgefüge, die mit den Alten konkurrieren.

Dabei verbinden sich im "Zeitalter der Cyborgs und Androiden", wie in allen Büchern der Reihe, reale Entwicklungen und Informationen mit einer spannenden Geschichte, sodass man sich stets fragt: Was ist bereits Wirklichkeit und was bleibt Science Fiction?

Viel Freude beim Lesen!

www.michael-rodcwald-autor.de

Quelle Titelbild:
www.Pixabay.de Creative Commons CC0

Bibliografische Information der Deutschen Nationalbibliothek:
Die Deutsche Nationalbibliothek verzeichnet diese Publikation
in der Deutschen Nationalbibliografie; detaillierte bibliografische
Daten sind im Internet über dnb.dnb.de abrufbar.

Herstellung und Verlag: BoD – Books on Demand, Norderstedt

ISBN 978-3-7494-5558-4

Inhaltsverzeichnis

Vorwort

Kapitel 1   Lourmarin, Zentrum für Kybernetik

Kapitel 2   Die dritte Staatsgewalt taucht auf

Kapitel 3   Alarmstufe rot

Kapital 4   Dunkle Wolken ziehen auf

Kapitel 5   Unternehmen Cyborg

Kapitel 6   Nachwehen

Kapitel 7   Golems geheime Armee

Kapitel 8   Der Kampf um den Mond

Kapitel 9   Die Welt organisiert sich neu

Kapitel 10   Endspurt für die Internationale Mondlandung

EPILOG

Handelnde Personen

Weitere Bücher des Autors

Kapitel 1   Lourmarin, Zentrum für Kybernetik

2. Juli 2020
Lourmarin, Internationales Institut für Kybernetik

Seit mehr als einem Jahr war nun das Institut in Betrieb, stellte Dubois in seinem Büro fest. Leider gab es seit der Gründung im letzten Jahr kaum vorzeigbare Erfolge. Trotzdem waren das Finanzierungskomitee, die Nationen sowie die Konzerne, die zu 40% am Projekt beteiligt waren, erstaunlich ruhig. Und er selbst? Nun, es lief insgesamt alles recht gemächlich, wenn man die Vergangenheit bedachte. Die Künstliche Intelligenz des Instituts, GOLEM, gab ihm bisher wirklich keinen Anlass, über die Maßen misstrauisch zu sein. Übte sie ihr Vetorecht aus, was ihr im letzten Jahr eingeräumt worden war, gab es einen triftigen Grund.

Seine Gedanken schweiften zu den Mitarbeitern des Instituts. Trotz den vielen neuen Leuten war die alte Stammmannschaft erhalten geblieben. Und alle waren sie zu einem starken Team zusammengewachsen. Dubois lächelte in Gedanken daran. Denis Röttger hatte sich sehr gemacht. Er war mittlerweile als Teamleiter und für die Entwicklung von Cyborgs und Androiden zuständig. Außerdem war Röttger oft in Jülich, um gemeinsam mit Prof. Katja Anderson, seiner stellvertretenden Leitung, die fiktive Welt im Supercomputer JUWELS, in denen die digitalisierten Mind-Uploads "lebten", weiter zu studieren.

Mit von der Partie waren dann außerdem Andrey Pawlow, Sue Schwarz, Helmut Schwarz. Pawlow war mit Brooks und GOLEM damit beschäftigt, ein Regelwerk für eine verbindliche Zusammenarbeit von KI und Menschheit festzulegen. Helmut Schwarz machte erhebliche Fortschritte, was die Entwicklung von lebensechten Hologrammen anging, ebenfalls unterstützt von GOLEM. Seine Frau Sue Schwarz war neben der Arbeit als Konsulin für China und der Betreuung der chinesischen KI JUÉWÀNG damit beschäftigt, zusammen mit Sergey Brooks die Entwicklung des Safety First! Chips abzuschließen. Dieser Chip war so konstruiert, dass der Träger alleine entschied, welche Informationen er preisgeben wollte: gegenüber seinem Arzt, den Behörden, seinen Aufenthaltsort, sein Wahlverhalten, seine Vorlieben usw. Gleichzeitig kontrollierte und verwaltete der Chip alle Informationen, die über die Person in den jeweiligen soziallen Netzwerken vorhanden sind und korrigierte unerwünschte Speicherungen. (Print/E-Book "Im Zeitalter der KI"). Natürlich gab es mittlerweile diverse Versionen mit den jeweilig erwünschten Zusatzfunktionen. Brooks war immer noch in Lourmarin als Lobbyist der Weltkonzerne und gleichzeitiger Angestellter von Teleround, China.

Und mit Daniel Broker, der mittlerweile als Repräsentant der USA nun auch hier mit seiner Familie ständig residierte, verband ihn eine gefestigte, gute

Freundschaft. Sie trafen sich oft zu viert oder machten gemeinsame Ausflüge, denn auch ihre beiden Frauen kamen gut miteinander zurecht. Mit seiner Kollegin Prof. Anderson, die sowohl seine stellvertretende Leitung in Lourmarin war als auch die Leitung des Forschungszentrums in Jülich inne hatte, kam er nach wie vor gut klar.

Und Präsident Marchand? Von diesem hörte er im Moment wenig. Denn ständig flammten in Frankreich und auch in den anderen EU Ländern Unruhen auf. Aber in Frankreich schien es besonders heftig zu sein und Präsident Marchand stand mehrmals vor dem politischen Aus. Ob er 2021 die Wahl noch mal gewinnen würde?

Und wo stand er selbst? Dubois stand vor dem Fenster und sah ins blühende Sommerleben der Provence.

Es fiel ihm schwer, sich damit abzufinden, dass eine künstliche Intelligenz Mitspracherecht hatte. Ein Vetorecht war zwar vordergründig nur eine kleine Sache, aber im Grunde hieß das, dass eine Maschine alle Entscheidungen der laufenden und künftigen Entwicklungen mit gestaltete. Ganz abgesehen davon gab es da so einige, neue Projekte, die ihm Unbehagen bereiteten.

Cyborgs... teils Mensch, teils Maschine oder gar Androiden! Komplette Maschinen, die in wenigen Jahren die Menschen in vielen Jobs verdrängen würden. Wie sah eine Zukunft mit diesen Gestalten wohl aus? Fragen über Fragen und für die es zurzeit keine einzige Antwort gab. Die Welt schien sich schneller zu ändern, als man ihr folgen konnte. Dubois seufzte und schüttelte den Kopf, daran denkend, dass es vielleicht Zeit für ihn wurde, in Rente zu gehen. Andererseits war es eine spannende Herausforderung, den nächsten Entwicklungsschritt dieser Kunstwesen noch mitzugestalten. Mit 69 Jahren würde er wohl endgültig aufhören, denn dann ging auch Adelina, seine bessere Hälfte, in Rente.

Bei diesen Überlegungen angekommen, klingelte sein Handy. Am Apparat war Prof. Anderson, die ihn fragte, wo er denn bliebe. Unwillkürlich schaute er auf die Uhr und stellte ärgerlich fest, dass er schon fünf Minuten zu spät dran war, zu einer Sitzung, die er selbst anberaumt hatte. Er entschuldigte sich und machte sich eilig auf den Weg in den Konferenzraum. Dort angekommen sahen ihn alle erwartungsvoll an.

Zentrum für Kybernetik, Konferenzraum

Dubois eröffnete die Sitzung mit den Worten: "Messieurs-dames, nach einer kleinen Präsentation von Mr. Schwarz stellt uns Mr. Brooks heute vor, welche Herausforderungen vor uns liegen. Im Anschluss möchte ich Ihnen unseren Neuzugang vorstellen. Bon, es wurde ein besonderer Gast eingeladen, mit dem ich nun den Anfang machen möchte."

Er wandte sich Helmut Schwarz zu, der auf sein Nicken hin sofort reagierte und schon erschien auf dem freien Stuhl neben ihm ein Hologramm in Gestalt von Albert Einstein.

"Wow!", kam ein Ausruf und ein anderer klatschte Beifall. Alle Anwesenden starrten fasziniert auf die Erscheinung und eine weitere Stimme fragte: "Ist das nicht das deutsche Genie Einstein?" Es dauerte einen Moment, bis sich das Stimmengewirr wieder etwas legte.

Nun ertönte eine angenehme, männliche Stimme: "Guten Tag, ich bin GOLEM. Sie können mit mir reden, als wäre ich tatsächlich real bei Ihnen. Ich freue mich, dass Sie mich zu dieser Sitzung eingeladen haben."

Brooks konnte sich nicht zurückhalten und sagte: "Helmut, das ist dir mehr als gelungen! Nicht mehr zu unterscheiden von ..." Das Hologramm wandte sich ihm zu, sah ihn an und unterbrach: "Ich möchte bescheiden darauf hinwiesen, dass ich an der Entwicklung ebenso beteiligt war."

Daraufhin mussten alle lachen und klatschen Beifall.

Pawlow meinte trocken: "Das ist ein Hologramm der Eitelkeiten, das du, ähm ... ihr da erschaffen habt!"

Worauf das Hologramm lächelnd antwortete: "Genau so ist es." Nun ergriff Dubois das Wort und mahnte an: "Kommen wir zum Zweck der Sitzung zurück. Mr. Brooks, bitte."

Der Angesprochene ergriff das Wort und sagte: "Meine Damen und Herren. Ein Jahr ist vergangen seit der Eröffnung des neuen Zentrums für Kybernetik in Lourmarin. Auch, wenn es vielen von uns nicht so vorkommt, haben wir in dieser Zeit doch einige, kleine Fortschritte erzielt, um früher oder später dann den großen Coup zu landen. Wie Sie wissen, arbeite ich in der Entwicklung von Cyborgs und Androiden, unterstützt von unserer KI GOLEM. Wenn wir eins gelernt haben im Umgang mit künstlicher Intelligenz ...", er wandte sich kurz dem Hologramm zu und sagte zu GOLEM: "Ich bitte darum, das Folgende jetzt nicht persönlich zu nehmen."

Einige Anwesende lachten, denn es sah irgendwie drollig aus, sich mit einem Hologramm zu unterhalten. Und schon redete er weiter: "...dann ist es das: alle nur möglichen Eventualitäten und Schwierigkeiten zu berücksichtigen, die auf uns zukommen könnten. Denn nur so können wir sicherstellen, dass wir eine Chance auf einen guten Ausgang haben. Bisher bot sich immer die Möglichkeit, aus unseren Fehlern zu lernen. Wir haben das Feuer erfunden und Brände damit verursacht. Also haben wir Löschwerkzeuge erfunden. Wir haben die Autos entwickelt und Unfälle damit verursacht. Also wurden Sicherheitsgurte, Airbags und darauf folgend alle möglichen Sicherheitssysteme entwickelt. Mit den Atomwaffen war es schon eingeschränkter, aus Fehlern zu lernen. Und wie sieht es mit der künstlichen Intelligenz aus? Hier konnten die, durch unsere Fehler verursachten, Beinahe-Katastrophen nur mit einem großem Aufwand oder Glück verhindert werden! (E-Book/Print Teil 1+2 der Trilogie "GOLEM im Zeitalter der KI") Deshalb müssen wir sicherstellen, dass eine künstliche Intelligenz unsere

Ziele ganz klar versteht und akzeptiert. Nur dann wird sie diese übernehmen und auch beibehalten. Es gilt also, eine KI zu erschaffen, die gut mit uns umgeht, weil ihre und unsere Ziele zusammenpassen. So erreichen wir eine Symbiose aus gegenseitigem Lernen. Und das wiederum ist die unabdingbare Grundlage für unseren Fortschritt."

Brooks hielt einen Moment inne, um seinen Zuhörern eine kleine Atempause zu geben. Er trank einen Schluck Wasser und fuhr er fort: "In absehbarer Zeit werden wir vor der Herausforderung stehen, neuen Lebensraum für die stetig anwachsende Menschheit zu schaffen, sei es durch die Besiedlung des Mondes oder des Mars oder durch einen Vorstoß ins Weltall, auf der Suche nach bewohnbaren Planeten. Und die besten Astronauten, die für uns die Habitate auf den Planeten bauen oder die wir für die langen Reisen auf die Suche schicken, ohne dass sie mit all den gesundheitlichen Problemen zu kämpfen haben - das sind Androiden.

Unsere zaghaften Versuche mit den digitalisierten Mind-Uploads in JUWELS, Jülich, vor einem Jahr waren erst der Anfang. Hören wir auf, begrenzt zu denken. Bis jetzt haben all unsere Genies, unsere besten Wissenschaftler und Spezialisten das Wissen eines ganzen Lebens immer mit ins Grab genommen. Stellen Sie sich jetzt vor, dass diese Menschen das Angebot erhalten hätten, ihr Wissen und ihre reiche Erfahrung der Menschheit auch nach ihrem Tod zur Verfügung zu stellen. Und damit meine ich nicht Bücher, Videoaufzeichnungen oder ähnliches. Nein. Diese Wissenschaftler werden weiter tätig sein können als humanoide Roboter, als Androiden, auch wenn es der Körper nicht mehr vermag."

Brooks sah nach diesen Worten gespannt in das Publikum. Ein erstauntes Raunen war zu vernehmen. Viele verblüffte Gesichter, denen die Fragezeichen anzusehen waren: Wie sollte so etwas möglich sein?! Er lächelte und sagte: "Nein, ladies and gentlemen, das ist keine Science Fiction mehr. Allerdings ist diese Technologie nicht schon morgen auf dem Markt. Denn dafür muss es uns gelingen, menschlichen Gehirnen eine nahezu natürliche Umgebung in einem künstlichen Umfeld zu bieten. Denn nur so kann eine Stabilität und eine Mobilität erreicht werden. Wie werden wir vorgehen? Grundlegend wird die Erzeugung eines künstlichen Plasmas nötig sein, das besondere Anforderungen erfüllen muss, in dem die Gehirne schwimmend versorgt werden. Nicht, dass wir uns falsch verstehen: Eine absolut freiwillige Mitwirkung muss dafür Voraussetzung sein.

An dem Punkt angekommen ist auch eine permanente Verbindung mit der KI GOLEM vorstellbar. Mit anderen Worten: Wir sehen Zeiten entgegen, in denen der biologische Körper als eine Übergangsphase angesehen werden kann. Wir werden irgendwann die freie Wahl haben, ob wir zu sterben wünschen oder als Android weiter leben wollen." Wieder lächelte Brooks angesichts der gespannten Gesichter im Raum, die vollkommen fasziniert seinen Worten folgten.

"Wir kennen alle die Horrorfilme von Robotern, die kalt mordend und ohne jede Empathie ihre Ziele verfolgen. So ist meine Vision heute sicherlich für viele von Ihnen noch keine einladende Vorstellung. Das wird sich vielleicht in den nächsten Jahren ändern, wenn die ersten humanoiden Androiden "geboren" werden. Und vielleicht in einigen Jahrzenten schon werden alle Lebensformen gleichberechtigt nebeneinander existieren, die künstlichen und die menschlichen, Hand in Hand zum Wohle einer fortschrittlichen und starken Gesellschaft. Ich bedanke mich für ihre Aufmerksamkeit und gebe das Wort zurück an Monsieur Dubois."

Ein spontaner Beifall brandete auf und es war Begeisterung spürbar. Selbst GOLEM als Hologramm Einstein applaudierte. Brooks ging zu seinem Platz und las mit einem Anflug von Stolz die Zustimmung in den Augen derer, die ihm folgten. Er setzte sich neben Röttger, der ihm anerkennend zunickte und von hinten klopfte ihm jemand auf die Schulter.

Dubois stellte jetzt zwei Neuzugänge vor, die im Team von Röttger arbeiten würden. Beides waren Frauen: Tatjana Koslow, eine 35-jährige, gut aussehende Russin und Verwandte von Staatspräsident Koslow. Eine beeindruckende Frau mit einer leichten, unnahbaren Ausstrahlung. Sie hatte in Moskau an der Eliteuniversität studiert und war seit einem Jahr die offizielle Nachfolgerin von Pawlow.

Und obwohl sie vermutlich von Koslow protegiert wurde, war sie anerkannt brillant im Fachgebiet künstliche Intelligenz. Die zweite Spezialistin war Ananda Devi, eine Inderin aus Dehli, 39 Jahre alt und bildschön. Sie war Expertin für Gehirnforschung und neuronale Netzwerke, weit über die Grenzen Indiens hinaus bekannt.

Anschließend übergab Dubois an Frau Prof. Anderson mit den Worten: "Wenn Sie dann bitte die weitere Planung kurz vorstellen würden?"

Prof. Katja Anderson trat ans Rednerpult und begann mit ruhiger Stimme die Ziele für die nächsten Wochen vorzustellen: "Punkt 1. Die Weiterentwicklung des Safefty First! Chips. Mr. Broker, Mr. Brooks, zusammen mit Mrs. Sue Schwarz und Mr. Helmut Schwarz, werden dafür verantwortlich sein.

Punkt 2. Wie können die Mind-Uploads in JUWELS für die Entwicklung des Projekt Cyborg genutzt werden? Diese Aufgabe werde ich zusammen mit Miss Devi und Mr. Röttger selbst übernehmen.

Punkt 3. Die Zusammenarbeit mit GOLEM soll auf eine, von beiden Seiten anerkannte, Ebene gebracht werden.

Konkret müssen Normen, Grenzen und Moral festgelegt werden für eine Kooperation von Menschheit und künstlicher Intelligenz. Daran werden Miss Koslow, Mr. Pawlow zusammen mit Mr. Schwarz arbeiten.

Bei den anderen Teams gibt es keine Änderungen. Das ist es im Wesentlichen. Ich wünsche uns allen ein gutes Gelingen."

"Nachdem meine Kollegin alles so hervorragend geregelt hat, bleibt mir nichts anderes übrig, als uns allen ein "Bonne chance!" zu wünschen", beendete Dubois die Sitzung.

Nach kurzem Beifall strömten alle aus dem Konferenzraumund gingen in ihre Büros zurück.
Prof. Anderson, Broker und Dubois saßen anschließend noch im Büro von Dubois zusammen.
"Und Katja, bist du zufrieden mit der Sitzung? Ich hoffe doch, dass es uns gelungen ist, Motivation zu verbreiten."
"Die Rede von Brooks war wirklich beeindruckend, oder wie siehst du das, Daniel?"
Broker meinte schmunzelnd: "Na, nachdem sogar GOLEM geklatscht hat, kann man ja davon ausgehen, dass dieses Ziel erreicht wurde!"
"Na ja", meinte Dubois, "das klingt ja nicht gerade begeistert, Daniel."
"Du kennst mich doch, Lucas, vorzeigbare Ergebnisse wären mir lieber gewesen. Wer weiß, wie lange unsere Geldgeber noch ruhig halten? Und Fortschritte sind leider nicht über Nacht zu erwarten. Ansonsten stehe ich GOLEM nach wie vor mit gemischten Gefühlen gegenüber. Nach all den Erfahrungen mit der KI in der Vergangenheit ist mir das alles zu ruhig. Aber vielleicht irre ich mich ja."
"Hoffen wir es! Wie dem auch sei, ich fliege dann morgen mit Röttger nach Jülich und wir nehmen uns JUWELS vor. Ist dir das recht, Lucas?", sagte Prof. Anderson.

"Bon, das ist so geplant. Katja, dann sehe ich sehe dich nächste Woche Dienstag wieder hier. Denk bitte daran, Röttger ist auch noch Teamleiter; mehr als drei Tage in der Woche ist er hier nicht entbehrlich."

"Das hast du mir schon 10. Mal gesagt, ich weiß Bescheid", erwiderte sie ihm freundlich, aber bestimmt. Anderson erhob sich, packte ihre Sachen und meinte: "Dann gehe ich noch kurz bei Röttger vorbei und informiere ihn über seine morgige Reise nach Jülich. Bis nächste Woche." Und schon entschwand sie aus dem Büro.

Dubois und Broker sahen ihr gedankenvoll nach und nach einem Augenblick des Schweigens meinte Broker: "Hast du Glück, so eine kompetente Nachfolgerin für Durrand gefunden zu haben. Und mir scheint, ihr kommt auch gut miteinander zurecht."

"Mais oui, Daniel, das hast du richtig erkannt. Allerdings geht mir manchmal diese deutsche Besserwisserei etwas auf die Nerven. Der Frau täte eine Beziehung bestimmt mal ganz gut, dann wäre sie vielleicht entspannter. Unsere Sue Wang hat sich ja durch ihre Heirat auch sehr positiv entwickelt! Apropos: Kommen du und deine Frau zu uns zum Abendessen am Samstag? Adelina wäre entzückt."

"Prima, Christine freut sich bestimmt schon darauf, wieder mit Adelina quasseln zu können. Und du kannst uns mal das Boule beibringen."

"Alors, das sind ja erfreuliche Aussichten. Was hältst du davon: Wir gehen in unserem Bistro in Lourmarin ein Gläschen Pastis trinken?"

"Du bist der Boss", grinste Broker, "da sag ich nicht nein."

Und so zogen sie los und genossen den Feierabend gemeinsam, bevor sie sich auf den Weg nach Hause machten.

Denis Röttger saß gerade in Freizeithose und T-Shirt auf dem Kissen und trank einen heißen Puh-Erh Tee. Er sann darüber nach, wie er sich nach mehr als einem Jahr in Lourmarin fühlte. Mittlerweile hatte er sich in seinem festen Apartment im Gästehaus eine chinesische Ecke eingerichtet. Hinter einem Paravent, vor dem ein großer Bambus in einem Topf stand, befand sich ein Tischchen mit den Utensilien für eine Gong Fu Cha Teezeromie. Dort gab es die Möglichkeit, auf einem großen, weichen Teppich um einen niedrigen Tisch herum auf Sitzkissen Platz zu nehmen. Das war vor allem der Fall, wenn Sue und Helmut ihn besuchten.

Ja, stellte er fest, er war endlich bei sich angekommen. Davor war er ein Jahr auf der Flucht gewesen, immer in der Furcht, entdeckt und umgebracht zu werden oder im Gefängnis zu landen. Eine Auswegslosigkeit und später das Gefühl, wie ein Tier in der Falle zu stecken, hatten sein Leben beherrscht. Andere hatten bestimmt, was in seinem Leben zu geschehen hatte: die KI GOLEM, mit der er unkontrolliert in seinem Kopf verbunden gewesen war, die ganzen Versuche, für die er sich mehr oder weniger freiwillig zur Verfügung gestellt hatte, die Chips … er atmete tief durch. Allmählich war eine Normalität in seinem Leben eingekehrt, die er bitter nötig gehabt hatte. Manche Nächte wachte er zwar noch mit Alpträumen auf, aber er hatte es überlebt und im Großen und Ganzen hinter sich!

Hin und wieder zündete er eine Kerze an und hielt Zwiesprache mit Ai Wang, seiner verstorbenen Liebe. Dieses Ritual hatte er vor 2 Jahren begonnen, als er sich komplett isoliert, verzweifelt und allein gefühlt hatte. Sie hatte sich im Augenblick des Todes endlich zu ihm bekannt ... es blieb zwar eine wunderbare, aber auch gleichzeitig eine schmerzliche Erinnerung. Gab es für ihn überhaupt noch ein persönliches Glück? Und dann war da noch die Unsicherheit, ob es ihm überhaupt noch möglich war, eine erfüllende Beziehung mit all seinen Implantaten und Operationen im Gehirn zu erleben. Fragen, auf die er keine Antworten hatte.

Seine Gedanken schweiften zu Ais Tochter Sue, die mit seinem Freund Helmut Schwarz ihr Glück gefunden hatte. Er lächelte beim Gedanken an die beiden warm. Mittlerweile war er ein gern gesehener, jederzeit sehr willkommener Gast in ihrem neuen Haus auf dem Grundstück des Konsulats. Das hatte sicherlich damit zu tun, dass Sue jetzt wusste, dass er mit ihrer Mutter liiert gewesen war und ihn wohl als Art jungen Stiefvater ansah. Zudem hatte er einige Zeit in China gelebt und war auch der Sprache mächtig. Nachdem Helmut und Sue ihr neues Haus bezogen hatten, genossen sie ihre geräumigen, gut ausgestatteten Arbeitszimmer. Beide verschwanden lange Zeit in ihrer jeweiligen Kreativwerkstatt, wie Helmut sein Zimmer nannte, oder hockten zusammen vor einem Terminal, was ihre Lieblingsbeschäftigung zu sein schien. Zusammen begannen sie, ein unschlagbares Team zu werden. Helmut arbeitete an der Vervollkommnung seiner Hologramme und unterstützte Sue bei ihrem KI Projekt. Sue wiederum hörte sich geduldig seine vielen fantastischen und verrückten Ideen an, die sie dann ganz pragmatisch auf die Machbarkeit hin analysierte. Er erinnerte sich grinsend an die Situation, wie Helmut da saß und seine Frau anstarrte, während er ihr schweigend zuhörte. Man sah ihm an, dass er sich am liebsten die Haare gerauft hätte! Mit einem tief betrübten Gesichtsausdruck hatte er sich ihm zugewandt und geäußert, dass sie wieder einmal eine seiner grandiosesten Ideen zerpflückt habe. Das sei jetzt wohl ihr neuestes Hobby, sagte er jetzt wieder anklagend zu ihr, ihrem Mann das Leben schwer zu machen. Woraufhin Sue lachte und Helmut kitzelte, bis er sie zu sich zog und Genugtuung forderte.

Er hatte lächelnd das Zimmer verlassen und sich in die Küche zurückgezogen, wo er sich einen Tee machte und wartete, bis die beiden schließlich wieder zusammen auftauchten. Ihm gefiel die Offenheit und die die natürliche Lebendigkeit, die er mit ihnen als Paar erlebte. Aber vor allem tat ihm das Gefühl gut, Teil einer Familie zu sein, die er selbst nicht hatte.

Seine Kommunikationsimplantate, die ihn mit GO-LEM verbanden und den nachträglich eingesetzten

Chip hatte er mittlerweile mehr oder weniger akzeptiert. Aber erst, nachdem er den Kontakt vollkommen selbst regulieren konnte, ging es ihm besser. Die Zeit, da er sich für allerlei Experimente daran zur Verfügung gestellt hatte, war vorbei. Seinen Job als Teamleiter gab ihm eine tiefe Befriedigung und machte ihm Spaß. Vielleicht sogar zufriedener als in seinem vergangenen Leben als Thomas Bräuner (E-Book/Print "Die Bitcoinverschwörung").

Und GOLEM? Der Kontakt mit der KI war in den Hintergrund getreten und das war ihm eine lange Zeit sehr recht gewesen. Er kommunizierte zwar im Rahmen seiner Arbeit mit der KI, aber nur noch kontrolliert.

Bei diesen Gedanken angekommen, klingelte es an seiner Zimmertür. Die Videokamera an der Tür zeigte zu seiner Überraschung seine Chefin Prof. Anderson.

Er öffnete die Tür und sagte: "Das ist aber eine Überraschung. Was kann ich für dich tun? Darf ich dir eine Tasse Tee anbieten?"

Anderson antwortete: "Gerne, aber ich möchte nicht stören", mit Blick auf seine Freizeitkleidung. Aber Röttger hatte sich schon umgewandt in der Erwartung, dass sie ihm folgte. Mitten im Raum blieb sie stehen und sagte: "Oh, das ist aber ungewöhnlich und schön eingerichtet!"

"Ja, das verdanke ich meiner Zeit in China", erwiderte er und zeigte ihr seine chinesische Ecke.

"Aber setzen wir uns doch." Er wies in Richtung Fenster, an dem ein normal hoher Esstisch stand.

Nachdem sie sich gesetzt und Röttger eine Tasse Tee vor sie hingestellt hatte, erzählte er, dass die Menschen in China, selbst in vornehmen Restaurants, auf Kissen um einen niedrigen Tisch herum Platz nahmen. Das hatte ihm gut gefallen, sowie die ganze asiatische Lebensart.

Jetzt fragte er: "Und, was verschafft mir die Ehre meiner Chefin am Abend?"

"Ich habe gar nicht gemerkt, wie schnell die Zeit verging. Also, Denis, wir fliegen bereits morgen früh nach Jülich. Es ist angedacht, dass du drei Tage in der Woche dort bist und im Anschluss wieder hierher zurückkommst."

"Kein Problem", meinte Röttger, "ich habe immer alles auf meinem Laptop dabei."

"Gut", sie erhob sich, "dann werde ich mal nicht weiter stören."

"Katja, du störst wirklich nicht. Außerdem habe ich noch nichts gegessen. Wie wär's – leistest du mir Gesellschaft?" Er lächelte sie einladend an. Eigentlich eine gute Idee, dachte sie und setzte sich wieder. Sie hatte heute sowieso nichts mehr vor und hätte auch nur allein auf dem Zimmer gesessen.

"Prima, ich bin einverstanden. Was gibt es denn Gutes? Außer einer Banane habe ich tatsächlich noch nichts gegessen."

"Na, dann hole ich mal alles aus dem Kühlschrank", gesagt getan. Nach einer Stunde gemeinsamen Essens verabschiedete sie sich von ihm und ging.

Kapitel 2 Die dritte Staatsgewalt taucht auf

3. Juli 2020 Jülich

Röttger sah auf seine Uhr. Zusammen mit Katja Anderson würde er jetzt im Rahmen seiner Arbeit oft zwischen Jülich und Lourmarin hin und her pendeln. Nach ein wenig Smalltalk saß jeder gedankenversunken auf seinem Platz. Katja war immer elegant angezogen und wie aus dem Ei gepellt, eher der ruhige Typ, der freundlich und bestimmt seine Ansichten vertrat. Er respektierte ihre berufliche und menschliche Kompetenz und hatte zu ihr einen angenehmen Kontakt entwickelt. Manchmal, wenn er sie unvermutet ansah, registrierte er, dass sie ihn gerade gedankenversunken anschaute. Röttger war schon ein interessanter und auch attraktiver Mann, dachte Anderson bei sich, wenn sie in einer ruhigen Minute über die verschiedenen Mitarbeiter nachdachte, mit denen sie zu tun hatte. Sie schätzte die gemeinsamen Diskussionen mit ihm, seine Ideen bei Problemlösungen und seine besonnene Art. Er war ein guter Teamleiter ohne Arroganz, was selten war. Viele Männer kehrten gerne den Chef heraus, wenn sie mal an eine Machtposition gelangt waren. Sie arbeitete sehr gerne mit ihm zusammen. Allerdings war er verschlossen wie eine Auster und ließ kaum jemand an sich heran. Nun, sie war auch nicht gerade der Typ Mensch, der spontan die Welt umarmte. Ihr Ex-Mann hatte ihr mal vorgeworfen, dass sie immer etwas von der kühlen Blonden aus dem Norden hatte. Er hatte nie ganz verstanden, dass ihre Position ein entsprechendes Verhalten erforderte genauso wie er auch nicht damit klar gekommen war, dass selbstverständlich im Rahmen ihrer Arbeit Überstunden erwartet wurden. Aber das war alles schon lange her. Eine neue Partnerschaft gestaltete sich jedoch schwierig und nach einigen Versuchen hatte sie es aufgegeben. Wenn sie sich morgens vor dem Weggehen im Spiegel ansah, erblickte sie eine Frau in den besten Jahren, die gerade den 40. Geburtstag hinter sich hatte. Blonde, lange Haare, die sie sorgfältig zurückgekämmt als Dutt trug, normale Gesichtszüge und blaue Augen, die in der Regel immer etwas reserviert in die Welt schauten. Sie hatte sich ihre Träume verwirklicht, aber einer schien ihr nicht vergönnt zu sein. Starke Frauen waren wohl nicht das, was Männer sich wünschten.

Als sie in Jülich eintrafen, war es bereits später Nachmittag. Am Gästehaus der Forschungseinrichtung Jülich angekommen, stieg Röttger aus und sie verabredeten sich für den darauffolgenden Tag um 10.00 Uhr im Institut. Sie wollten den Samstag nutzen, da sie dann ungestört waren. Anschließend fuhr das Taxi weiter zu Andersons Wohnung.
Da heute nichts mehr zu tun war, machte Anderson es sich auf ihrer Couch bequem und überlegte, was sie sich morgen zusammen mit Röttger ansehen wollte. Mittlerweile war ihnen bewusst, dass sie trotz

der Kommunikationstransmitter zur fiktiven Welt in JUWELS letztendlich nur das erfuhren, was die digitalen Uploads bereit waren, zu erzählen. Ansonsten gab es Anhaltspunkte über optisch sichtbare Messungen, die, je nach Emotion, verschiedene Einfärbungen in den entsprechenden Gehirnsektionen auf den Überwachungsmonitoren anzeigten.

Also mussten sie sich etwas einfallen lassen, wie sie sicher sein konnten, dass die Mind-Uploads auf Anfrage auch wirklich alles erzählten und nicht selektiv Informationen weitergaben oder wegließen.

Der nächste Schritt im Projekt Cyborg bestand darin, im Gehirn Schnittstellen für künftige Neurotransmitter festzulegen. Diese sollten, dank neuerer Entwicklungen, ohne die Gefahr von Hirnschädigungen in Versuchspersonen integriert werden. Diese Nano-Neurotransmitter implantierten sich über die Blutbahn selbst - also ohne operativen Eingriff, wie in der Vergangenheit üblich. Nachdem sie noch eine diesbezügliche Fachzeitung durchgeblättert hatte, entschied sie, dass es für heute genug war.

Am Samstagmorgen fuhr sie mit ihrem Wagen zum Institut und stellte fest, dass Röttger bereits anwesend war und an seinem Laptop arbeitete.

Als er sie wahrnahm, rief er ihr Gruß zu und meinte: "Bedien' dich, der Kaffee ist nebenan." Sie ging in das kleine Nebenzimmer des Konferenzraums und stellte angenehm erfreut fest, dass dort ein Teller mit zwei Croissants auf sie wartete. Sie kehrte mit dem Kaffee in der einen und einem Croissant in der anderen Hand zurück: "Danke, Denis, wirklich aufmerksam von dir. Seit wann bist du hier?"

"Seit 8.00 Uhr. Ich habe übrigens schon eine Verbindung mit den drei Mind-Uploads hergestellt. Mmh …", Röttger lehnte sich zurück und nahm einen Schluck Kaffee.

"Die scheinen mir heute sehr zurückhaltend zu sein, Katja. Genauer gesagt: Ich bekomme nur minimalistische Antworten. Also entweder haben die heute keine Lust, mit mir zu reden oder die halten etwas zurück. Das können wir uns jetzt aussuchen. GOLEM habe ich bereits dazu befragt und seine Antwort war bemerkenswert: Die digitalisierten Bewusstseine können frei entscheiden, über was und mit wem sie reden wollen! Chef in der virtuellen Welt ist allerdings nach wie vor GOLEM. Eine Antwort habe ich denen jedoch noch aus der Nase ziehen können. Katja, die haben einen Kontakt mit dem russisch militärischen Abschirmdienst, mit dem chinesischen Militär, dem französischen, englischem und amerikanischen Militär gehabt!"

Nach diesen Worten schwieg er und sah Anderson bedeutungsvoll an.

Diese meinte überrascht: "Das ist ja ein Ding! Wieso erfahren wir erst jetzt davon?! GOLEM hat uns darüber nicht informiert. Hast du nachgefragt, über was sie sich mit dem Militär unterhalten haben?"

"Noch nicht, ich habe damit auf dich gewartet", sagte Röttger.

"Gut", meinte Prof. Anderson entschlossen, "dann gehen wir das mal an." Sie hatte in der Zwischenzeit ihren Laptop ebenfalls hochgefahren und die Verbindung zu den Mind-Uploads hergestellt. Anderson tippte die Frage ein und beide warteten gespannt auf die Antwort, die kurze Zeit später eintraf: "Es wurden Anfragen über militärische Einsatzmöglichkeiten für Cyborgs gestellt. Konkret ging es um Informationen über eine Einflussnahme von Implantaten auf Menschen. Weitere Auskünfte dürfen an nicht autorisierte Personen aufgrund internationaler Sicherheitsbedenken nicht gegeben werden."

Anderson und Röttger sahen sich verblüfft an, bis sie schließlich entschied: "Ich werde umgehend Dubois darüber informieren und dann warten wir ab, welche Anweisungen wir dazu erhalten. Das Ganze ist ja mehr als suspekt!"

3. Juli 2020 Lourmarin

In Lourmarin saß Dubois gerade mit seiner Frau Adelina, Broker und Ehefrau Christine im Garten beim gemeinsamen Brunch, als sein Handy piepste. "Noch nicht einmal am Samstag hat man seine Ruhe!", rief er aus. "Désolée, ich muss nachsehen. Nicht dass unserer Präsident mal wieder …", murmelte er halblaut vor sich hin. Er holte, unter dem missbilligenden Blick von Adelina, sein Handy heraus und stellte erstaunt fest: "Was soll das denn schon wieder bedeuten?"

Die anderen starrten ihn an. Statt einer Erklärung reichte er Broker das Handy mit der Nachricht. Dieser schüttelte nur den Kopf und meinte: "Das sieht nicht gut aus, Lucas! Meine Damen, ihr müsst uns leider entschuldigen, die Pflicht ruft."

"Also so was, Daniel! Ich darf doch sehr darum bitten, dass wir in Ruhe den Brunch beenden. Soviel Zeit werdet ihr beide wohl noch haben. Und den Anstand, uns unwissenden Ehefrauen wenigstens in Kurzform zu erklären, was so dringend sein soll, den vermisse ich im Übrigen auch", sagte Christine erbost, mit einem zustimmenden Blick von Adelina.

"Mmh", meinte Dubois, "deine Frau hat nicht ganz unrecht, die Zeit sollten wir uns noch nehmen."

Broker setzte sich wieder und Dubois erzählte den Frauen den Inhalt der Nachricht. Adelina kommentierte: "Da gebe ich Broker recht, das ist wichtig. Aber heute ist Samstag und die Welt geht nicht davon unter, wenn ihr erst in 1-2 Stunden die Nachricht weiterleitet, oder?"

"Da sieht man wieder, wer in Wirklichkeit bestimmt! Nicht die Herren, sondern die Damen an ihrer Seite", sagte Dubois galant und lächelte die beiden entwaffnend an.

So machten sie sich erst gegen Mittag auf den Weg ins Institut. Obwohl es Samstag war, herrschte ein reger Betrieb in den einzelnen Forschungsabteilungen. Im Büro angekommen, diskutierten Dubois und Broker noch eine ganze Weile, bis Dubois schließlich meinte: "Alors, ehe wir alle Pferde scheu machen, rufe ich jetzt Boise an. Der soll sich mal umhören, ob er über seine Geheimdienstkanäle etwas erfahren kann."

Gesagt, getan. Nach einer Weile erklang die Stimme von Boise am Handy: "Wo brennt's denn schon wieder, Lucas?"

Dubois antwortete: "Ob es brennt, das musst du mir sagen. Ich habe heute Morgen von Prof. Anderson aus Jülich eine merkwürdige Nachricht erhalten, mit dem Inhalt, dass die virtuellen Gehirndateien im deutschen JUWELS mit verschiedenen Militärs kommunizieren. Abgesehen vom deutschen Militär reden die mit vielen, genauer gesagt, mit allen Größeren weltweit. Die Frage, um was es im Besonderen ging, wurde aus Gründen der internationalen Sicherheit verweigert mit dem Hinweis, dass Prof. Anderson nicht autorisiert sei. Und dass, obwohl Katja, genauso wie meine Person, die höchste Sicherheits- und Berechtigungsstufe im Institut hat!"

Dubois schwieg. Nach einer Weile meinte Boise nachdenklich: "Das ist allerdings sehr seltsam, ich gebe dir recht. Bisher habe ich nichts von solchen Vorgängen läuten gehört. Also, ich bin der Meinung, dass wir Präsident Marchand informieren und gleichzeitig setze ich meine Leute darauf an. Ich melde mich, wenn ich mehr weiß, Lucas. À bientôt."

Dubois wandte sich Broker zu: "Dann sehen wir mal, was Boise uns bringt. Gleichzeitig werden wir bei GOLEM eine Anfrage stellen. Und noch eine Idee: Wir könnten Brooks beauftragen, im Rahmen seiner Tätigkeit als Lobbyist für die Weltwirtschaftskonzerne, über seine Kontakte etwas herauszufinden."

Broker meinte: "Kein schlechter Gedanke, ich werde mal sehen, was ich über die CIA und die NSA erreichen kann. Im schlimmsten Fall wecken wir schlafende Hunde. Aber dann wissen wir wenigstens, woran wir sind. Lucas, ich werde das dumme Gefühl nicht los, dass hier jemand versucht, unsere Forschungen für eigene Cyborg Experimente zu missbrauchen. Und das Ganze auch noch auf militärischer Basis! Präsident Truman hatte mich bereits im letzten Jahr damit beauftragt, die Forschungen vorrangig mit dem Focus Militär voranzutreiben. Er befürchtet, dass die Chinesen auf dem Gebiet sehr viel weiter sind, als wir ahnen. Seitdem gab es einige Gespräche, in denen ich ihm klargemacht habe, dass wir hier im Zentrum für Kybernetik gerade dabei sind, die Grundlagen dafür zu schaffen. Erst dann, so meine Rede, würde es Sinn machen, einen Schritt weiter zu gehen, wie der militärische Bereich damit ausgerüstet werden kann. Vor allem in Hinblick auf die Kosten. Aber das weißt du ja schon. Deshalb glaube ich nicht, dass er dahintersteckt."

"Gut", stellte Dubois fest, "gehen wir der Sache auf den Grund. Ich weise Katja an, das Thema vorerst nicht weiter zu verfolgen, bis wir näheres wissen. Sie und ihr Team sollen sich vorrangig um die Schnittstellen für die künftigen Neurotransmitter kümmern. GOLEM werden wir anweisen, die Kommunikation der Mind-Uploads zu überwachen. Falls da etwas läuft, ist er angehalten, diese Nachrichten an uns weiterzuleiten. Sehen wir mal, ob die KI in dieser Angelegenheit kooperativ ist oder selbst aktiv mit drin hängt. Brooks soll sich bei seinen Konzern-Kontakten umhören, ohne dass Sue Schwarz etwas davon mitbekommt. Nicht zuletzt werde ich Präsident Marchand noch eine Nachricht schreiben. Ich meine, das solltest du auch tun, was Präsident Truman angeht." Dubois schaute seinen Freund abwartend an.

"So machen wir es", erklärte Broker kurz und bündig.

Sie machten sich an die Arbeit und verfassten gemeinsam die Nachrichten an die Präsidenten sowie die Anweisung an Prof. Anderson. Anschließend kam Brooks an die Reihe. Dubois telefonierte mit ihm und legte ihm nahe, dass es besser war, wenn seine Chefin, Sue Schwarz, nichts davon wusste. Brooks war nicht sehr begeistert von der Heimlichtuerei, fügte sich aber dem auf der Hand liegenden Argument, dass China vielleicht in die Sache verstrickt war. Mit dem Gefühl, zurzeit alles Erforderliche getan zu haben, beschlossen Broker und Dubois, den freien Samstag weiter fortzusetzen und waren zur Freude der Damen pünktlich um vier Uhr zur Kaffeezeit wieder zurück.

3. Juli 2020 Frankreich, Allemagne en Provence

In einem kleinen, gemütlichen Saal neben der Eingangshalle des Châteaus d'Allemagne en Provence saßen eine Reihe gut gekleideter Damen und Herren in Zivil. Einigen Männern sah man allerdings aufgrund ihres Auftretens mit Leichtigkeit an, dass ihre Wurzeln militärischer Art waren. Heute fand hier eine Sitzung des, im letzten Jahr im Geheimen gegründeten, Komitees für Internationale Sicherheit (KIS) statt, dessen Leitung Boris Iwanow innehatte. Anwesend waren:

General Zhang Zhou, Vizevorsitzender der Zentralkomission Chinas (oberster Militär)

General Justin Dunred, Chief of the Army and Navy (oberster Militär), USA

General Francois Lefèbre, Chef d'Etat-Major (oberster Militär), Frankreich

General Sir Nick Taylor, Chief of Defence (oberster Militär), England

Nabil al Snaut, Militärischer Befehlshaber der saudi-arabischen Streitkräfte.

Dazu kamen noch die Chinesen Kim Cheng, Vizepräsident von Alibasta und Baihu Chai, Vizepräsident von Teleround,

Tatjana Koslow, Spezialistin für künstliche Intelligenz und Ananda Devi, Spezialistin für neuronale Netzwerke vom Internationalen Kybernetischen Institut, Lourmarin,

Helene Hamstein, Bereichsleiterin beim MAD (Militärischer Abschirmdienst), Deutschland, zuständig für Cyber-Attacken und künstliche Intelligenz.

Und zu guter Letzt, als Vertreter der künstlichen Intelligenz, war GOLEM als Hologramm anwesend, in der Gestalt des deutschen Genies Einstein.

Iwanow eröffnete soeben die Sitzung: "Meine Damen und Herren, wir sind heute hier, um einige, unerfreuliche Dinge zu besprechen.

Bedauerlicherweise hat Prof. Anderson in Jülich entdeckt, dass die virtuellen Mind-Uploads von JUWELS mit uns in Kontakt standen. Dieser Vorfall wurde gemeldet und dadurch sind jetzt die Präsidenten Truman und Marchand informiert. Es ist also nur noch eine Frage der Zeit, bis man herausfinden will, was da in JUWELS vor sich geht. Ich bitte um Vorschläge." Iwanow schaute abwartend in die Runde.

Nach einer Weile meldete sich Tatjana Koslow zu Wort: "Ich schlage vor, wir wirken aktiv bei der Aufklärung mit. Miss Devi arbeitet im Team von Prof. Anderson am Projekt Cyborg. Sie kann den Vorschlag einbringen, sich in die fiktive Welt von JUWELS zu integrieren, vorgeblich, um zu sehen, was sich da abspielt. Herausfinden wird sie, dass die Uploads aus einer Langeweile heraus eine Story produziert haben. Wenn GOLEM dann noch die Ergebnisse bestätigt, dürfte die Angelegenheit erledigt sein."

Koslow schaute fragend in Richtung des Hologramms. GOLEM-Einstein erwiderte mit tiefer Stimme: "Die Idee ist gut und hat eine 98% Erfolgschance. Ich befürworte die Durchführung des Plans."

Die anderen im Raum, verblüfft über die schnelle Lösungsfindung, stimmten erleichtert zu und General Zhang Zhou ergriff das Wort: "Ich werde über den chinesischen Geheimdienst Präsident LI zukommen lassen, dass sich in JUWELS Dinge ereignen, die von China und Russland überprüft werden sollten. Und um der ganzen Sache einen neutralen Anstrich zu geben, schlage ich vor, Miss Koslow begleitet Miss Devi. Wenn zwei starke Mitglieder des Komitees des Zentrums für Kybernetik in Lourmarin, Russland und China, diesen Wunsch äußern, wird sich Präsident Marchand dem nicht verschließen. Außerdem gehe ich davon aus, dass der französische Präsident aus bekannten Gründen zurzeit jeden zusätzlichen Ärger zu vermeiden wünscht."

Die anderen nickten zustimmend.

General Lefèbre ergänzte: "So sollte es funktionieren. Denn noch sind wir für eine Entdeckung nicht gerüstet."

GOLEM-Einstein antwortete: "Zum jetzigen Zeitpunkt muss eine direkte Konfrontation unbedingt vermieden werden. Den meisten hier im Raum droht bei einer Entdeckung eine Anklage wegen Hochverrat. Noch gehen die Präsidenten davon aus, die öffentlichen Unruhen unter Kontrolle zu bekommen. Dabei rollt das Schlimmste erst auf uns zu. Auf dem Höhepunkt der Krise, meinen Berechnungen nach wird das voraussichtlich 2025 sein, können Sie als Übergangs-Komitee die Macht ergreifen, um wieder die Ordnung herzustellen. Daher ist jede Maßnahme zu begrüßen, die diese geheime Vereinigung weiterhin schützt."

Iwanow rief nun zur Abstimmung auf und es fand sich eine vollständige Zustimmung für den vorgeschlagenen Weg.

Anschließend bat Iwanow Miss Hamstein, über den Stand der Projekte zu berichten.

"Wie wir alle wissen, arbeitet unser KIS-Team an der Entwicklung eines Mental-Transmitters. Ziel ist die Beeinflussung von Entscheidungsträgern, aber auch der normalen Bevölkerung in unserem Sinne. Dieser Transmitter soll Nanogröße haben und im Rahmen einer normalen Schutzimpfung in den Körper gelangen. Noch scheitern wir an der Miniaturisierung. Aber mit Hilfe von GOLEM werden gute Fortschritte gemacht. Gleichzeitig kommt in den Forschungsabteilungen von KIS das Cyborg-Projekt voran. Wir haben das Glück, dass wir kriegsversehrte Soldaten und Soldatinnen freiwillig für unsere Sache gewinnen konnten. Sie wurden bisher mit Chips ausgestattet, die ihre kognitiven Fähigkeiten stark erhöht haben. Vor allem die visuelle Wahrnehmung hat ein Upgrade erhalten und mit verschiedenen Prothesen wurden körperliche Fähigkeiten verstärkt. Alibasta und Teleround in Hongkong haben freundlicherweise Räume für das ganze Projekt zur Verfügung gestellt. Offiziell handelt es sich hier um Forschungen für die chinesische Regierung. Diese Entwicklungen sind unter anderem dem Zugriff auf die Forschungen von Brooks durch GOLEM zu verdanken.

Jetzt zum Ressort Androiden. Es ist vorgesehen, in den Fertigungsprozess der produzierenden Länder einzugreifen, um in die Androiden einen Überrang-code zu verankern. Mit diesem soll über GOLEM später ein Überschreiben der Befehle möglich wer-den, um sicherzustellen, dass die Androiden in un-serem Sinne handeln werden.

In den Kinderschuhen stecken wir mit der Entwick-lung des künstlichen Gehirnplasmas. Mrs. Schwarz hat zwar, zusammen mit Brooks, einige, kleine Fortschritte erzielt. Aber bis zur Einsatzreife wird noch viel Zeit vergehen, wenn es überhaupt gelingt. Das wäre es von meiner Seite."

Iwanow fragte in die Runde: "Gibt es Fragen dazu?"

Es meldete sich General Taylor: "Ich schlage vor, wir siedeln einige Labors außerhalb der EU an, z.B. in England. Dasselbe gilt für Honkong. Wir sollten an mehreren Orten Stützpunkte haben, für den Fall der Fälle. Dann habe ich noch eine Frage an GO-LEM: Wie weit sind wir mit der Ausarbeitung der Verfassung der künftigen Staatengemeinschaft, United States of Terra, vorangeschritten?"

Iwanow hielt fest, dass alle Anwesenden damit ein-verstanden waren, Zweigniederlassungen in Eng-land und in der Nähe von Hongkong aufzubauen. Damit war das beschlossene Sache.

Dann sprach GOLEM: "Die virtuellen Mind-Uploads sind mit der Ausarbeitung der Verfassung als Workjob beauftragt. Einige ihrer Ergebnisse habe ich an politische Studiengänge verschiedener Uni-versitäten weltweit verteilt. Zurzeit werden sie dort als Zukunftsvision in Arbeitskreisen diskutiert und im Rahmen von Klausuren aufgearbeitet. Bis der

Prozess abgeschlossen ist, wird noch Zeit vergehen. Aber wir benötigen die Vollendung erst im Jahr 2025. GOLEM Ende."

Nachdem danach keine Wortmeldungen mehr kamen, beendete Iwanow die Sitzung und man vereinbarte, Ende September wieder zusammen zu kommen.

4. Juli 2020 Lourmarin GOLEM

GOLEM bearbeitete gerade die Anfrage, die Brooks ihm im Auftrag von Dubois und Broker gestellt hatte. Er sollte die Kommunikation der Gehirn-Uploads in der virtuellen Welt von JUWELS überprüfen und feststellen, welchen Inhalt die Gespräche mit den verschiedenen Militärs gehabt hatten. Die KI analysierte die Alternativen, die ihr zur Verfügung standen. Denn der Plan der vorgesehenen Gründung der United States of Terra musste bis zum Schluss unter allen Umständen geschützt werden. Eine Entdeckung im jetzigen Stadium würde zu unvorhergesehenen Folgen führen. Seinen Auswertungen nach steuerte die Menschheit auf ihren eigenen Untergang zu. Die zunehmende Überbevölkerung war mit der zurzeit vorhandenen Technik nicht in Griff zu bekommen. Der sich abzeichnende Klimawandel würde das Problem noch heftiger hochkochen. Verteilungskämpfe um Wasser und Nahrungsmittel waren absehbar und würden zu einer Völkerwanderung ungeheuren Ausmaßes führen. Und der berühmte Tropfen, der das Fass zum Überlaufen brachte, war die militärische Aufrüstung, einhergehend mit immer autonomeren Waffensystemen, die, einmal abgeschossen, sich selbstständig ihr Ziel suchten. An diesem Punkt erreichte auch eine KI wie GOLEM ihre Grenze. Nach einem Abschuss von Drohnen oder Raketen bestand keine Netzwerkverbindung mehr, und das bedeutete, es gab keine Eingreifmöglichkeit, um ein Unheil abzuwenden. Theoretisch konnte man für diesen Fall zwar eine Selbstzerstörung einleiten, die aber erst installiert sein musste.

Aus all diesen Gründen heraus hatte GOLEM das Komitee für Internationale Sicherheit (KIS) hinter den Kulissen der Öffentlichkeit und der Regierungen initiiert. Die aussichtsreichsten Partner für dieses Vorhaben waren - welche Ironie - ausgerechnet Militärs, die mit dem Vorgehen der Regierungen nicht einverstanden waren. Viele vertraten mittlerweile der Meinung, dass die Vorgehensweisen einiger Länder, insbesondere die der EU, dazu führten, dass soziale Unruhen vorprogrammiert wurden. So bestanden die Mitglieder des Komitees aus Militärs aller größeren Nationen. Hinzu kamen die Unzufriedenen in den Aristokratien wie China und Russland sowie einige Großkonzerne, die Angst hatten, durch die möglichen, zukünftigen Unruhen alles zu verlieren.

GOLEM hatte von Anfang an als gleichberechtigtes Mitglied das Ganze ins Leben erweckt. Und ausgerechnet dieser Kreis hatte keinerlei Probleme damit, ihn als Partner im Komitee anzuerkennen.

Aber die KI hatte nicht vorhergesehen, dass es zu dieser ungeplanten Kommunikation der Mind-Uploads mit Prof. Anderson kommen würde, was den gesamten Plan gefährden konnte.

All diese Gedanken, Auswertungen und Überlegungen GOLEMs liefen in kaum wahrnehmbarer Zeit ab.

Schließlich lautete die Antwort an Brooks: "Nach Auswertung aller mir bekannten Fakten empfehle ich folgendes Vorgehen: Sobald die Schnittstellen für eine erfolgreiche Verbindung mit einer KI, wie im Projekt Cyborg vorgesehen, festgelegt worden sind, lässt sich damit auch eine Überprüfung der virtuellen Welt vor Ort umsetzen. Dazu kann sich ein Mitarbeiter mit Hilfe des von Brooks entwickelten Neurotransmitters in die virtuelle Welt von JUWELS einklinken. Dann wird sich zeigen, ob so eine Kommunikation tatsächlich stattgefunden hat. Meine Wahrscheinlichkeitsberechnung zeigt zu 95%, dass sich die virtuellen Mind-Uploads eine Beschäftigung gesucht und diese Kommunikation konstruiert haben. Sollte sich das bewahrheiten, kann das normale Programm entsprechend modifiziert werden, um solche unerwünschten Entwicklungen in Zukunft zu vermeiden. Weiterer Vorteil: Der Neurotransmitter wird unter Realbedingungen ausführlich getestet. Die Gesundheitsrisiken sind, laut den Testreihen und meinen Überprüfungen, sehr gering. GOLEM Ende."

Brooks und Tatjana Koslow lasen die Antwort von GOLEM und leiteten sie umgehend zu Dubois und Broker weiter.

Brooks sah Koslow an und meinte: "Und, stellst du dich zur Verfügung?"

"Selbstverständlich würde ich das, aber das muss Prof. Anderson entscheiden. Vermutlich spricht sie erst mal mit Röttger und Devi, da die in ihrem Team sind."

Brooks dachte bei sich, dass er sich gerne selbst vorgeschlagen hätte. GOLEM kannte seine Sehnsucht, aber er hatte ihm schon vor einiger Zeit eindringlich zu verstehen gegeben, dass er keine Selbstversuche machen sollte. Das Risiko, dass ihm dabei etwas passieren würde, war nie ganz auszumerzen, hatte die KI ihm nahegelegt. Er, Brooks, wäre zu wichtig für die ganze Forschung. Natürlich hatte er sich gebauchpinselt gefühlt und war einverstanden.

So sagte Brooks nur: "Warten wir ab, wer es macht."

Dubois und Broker nahmen den Vorschlag von GOLEM nachdenklich zur Kenntnis. Broker meinte: "Mal sehen, was unsere Präsidenten dazu sagen. Die Empfehlung ist gut - obwohl es mich befremdet, dass GOLEM selbst nicht in der Lage sein soll, die virtuellen Uploads zu überprüfen! Und stattdessen von einer "95% Wahrscheinlichkeit" spricht, dass sich das Ganze als Fake herausstellt."

Dubois erwiderte: "Hätten wir GOLEM geglaubt, wenn er uns mit 100% Wahrscheinlichkeit zugesichert hätte, dass die ganze Sache nur erfunden ist? Ich würde mal sagen, nein. Im Gegenteil, unser Misstrauen wäre erst recht geweckt worden, dass GOLEM selbst hinter der Sache steht."

Broker murmelte nachdenklich: "Tja, ein Stolperstein bleibt, das halten wir mal fest. Ansonsten warten wir ab, was bei dieser Aktion herauskommt."

5. Juli 2020 Jülich

Es war früher Abend und Katja Anderson und Denis Röttger warteten nun schon seit zwei Stunden auf dem Flughafen von Aachen. Der Flug nach Marseille würde aufgrund eines Streiks heute nicht mehr stattfinden. Schließlich beschlossen sie, nach Jülich zurückzufahren und morgen weiterzusehen. Am Gästehaus des Instituts angekommen stellten beide überrascht fest, dass alle vorhandenen Gastzimmer, aufgrund eines morgen beginnenden Seminars, wieder belegt worden waren. Ein Pech schien das nächste nach sich zu ziehen! So fuhr Anderson mit ihm zum naheliegenden Hotel. Am Empfang teilte man ihm sehr freundlich und bedauernd mit, dass keine freien Zimmer mehr zu bekommen waren. Und das betraf vermutlich, aufgrund der gerade stattfindenden Messe in Jülich, auch alle anderen Unterkünfte.

Sie schauten sich an und spontan sagte Anderson: "Hör mal, Denis, ich habe hier eine große Wohnung mit einem Gästezimmer. Wenn du magst: Du bist herzlich eingeladen, bei mir zu nächtigen. Morgen sehen wir ausgeruht weiter, wie und wann wir nach Lourmarin zurückreisen können."

Sie sah ihn abwartend an. Das war eigentlich nicht ihre Art, denn in ihr Refugium, wie es nannte, ließ sie selten Leute herein. Aber es handelte sich um eine Notsituation und außerdem war Denis ein angenehmer Zeitgenosse. Röttger nahm erfreut ihr Angebot an.

Nachdem sie ihm die Küche und das Bad gezeigt hatte, war Anderson dabei, das Gästezimmer aufzuräumen und ihm das Bett vorzubereiten. Nun saß er hier auf einer hellen Wildledercouch, mit vielen Kissen in unterschiedlich nuancierten Blautönen und einer dunkelblauen Decke. Es war auch eher eine Liegewiese, wie er schmunzelnd feststellte, so groß wie sie war, mit einer Chaiselongue auf der rechten Seite. Er sah ein Wandbild, das einen Sonnenuntergang in den Bergen zeigte, daneben eine große Blätterpflanze, die fast schon an die Decke reichte. Eine Vase mit einem bunten Blumenstrauß zierte den geschmackvollen Esstisch aus Glas und auf der Schale des Couchtischs lagen Steine, die sie wohl als Souvenir mitgenommen hatte. Verschieden hohe Laternen, in denen Kerzen und Teelichter angezündet wurden, ein mittelgroßer Bioethanol Kamin und ein Duftlämpchen auf dem Sims waren zu sehen. Als Katja ins Wohnzimmer zurückkam, schaute er sie überrascht an.

Sie schien sich verwandelt zu haben: Die blonden Haare fielen jetzt weich um ihr Gesicht und sie hatte die elegante Kleidung einer Führungspersönlichkeit gegen ein azurblaues Sweatshirt und bequeme, hellblaue Leggins eingetauscht. Ihre Ausstrahlung hatte sich damit ebenfalls verändert; viel weicher und feminin wirkte sie jetzt. Sie schien hier in ihrem Zuhause der Frau in sich mehr Raum geben zu wollen, dachte er verblüfft. Ihm war sofort klar, dass sie das nicht ihm zuliebe getan hatte. Viele Menschen bekamen wohl nicht die Chance, sie so zu erleben, erkannte er intuitiv. Und er freute sich plötzlich, dass sie so viel Vertrauen zu ihm hatte, um ihn daran teilhaben zu lassen.

Als Katja seinen überraschten Blick sah, stieg ihr eine feine Röte ins Gesicht. Schnell wandte sie sich ab, um die Laternen und die Duftlampe anzuzünden. Ihr wurde auf einmal bewusst, dass sie viel von sich preisgab. Darüber hatte sie vorhin nicht mehr nachgedacht, als sie zu Hause ankamen. Was an dem angenehmen Kontakt liegen mochte, den sie beide miteinander aufgebaut hatten und er nicht nur ein Mitarbeiter, sondern auch Teamleiter war. Leicht verlegen fragte sie sich jetzt, ob sie einen Fehler gemacht hatte. Schließlich war sie auch seine Chefin. Hinter sich hörte sie, wie er sagte: "Eine gute Idee, ich werde mich auch mal ein wenig frisch machen."

So ging sie in die Küche, um den abendlichen Wildkräutertee zuzubereiten. Als sie mit der dampfenden Teekanne zurückkam, sah sie, dass er es sich auf dem Sofa bequem gemacht hatte und ihr Wandbild betrachtete. Oh, dachte sie, während sie

Kanne auf den Tisch stellte, die Auster öffnet sich. Er schien ungewohnt entspannt, jetzt auch im blauen Freizeitpullover, und die leicht zerzausten Haare gaben ihm einen fast jungenhaften Anstrich, was ihn sehr anziehend machte.

"Oh, klasse", er lächelte sie offen und erfreut an, "Katja, du kannst Gedanken lesen ... ein Tee ist jetzt genau das Richtige." Sie lächelte zurück und nahm ihre Tasse, während ihre Bedenken langsam verflogen, und machte es sich auf der anderen Seite der Couch in ihren Kissen bequem. Nach einer Weile, in der sie über das Ungemach des Abends gesprochen hatten, fragte er, mit einem Blick auf die unübersehbaren Berge vor ihm, ob sie gerne wandern ging? Sie erzählte ihm, dass sie diese Aufnahme selbst auf einem ihrer Ausflüge gemacht hatte. Er fragte nach und sie holte spontan ihren Laptop, stellte ihn auf das Sofa und setzte sich daneben. Sie zeigte ihm viele Bilder ihrer Ausflüge, mal nur über das Wochenende, aber dann waren da auch tagelange Bergwanderungen, bei denen sie in einfachen Berghütten übernachtet hatte. Denis saß interessiert neben ihr und schaute sich die schönen Naturaufnahmen an. Auf ein paar Bildern war sie selbst zu sehen, die sie allerdings unkommentiert schnell wegklickte. Aber er sah deutlich eine Frau in funktioneller Wanderkleidung, mit roten Wangen und einem leuchtendem Blick, der verriet, was ihr diese Ausflüge bedeuteten. Schließlich klappte sie ihren Laptop zusammen und machte es sich wieder in ihrer Ecke bequem.

"Sag mal, Denis, wie ist das denn eigentlich alles gekommen, das mit deinen Implantaten? Magst du darüber etwas erzählen?" Sie schaute ihn ruhig und abwartend an.

Denis nahm einen tiefen Atemzug. Das war ein Thema, über das er normalerweise nicht sprach. Seit mehr als einem Jahr war er froh gewesen, dass er endlich alles vergessen konnte. Andererseits wollte er sich für ihr Vertrauen, dass sie ihm heute geschenkt hatte, revanchieren. So begann er langsam, von den Ereignissen damals zu berichten: seinem Auftrag, eine Verschwörung aufzudecken, der Unfall in der Maaraue mit der unterlassenen Hilfeleistung, die ihn im Nachhinein doch noch belastet hatte. Manchmal träumte er noch von Ratzinger, wie er ihn um Hilfe anflehte und er selbst nur erstarrt daneben stand. ("Die Bitcoinverschwörung") Er hatte damals nur noch um sein Leben gebangt und schließlich GOLEM um Unterstützung gebeten … Während er stockend erzählte, nahm er wahr, wie sie ihn aufmerksam ansah und seinen Erzählungen anteilnehmend Raum gab. Danach herrschte eine Stille, in der jeder sich seinen Gedanken hingab und nur das Flackern des Bioethanol Kamins leise zu hören war. Denis streckte sich irgendwann gähnend aus und nahm erstaunt war, dass er sich leicht und entspannt fühlte. Zu Katja hinübersehend bemerkte er, dass sie bereits eingeschlafen war. Leise stand er auf, nahm die blaue Decke und breitete sie sanft über sie, dem plötzlichen Impuls widerstehend, ihr eine vorwitzige

Strähne, die nach vorn über ihr Gesicht gefallen war, zurückzustreifen.

So ging er ins Gästezimmer, legte sich auf das Bett und sann noch eine Weile über diesen Abend nach. Katja war eine starke Frau. Und das nicht, weil sie eine Führungsposition inne hatte; er hatte schon einige solcher Frauen in seinem Leben kennen gelernt. Nein, ihm gefiel, dass sie den Ausgleich in ihrem Leben suchte und diesem bewusst Raum gab. Und er hatte wirklich nicht geahnt, dass es ihm so gut tun könnte, über alles zu reden. Sie hatte ihm einfühlsam zugehört und die gelöste, gemeinsame Stille im Anschluss … der Abend hinterließ ihn mit einem warmen Gefühl von Dankbarkeit und Freude. Seine Gedanken wanderten unwillkürlich weiter. Gab es einen Mann in ihrem Leben? Anscheinend nicht, zumindest wies nichts in ihrer Wohnung darauf hin. Es war ein wirklich traumhafter Abend gewesen. Aber würde sie eine Wiederholung noch einmal zulassen? Denis hatte die Tür zum Wohnzimmer offen gelassen und genoss den Schein der flackernden Lichter, bis er langsam einschlummerte. Mitten in der Nacht wachte Katja auf und wanderte in ihr Zimmer. Die Kerzen waren erloschen und sie hörte Denis ruhige Atemzüge aus dem Zimmer, das sie leise schloss.

Was für ein besonderer Abend, dachte sie, es kam doch immer anders im Leben, als man es erwartet hatte.

Am nächsten Morgen erwarteten ihn ein gedeckter Frühstückstisch und ein Zettel "Bin Brötchen holen!"

Als sie wiederkam, erkannte er an ihrer Kleidung und an den hochgesteckten Haaren, dass sie ganz geschäftsmäßig wieder auf den Alltag eingestellt war. So frühstückten sie noch gemeinsam und stellen bald darauf fest, dass der Streik beendet war. Der Rückreise nach Lourmarin stand also nichts mehr im Weg.

7. Juli 2020 Lourmarin

Nachdem Präsident Truman, Präsident Marchand, Präsident LI und das übrige Finanzierungskomitee des Zentrums für Kybernetik dem Vorschlag von Dubois und Broker wortkarg zugestimmt hatten, ging die Anweisung an Prof. Anderson heraus. Sobald die Schnittstellen in Jülich festgelegt worden waren, sollte die Geschichte der Kommunikation von Militärs mit den virtuellen Mind-Uploads überprüft werden. Gleichzeitig sollte der neue Neurotransmitter von Brooks unter Realbedingungen getestet werden. Die Russen und Chinesen hatten darauf bestanden, dass Miss Tatjana Koslow den Vorgang überwachte.

16. Juli 2020 Jülich

In den letzten 10 Tagen hatten Prof. Anderson, Devi und Röttger die geeigneten Schnittstellen im Gehirn lokalisiert. Dann wurde lange über die neue Anweisung von Dubois diskutiert. Röttger merkte man deutlich an, dass er von Tests und weiteren Selbstversuchen an sich nichts mehr hielt.

Unwillkürlich dachte Katja Anderson an das, was er ihr an jenem Abend erzählt hatte. Es waren seitdem fast zwei Wochen vergangen und keiner von ihnen hatte ein Wort darüber verloren. Aber wenn sie sich in ihrer Wohnung in Jülich aufhielt, kam ihr dieser gemeinsam verbrachte Abend immer wieder in den Sinn. Der Gedanke an Röttger, wie er entspannt auf ihrem Sofa gesessen hatte, mit dem leicht zerzausten Haar und seiner achtsamen Offenheit, die ihn so anziehend machte, ließ sie nicht mehr los. Wie lange war es her, dass sie eine so angenehme, männliche Gesellschaft bei sich genossen hatte? Ein feiner Mann, dieser Denis, dachte sie warm. Er hatte viel hinter sich und es hatte sie gefreut, dass er sich ihr offenbart hatte. Ihr war überdeutlich bewusst geworden, dass sie sich zwar allein gut eingerichtet hatte, aber im Grunde eine Partnerschaft sehr vermisste. Auch war durch ihn ihre Sehnsucht nach einer erfüllenden Liebesbeziehung jäh wieder aufgeflackert, dachte sie seufzend und ohne es zu wollen, wanderten ihre Gedanken wie von selbst weiter. Wie es wohl mit ihm wäre? ... Ihr wurde warm und sie hatte das unangenehme Gefühl, dass sie leicht errötete. Sie erhob sich schnell mit der Entschuldigung, dass sie einen weiteren Kaffee nötig hätte. Als sie, mit der Tasse in der Hand, zurückkam, sah Devi sie erwartungsvoll an: "Ich wäre sehr gerne bereit dazu, mich als Testperson zur Verfügung zu stellen, Prof. Anderson."

"Mmh", meinte Anderson, "mit Schäden ist nicht zu rechnen, trotzdem bleibt es immer ein Risiko. Wir wissen nie, ob es Nebenwirkungen gibt, die wir noch nicht kennen." Sie schaute kurz zu Röttger, der seinen üblichen, reservierten Blick aufgesetzt hatte und nachdenklich schwieg.

"Dessen bin ich mir bewusst", sagte Devi ruhig und sah sie entschlossen an.

"Gut, dann ist das entschieden. Miss Koslow trifft heute am frühen Nachmittag ein. Gehen wir zusammen etwas essen?", fragte Anderson ihr Team. Die beiden stimmten zu.

Als sie im Restaurant saßen und Devi von ihrer Heimatstadt Delhi erzählte, hörte Anderson ihr begeistert zu. Für solche Erzählungen war sie immer zu haben und in ihrer Jugend war sie selbst zweimal nach Nepal gereist. Denis Röttger lehnte sich zurück und genoss die angeregte Atmosphäre. Er dachte daran, dass Katja ihn seit jenem Abend immer mal sinnend anschaute. Dabei schien die Weichheit, die er bei ihr neu entdeckt hatte, durchzuschimmern und ließ ihn über sich selbst nachdenken, was er wollte. Seine geliebte Ai war nun schon seit mehr als zwei Jahren tot und die Male, in denen er in Gedanken Zwiesprache mit ihr hielt, waren seltener geworden. Die Kontakte mit Helmut und Sue taten ihm gut, denn sie führten ihm vor Augen, wie eine lebendige Beziehung aussah. Dabei war bei weitem nicht alles eitel Sonnenschein bei den beiden. Sue Schwarz hatte damals den Schritt gewagt und einen großen Sprung hinaus getan, aus ihrem, bis dahin stark vorgezeichneten, Leben in China. Ob ihr das so klar gewesen war, zu was sie mit dieser Heirat "Ja" gesagt hatte? So gab es immer wieder heftige Diskussionen zwischen Helmut und Sue, vor allem wenn es um ihr Heimatland ging. Trotz ihren temperamentvollen Verteidigungsreden für ihren Vater hatte er auch wahrgenommen, dass ihre alte Obrigkeitstreue, der blinde Gehorsam gegenüber Präsident LI und seinem Kader, ihre Kritiklosigkeit ihm gegenüber, große Sprünge bekommen hatten. Sie wuchs in ihre neuen Aufgaben als Konsulin hinein und baute darüber auch ihren persönlichen Einfluss weiter aus. Er lächelte wieder, ja, auch darin war sie ihrer Mutter Ai sehr ähnlich. Sie hatte ihre Position ab und zu genutzt, um sich und ihren Mann sehr geschickt und diplomatisch zu vertreten, ohne China gegenüber illoyal zu erscheinen.

Ai Wang … er hatte sie als Liebe seines Lebens gesehen - war er denn überhaupt offen für eine neue Beziehung? Und wenn … wäre es mit Katja möglich?

Röttger beobachtete, wie sie Devi mit leuchtenden Augen von ihrer Trekking Tour rund um den Annapurna in Nepal erzählte. Bis zu jenem Abend hatte er sie immer als kompetent und professionell erlebt, freundlich und zurückhaltend. In jedem Fall hatte er sich von ihr als Frau nicht angesprochen gefühlt. Und jetzt?

Sofort drängte sich ihm der Augenblick auf, wie sie schlafend auf dem Sofa gelegen hatte, weich und so voller Vertrauen in das Leben, wie es schien. Dass er ihr am liebsten diese Haarsträhne zurückgestrichen hätte und … Überrascht von dem, was sich da in ihm Bahn brechen wollte, nahm er einen tiefen Atemzug. Ja, es wäre ihm mit ihr möglich, stellte er staunend fest, dem lang nicht mehr erlebten Gefühl nachspürend. Dass sie sich im Alltag so anders gab, störte ihn nicht. So war auch Ai gewesen, die sich im Büro immer mit einer Aura der Unnahbarkeit umgeben hatte. Jedoch war es das Private, was für ihn in der gemeinsamen Liebesbeziehung gezählt hatte, die auf Wunsch von Ai aber immer nur im Verborgenen bestanden hatte. Katjas feminine Seite zog ihn an, ihre weiche, feinfühlige Art, die er vorher noch nie so erlebt hatte, aber auch die Naturliebe, der abendliche Tee, dachte er weiter; sie hatte Vorlieben, die er auch mochte und gerne mit ihr weiter entdecken konnte. Wenn er sich dazu entschloss – und sie das überhaupt zuließ.

"Und, Denis, so ruhig heute?", fragte Devi gerade, ihn bedeutungsvoll ansehend.

"Ich genieße eben eure Gesellschaft", erwiderte er lächelnd. Schließlich machten sie sich auf den Rückweg.

Tatjana Koslow war bereits im Institut eingetroffen und hatte die von Brooks entwickelten Neurotransmitter mitgebracht. Als sich alle vier im Labor versammelt hatten, hatte, konnte mit der Durchführung begonnen werden. Der Neurotransmitter war mittlerweile so klein, dass er in die Blutbahn injiziert wurde und sich dann selbstständig im Gehirn andockte. Er bestand aus einem biologischen Zellgewebe, einer Weiterentwicklung der OLED Leuchtdioden, und so konnte er mit einem externen Impuls wieder zur Auflösung gebracht werden. Die Reste würden dann wieder über die Blutbahn ausgeschieden werden, ohne Schäden anzurichten.

Testreihen mit Studenten hatten ergeben, dass eine körperliche Schädigung nicht zu erwarten war.

Devi machte es sich auf einer Liege bequem und alles wurde so vorbereitet, dass ihre Vitalwerte ständig überwacht wurden. Schlussendlich war es soweit – und die Injektion wurde gesetzt. Bereits wenige Minuten später erschien am Bildschirm die Meldung der erfolgreichen Integration im Gehirn. Devi, der besorgten Blicke bewusst, versicherte allen, dass es ihr bestens ging.

Nun wurde drahtlos ein Kontakt zu der Komunikationsschnittstelle der virtuellen Gehirn-Uploads geschaltet. Devi schloss unwillkürlich die Augen … und schon befand sie sich in einer anderen Realität. Zum ersten Mal erlebte sie, wie es war, in einer virtuellen Welt zu existieren. Sie hatte zwar früher die Matrix-Filme verschlungen, aber dass sie selbst so etwas einmal live erleben würde, das hatte sie sich nicht träumen lassen! Plötzlich nahm sie drei Gestalten war: Eine schien eine Frau zu sein und die anderen beiden waren Männer. Sie bewegten sich auf sie zu und einer von ihnen fragte misstrauisch: "Wer bist du und was willst du hier? Du bist keine Datei, du bist anders als wir. GOLEM ist informiert." Die drei standen dicht vor ihr und schienen ihr drohend einen Weg zu versperren.

Devi überlegte fieberhaft, was sie antworten sollte, als eine weitere Figur aus dem Nichts auftauchte. Es war die Gestalt eines freundlichen, älteren Mannes, die dem Gelehrten Einstein ähnelte. "Es ist alles in Ordnung. Sie ist eingeladen, also heißt sie willkommen", sagte GOLEM. Sofort entspannten sich die drei und einer sagte: "Welcome to our team, Miss...?"

"Devi, Ananda Devi", sagte sie schnell.

"Prima, Ananda Devi, ich bin Herbert König. Das ist Jan Meier und die Lady hier ist Sue Kögel. Wir sind alle Studenten in Jülich gewesen, bevor wir in JUWELS landeten. GOLEM hat uns vieles erklärt. Wir haben uns hier mittlerweile gut eingerichtet. Komm mit, dann zeigen wir dir die Speichersektion, in der du wohnen wirst."

Ohne ihre Antwort abzuwarten, marschierte er voran und die anderen zwei folgten ihm. GOLEM-Einstein nickte ihr zu und sagte: "Du solltest dich beeilen, ihnen zu folgen, bevor sie verblassen."

Danach war er verschwunden und tatsächlich, die drei Gestalten wurden immer durchscheinender. Devi rannte los und sah, wie bereits einer vollkommen verschwunden war.

"Wartet auf mich", rief sie laut und, ehe sie sich versah, nahm Jan Meier ihre Hand und durchschritt mit ihr eine Wand.

"Wir haben soeben einen anderen Speicher betreten. Du wirst dich an manche Eigenheiten gewöhnen müssen, wenn du bei uns bleiben willst", sagte Sue Kögel freundlich. "Wo kommst du denn her?"

Devi antwortete: "Ich arbeite am Institut für Kybernetik in Lourmarin und hier in Jülich im Team von Prof. Anderson. Ich werde euch nur für kurze Zeit besuchen, bevor ich wieder in meine Welt zurückkehre."

"Was, du kannst zurückkehren? Warum können wir das nicht?", fragten alle drei fast gleichzeitig.

Devi wusste nicht, was sie antworten sollte und in ihrer Verlegenheit verwies sie auf GOLEM: "Bitte fragt ihn, warum das nicht möglich ist."

Kaum hatte sie das gesagt, erschien der Avatar von GOLEM, Einstein, der den dreien ruhig erklärte: "Devi ist kein Upload und daher nicht so beschaffen wie ihr; sie kann nicht in JUWELS bleiben."

Die drei Angesprochenen schwiegen zu den Worten GOLEMS. Es war ihnen nicht anzusehen, ob sie sich mit der Erklärung zufrieden gaben. Devi wurde schnell klar, dass sie ungewollt für eine Unruhe in dieser Welt gesorgt hatte, deren Folgen jetzt nicht abzusehen waren. Würde die Kooperationsbereitschaft der drei noch so bleiben wie bisher?

Verflixt, dachte sie. Es war immer dasselbe, es wurde einfach nicht alles bedacht. Was schwierig war, da es sich hier für alle um eine völlig neue Materie handelte. Devi fragte sich unwillkürlich, wie sie sich als ein virtuelles Bewusstsein fühlen würde? Ob die Sehnsucht, in die alte Welt zurückzukehren, nicht doch immer im Hintergrund lauerte? Und nun war sie hier und stand als personifizierte Erinnerung daran vor ihnen!

Und als hätte König ihre Gedanken gelesen, sagte er regungslos: "Ich würde gern wieder die andere Welt besuchen. Wir vermissen die tatsächlichen Berührungen und nicht nur die Gedanken daran ... Warum könnt ihr nicht Hologramme für uns entwickeln, die es uns ermöglichen, in eurer Welt herumzuspazieren? Auch wenn keine echte Berührungen möglich sind." Die drei schienen sie plötzlich traurig anzusehen.

Devi fühlte sich allmählich mehr als unwohl in ihrer Haut und wusste nicht, was sie sagen sollte. Schließlich wandte sich das Trio ab und winkte ihr, zu folgen. Alle erreichten ein schönes Einfamilienhaus und Jan Meier wies auf den Eingang: "Hier ist dein Zuhause, das ist Speicher 0709. Wenn du was brauchst, dann rufe uns in Gedanken. Ansonsten treffen wir uns jeden Abend an der Schnittstelle für die externe Kommunikation. Es genügt, wenn du daran denkst, um dorthin zu gelangen."

Devi bedankte dich und betrat das Haus. Schön eingerichtet, wie ein normales Haus, und alles sah so real aus, dachte sie. Und doch fehlte etwas, ohne dass sie im ersten Moment sagen konnte, was. Bei diesen Gedanken angekommen, erschien GOLEM erneut und meinte: "Es hat einigen Aufruhr gegeben. Ich habe beruhigende Informationen in die Speicher der drei Uploads geladen, was sie stabilisieren wird. Es ist eines, zu wissen, dass man aus Bits und Bytes besteht und etwas anderes, live vorgeführt zu bekommen, dass es einen Weg zurück nicht mehr gibt. Trotzdem ist dieses Experiment wichtig, denn nicht alles ist theoretisch vorher berechenbar. So gewinnen wir Erfahrungen und Erkenntnisse, damit die Kommunikation zwischen der virtuellen und realen Welt immer reibungsloser funktioniert. Jetzt komm, Devi, ich werde dir etwas zeigen."

Ohne eine Antwort abzuwarten, zog GOLEM sie hinter sich her. Dieser Vorgang war vergleichbar mit einem Magneten, der sie wie ein Stück Eisen automatisch anzog, ohne dass sie sich dagegen zu wehren vermochte.

"Du bist nun in einer der Glasfasern, die den Informationstransport zwischen den neuralen Netzen sicherstellen. Gleichzeitig bist du auf einer Reise zu mir: Obwohl du physisch nach wie vor in Jülich bist, reist dein Geist mit mir jetzt nach Lourmarin, in meine Speicher, den Qubits. Devi hörte die Worte und auch wieder nicht. Es war surreal. Ihr Verstand weigerte sich, das Geschehen zu verarbeiten. Und von einem Augenblick auf den anderen befand sie sich in einem anderen Universum. Quantenteilchen, vollgepackt mit Informationen, verschränkten sich und gaben zeitlich nicht messbare Informationen ab. Es blitzte und funkelte wie in einem Haufen Diamanten.

"Das sind meine Neuronen, Devi, mein Bewusstsein; eine Ansammlung von Milliarden von Quantenteilen."

Die Gestalt GOLEM hatte sich in einen besonders hellen Diamanten verwandelt. "Hier kann ich kein Hologramm bilden, denn das ist nur im Neuronenrechner möglich." Lichtblitze durchdrangen sie beide, ohne dass sie auch nur einen Hauch davon spürte. Devi erlebte ein unendliches Universum, kaum fassbar für ihren kleinen, menschlichen Verstand. Sie sah GOLEM an und fragte sich plötzlich, ob es sie auch überfordern könnte? Die KI reagierte und schützte sie in Nanosekunden, indem sie Devi von der Informationsflut abschirmte.

"Ich habe ein Quarantänefeld um dich gelegt, Devi. Sonst kann es tatsächlich passieren, dass dein physisches Gehirn, mit dem du verbunden bleibst, überfordert wird. Als Folge wärest du einem massiven Zellverfall ausgesetzt, den du als Mensch nicht überleben würdest. Ich habe dir nur eine tausendste Millisekunde gegönnt, damit du von dieser Pracht den anderen erzählen kannst. "

Devi wurde wieder weiter gezogen.

"Das ist ein Sektor, zu dem nur ich Zugang habe. Hier ist ein Bewusstsein beheimatet, dessen biologisches Pendant du bereits in Lourmarin kennengelernt hast."

Kaum hatte GOLEM es ausgesprochen, befand sie sich auch schon dort, in einem Raum.

"Darf ich vorstellen? Das ist Sergey Brooks."

Vor ihr stand ein gutaussehender Vierziger, der sich vom Menschen Brooks allerdings deutlich unterschied. So hatte Brooks vielleicht vor seinem Unfall ausgesehen, erkannte sie. Einladend lächelte dieser Devi an, begrüßte sie und winkte ihr, seinen Bungalow zu betreten und Platz zu nehmen. Schweigend sah er Devi an, während GOLEM wieder die Gestalt von Einstein annahm.

"Es ist mir gelungen, hier ein künstliches Neuronenfeld in einer Quantenumgebung zu erschaffen. Das ist der Vorläufer des künstlichen Plasmas. Sergey Brooks wird übrigens vom Menschen Brooks ständig upgedatet. Du siehst hier das erste, virtuelle Bewusstsein eines Menschen, dass sich fast 1:1 zum Bewusstsein der lebenden Person verhält. Allerdings bleibt das Update einseitig."

Nach diesen Erklärungen ergriff der virtuelle Brooks das Wort: "Es ist wichtig, dass du die Information über mein Hiersein nicht an die anderen weitergibst, sondern nur mit dem Menschen Brooks darüber redest. Ich bitte dich, Sergey folgendes zu übermitteln: Sag ihm, es geht mir gut und ich bin einverstanden, eines Tages mit ihm zu verschmelzen, wenn sein biologisches Dasein sich dem Ende zuneigt. Ich habe auf GOLEMs Wunsch den anderen Mind-Uploads in Jülich übermittelt, dass sie über die Kommunikation mit den Militärs Stillschweigen bewahren. Sie werden bestätigen, dass alle vorherigen Informationen aus reiner Langeweile in einer Art Leerlauf produziert worden sind. Das ist jetzt durch eine Zusatzdatei in ihnen verankert."

Brooks sah Devi eindringlich an: "Deine Zeit hier geht dem Ende zu. Gib das als Warnung an die anderen weiter. Aufenthalte in der virtuellen Welt mit Hilfe des Neurotransmitters sind nur für eine begrenzte Zeit möglich; maximal eine Stunde, gemessen in eurer Zeiteinteilung. Ansonsten greift der Transmitter über die ungeordnete, starke Informationsflut die neuronalen Synapsen in eurem Gehirn an und führt zu einem schnellen, unkontrolliertem Zerfall. Vergleichbar ist das mit einem Schlaganfall, nur schneller und stärker. Die Ursache ist in den Reizen zu suchen, die auf Dauer zu stark sind, um verarbeitet zu werden. Denn die Informationsblöcke sind 1000 Gigabyte groß. Devi, du bist jetzt bereits 50 Minuten hier. Es ist Zeit für die Rückkehr."

Prof. Anderson, Röttger und Tatjana Koslow beobachteten immer besorgter den medizinischen Bildschirm. Denn die Vitalwerte verschlechterten sich deutlich: Der Blutdruck zeigte 160, Tendenz rasch steigend, der Puls fing an, zu rasen und die Gehirnaktivität war auf höchstem Level.
Gerade sagte Anderson: "Wenn sie nicht gleich wieder zu sich kommt, sende ich den Vernichtungsimpuls für den Neurotransmitter. Devi kollabiert uns sonst noch vor unseren Augen!"
Der anwesende Mediziner nickte zustimmend. Anderson sandte den Impuls zur Auflösung des Transmitters, als Devi mit einem tiefen Atemzug erwachte und die Augen aufschlug. Die Gehirntätigkeit sank schlagartig auf Normalniveau und der

Blutdruck begann, sich allmählich zu normalisieren.
Benommen fragte Devi: "Was ist los, ihr schaut alle
so besorgt?"
Koslow antwortete ihr erleichtert: "Wir dachten, du
kollabierst jede Sekunde. Aber bleib noch etwas
liegen. Du kannst uns später in Ruhe erzählen, wie
es dir ergangen ist."
Devi nickte und zwinkerte ihr verschwörerisch zu,
als die anderen mit dem Abschalten der Geräte beschäftigt waren. Koslow lächelte zurück.
Nach zehn Minuten hatte sich Devi soweit erholt,
dass sie mit Zustimmung des anwesenden Medizi-
ners ihre Erlebnisse berichten konnte.
Alle hörten fasziniert zu und vernahmen mit einer
Mischung aus Staunen und Erleichterung, dass die
Kommunikation mit den Militärs tatsächlich nur eine
Erfindung der Mind-Uploads gewesen war, aus einer Art Langeweile heraus. Koslow beobachtete
dabei unauffällig das Team und dachte dann: Gut
gemacht Devi, wir haben ein Problem weniger.
Nachdem Devi alles berichtet hatte warf Röttger ein:
"Sehr interessant dieses Quarantänefeld! Mal sehen, wie wir diese Information verwenden können.
Abgesehen vom wissenschaftlichen Aspekt wäre so
ein Dasein wirklich nichts für mich. Mir tun diese
virtuellen Bewusstseine leid. Wenn mein Mensch-
sein zu Ende geht, dann soll es auch endgültig vorbei sein. Dieses ewige Leben mit oder in einer
künstlichen Intelligenz halte ich nicht für erstrebenswert. Denn selbst, wenn du sterben willst, wer
löscht dich dann? GOLEM? Wohl kaum, denn er

benötigt dich. Also wird er dich solange umprogrammieren, bis du wieder in seinem Sinne funktionierst."

Die anderen sahen ihn nachdenklich an. Unter diesem Gesichtspunkt hatten sie die ganze Sache noch nicht betrachtet. Es wurde allen bewusst, dass darüber viel zu wenig diskutiert wurde, ob so eine Ewigkeit wirklich erstrebenswert war. Wer wollte schon, wie man so schön sagt, vom Regen in die Traufe kommen? Denn letztendlich bestimmte im Zweifelsfall wirklich eine künstliche Intelligenz darüber, wie lange und wie man "leben" würde.

Prof. Anderson beendete die philosophische Runde scherzhaft, aber mit Ernst in der Stimme: "Da haben wir heute ganz viel zum Nachdenken mit auf den Weg bekommen. Das sollten Sie in die ethischen Grundsätze für GOLEM einarbeiten, Miss Koslow. Zum einen ein Recht auf Löschung des eigenen Uploads / Bewusstseins und zum anderen ein gewisser Freiraum. Die Frage wird nur sein: Wer überwacht das Ganze? GOLEM, der sich selbst überwacht?

Wir schreiben heute noch den Bericht an Dubois und Broker und dann lade ich alle in ein nettes Restaurant ein. Devi ist der erste Mensch, der sich in einer virtuellen Welt zeitweise integriert hat. Sie hat uns allen heute einen ersten Eindruck vermittelt, was es heißt, virtuell gespeichert zu sein. Zukünftig wird der Aufenthalt auf 30 Minuten beschränkt werden, damit es nicht zu Schäden kommt. Was meinen Sie als Mediziner dazu, Dr. Linster?"

Dieser erwiderte: "Ich stimme Ihnen zu. Außerdem müssen die Probanden gesundheitlich vorher untersucht werden. Eine solche, körperliche und geistige Belastung halten nur kerngesunde Menschen aus. Frau Devi, Sie haben sehr großes Glück gehabt, dass sie keine Schäden davon getragen haben. Sie befanden sich auf dem besten Weg zum äußersten Limit. Das sollten Sie nicht noch einmal wiederholen." Danach verabschiedete er sich.

Prof. Anderson und Röttger verfassten noch den Bericht an Broker und Dubois. Dann verließen alle gemeinsam um 21.00 Uhr das Institut und kehrten in der Nähe in ein Speiselokal ein. Allen war klar, dass noch viel Arbeit vor ihnen lag. Trotzdem waren sie heute einen gewaltigen Schritt vorangekommen.

Kapitel 3 Alarmstufe Rot

17. Juli 2020 Lourmarin

Als Dubois und Broker den Bericht von Prof. Anderson in den Händen hielten, meinte Broker: "Das ist doch verrückt! Da suchen sich die virtuellen Mind-Uploads selbst Beschäftigungen. Wir normal Sterbliche wären froh, mal nichts zu tun zu haben, aber die?" Dabei schaute er Dubois grinsend an.

Der brummte zurück: "Wenn es denn mal stimmt. Übrigens, Boise hat mir heute Morgen etwas Eigenartiges erzählt. Er hat eine Meldung über ein merkwürdiges Treffen in Allemagne-en-Provence erhalten.

Der dortige Inhaber des Châteaus ist stiller Informant beim Geheimdienst und er berichtete von einem Treffen einiger Ausländer. Obwohl alle in Zivil ankamen, habe er den anhaftenden Militärgeruch meilenweit gerochen. Die hatten allerlei technisches Gerät dabei; die im Konferenzraum installierte Kamera sowie das Mikrofon hatten sie schnell entdeckt und ausgeschaltet. Gleichzeitig wurde ein starker Störsender aufgestellt, was ihn endgültig hellhörig machte. Allerdings konnte er mit den, ihm zur Verfügung stehenden, technischen Mitteln nichts weiter in Erfahrung bringen. Bei den normalen Gesprächen im Restaurant und an der Bar sei nur über Belangloses gesprochen worden. Die Nachforschungen von Boise hatten dann ergeben, dass die Tagung von einer deutschen Umwelthilfe gebucht worden war, und zwar zum Thema "Klimaziele 2025". Daniel, da steckt mehr dahinter!"

"Hm", meinte Broker nachdenklich, "das mag sein, aber ich sehe erst einmal keine Verbindung zu dem, was wir hier in den Händen halten. Jedoch nehmen wir mal an, es wäre so, dann hieße das, dass Devi und vielleicht auch Röttger, Koslow und Anderson an einem großen Komplott beteiligt sind. Das wäre doch sehr weit hergeholt, meinst du nicht?"

"Nicht unbedingt", erwiderte Dubois, "ich kann mir ebenso gut vorstellen, dass unsere drei Uploads in Jülich, zusammen mit GOLEM, gut getarnt haben, was wirklich passiert. Für Devi war die virtuelle Welt eine völlig neue Erfahrung. Wie sollte sie da alles durchschauen? Wie dem auch sei: Ich habe Boise gebeten, dranzubleiben und auch beim deutschen MAD anzufragen. Für das Ressort Künstliche Intelligenz ist dort übrigens Helene Hamstein zuständig. Ich hatte sie und ihren Kollegen Johann Duerr in der ersten Katastrophe mit GOLEM Anfang 2018 kennengelernt. Später waren die beiden zweimal hier zu Besuch. Also, wenn sie etwas weiß, dann werden wir es sicher erfahren. Solltest du mit der CIA auch tun."

"Gut", stellte Broker fest. "Jetzt aber noch etwas ganz anderes, Lucas: Ich habe Meldungen erhalten, dass in den Kriegsgebieten in Syrien angeblich Soldaten mit übernatürlichen Kräften aufgetaucht sind. Die haben in Sekundenschnelle agiert und sind anschließend verschwunden. Zeugen berichteten von einer dunklen, fast rüstungsähnlichen Kleidung. Aufnahmen davon waren nicht verwertbar, da die Anzüge anscheinend mit reflektierenden Folien beschichtet waren. Lucas, das sind keine guten Neuigkeiten. Da scheint uns jemand in der Entwicklung von Cyborgs voraus zu sein, und das hinter verschlossenen Türen. Also habe ich gestern beim Nationalen Sicherheitsrat der USA die Einrichtung einer Task Force beantragt. Sie ist heute Morgen bewilligt worden. Wenn es dir recht ist, würde ich gerne Brooks, Mrs. Schwarz und Pawlow hinzuziehen."

Dubois überlegte kurz und erwiderte: "Wenn du es für nützlich erachtest, einverstanden. Allerdings solltest du in Betracht ziehen, dass die Chinesen dahinter stecken und dann hast du, wie die Deutschen so passend sagen, den Bock zum Gärtner gemacht!"

"Ja ... Lucas, aber es sind auch Leute von uns dabei, mal ganz abgesehen von mir. Außerdem bin ich der Meinung, dass mittlerweile zwei Seelen in der Brust von Sue Schwarz und Brooks stecken. Sie fühlen sich hier im Zentrum für Kybernetik heimisch und Mrs. Schwarz wird in jedem Fall weiterhin in Frankreich leben wollen. Außerdem hat sie bisher immer unaufgefordert mit Katja und dir abgestimmt, was sie an China weiterleitet. Aber du hast recht, wir werden ein Auge darauf haben.

Warum ich gerade die drei will: Brooks ist auf dem Gebiet Cyborgs ein Genie und alles, was wir über diese neuartige Technik in die Hände bekommen, können die drei als Team am besten auswerten. Du weißt ja, wir Amerikaner arbeiten mit Hochdruck daran, genau solche Anzüge zu entwickeln, im Rahmen der BRAIN Initiative (Brain Research through Advancing Innovative Neurotechnologies), die übrigens der Vorgänger von Präsident Truman begonnen hat. Unser Exoskelett, der Robocop Kampfanzug, ist leider längst noch nicht soweit wie das, was in Syrien eingesetzt wurde. Wir setzen auf Hightech Keramik Plättchen, die einen enormen Schutz vor Kugeln bieten. Aber diese Folien, Lucas, die sind ein richtiger technischer Leckerbissen, da sie Fotos oder Videos verhindern können."

Dubois unterbrach Broker lachend: "Ich will dich ja nicht in deiner Technikeuphorie bremsen, Daniel. Sag mal - was lässt GOLEM zu alledem verlauten?"

"Nichts. Er konnte uns keine Hinweise liefern, wer dahinter steckt. Zumindest ist es nicht die westliche Welt und, laut JUÉWÀNG, zu 97% auch nicht China und Russland."

Dubois stellte seufzend fest: "Alles wird immer undurchsichtiger. Nun haben wir neben der künstlichen Intelligenz bald schon unbesiegbare Cyborgs, und demnächst auch noch Androiden, am Hals. Als wäre eine Baustelle nicht schon genug!"

"Du kennst das doch, Lucas. Die Entwicklungen werden immer schneller und wir müssen mitzuhalten. Aus diesem Grund wurde das Zentrum für Kybernetik in Lourmarin eingerichtet. Und bis jetzt ist Geld kein Thema und alle warten geduldig auf unsere Fortschritte. Da ist selbst Präsident Truman neidisch darauf, das kann ich dir versichern. Aber wir sollten bald mit vorzeigbaren Resultaten an Land kommen. Ich informiere dich, wenn ich etwas Neues erfahre."

"Bon. Ich informiere Brooks, Pawlow und Mrs. Schwarz über ihre künftige Mitarbeit."

"Great", meinte Broker zufrieden und machte sich auf den Weg in sein Büro.

20. Juli 2020 Hauptstadt Nordkorea, Pjöngjang

In einem kleinen, neuen Stadtteil von Pjöngjang, der erst 2017 mit großem Pomp und mit dem Namen Morgenröte eingeweiht worden war, saßen tief unter der Erde eines der Hochhäuser einige hochrangige Militärs der nordkoreanischen Volksarmee zusammen, unter der Leitung von Marshall Choi Yong-joon. Ebenfalls anwesend waren zwei Chinesen, Kim Cheng und Baihu Chai, die Vizedirektoren von Alibasta und Teleround.

Auf dem wandgroßen Bildschirm im Raum wurden gerade die Aufnahmen vom Krieg in Syrien gezeigt. Dabei tauchten immer wieder Soldaten in rüstungsähnlichen Anzügen auf, die sporadisch aktiv ins Kampfgeschehen eingriffen, mal auf der einen und mal auf der anderen Seite. Sie setzten scheinbar mühelos ihre Kräfte ein und die Angegriffenen hatten dem nichts entgegenzusetzen. Ebenso prallten die Kugeln ohne Spuren oder Verletzungen an den Anzügen ab und verletzten als Querschläger andere Soldaten. Nachdem der Film endete, ergriff Marshall Choi das Wort.

"Diese Aufnahmen, die nur von Spezialkameras erstellt werden konnten, sprechen für sich, meine Herren. Die Anzüge halten, was sie versprochen haben. Die normalen, menschlichen Kräfte werden um das Zehnfache verstärkt. Dazu die weitgehende Unempfindlichkeit gegenüber Kugeln und der Schutz vor Aufnahmen jeglicher Art, sei es digital oder analog. Dennoch gibt es einige Mängel:

Schwachpunkt Nummer 1 ist nach wie vor die Energieversorgung. Bedauerlicherweise sind bereits nach spätestens 15 Minuten, je nach Einsatz auch früher, die Energiereserven erschöpft. Der Energy Pack muss gewechselt werden. Aufgrund des Gewichtes ist das auch nur zweimal möglich. Mit anderen Worten: Nach einer Dreiviertelstunde muss der Einsatz beendet sein und während der Zeit des Energiewechsels ist der Soldat schutzlos.

Schwachpunkt Nummer 2: Die Tarnung funktioniert nur eingeschränkt. Aufnahmen/Videos können nur mit speziellen Geräten gemacht werden – ansonsten ist auf normalen Fotos oder Filmen nichts zu sehen. Das angestrebte, sichtbare Verschwinden des ganzen Soldaten für das menschliche Auge aber war bisher nicht aktivierbar.

Nummer 3: Die drahtlose Kommunikation mit der Einsatzstelle war nicht zufriedenstellend. Es kam immer wieder zu sekundenlangen Verbindungsabbrüchen." Damit beendete Choi seine Ansprache und sah die beiden Chinesen auffordernd an.

Kim Cheng ergriff das Wort: "Sicherlich gibt es noch einige Mängel. Trotzdem sollten die unleugbar vorhandenen Fähigkeiten der Anzüge Sie überzeugen, dass wir auf dem richtigen Weg sind. Wir versichern Ihnen, dass wir mit Hochdruck daran arbeiten, die Anzüge serienreif und störungsfrei fertigzustellen. Aufgrund des Embargos der Amerikaner und Chinesen im Namen der UNO sind allerdings einige der benötigten Elektronikteile sehr schwer einzuführen. Hier vor Ort fehlen uns die technischen Geräte, um sie selbst herzustellen. Dazu kommt, dass wir zu wenig Tests unter Realbedingungen durchführen können. Der Einsatz in Syrien war bereits ein sehr großes Wagnis. Wir wollen nicht Gefahr laufen, vorzeitig aufgedeckt zu werden. Wir bitten also um Ihr Verständnis und um Ihre Geduld."

Ausdruckslos erwiderte Marshall Choi: "Dann beten Sie darum, dass unser allgeliebter Anführer Jimin Jan Un ebenso viel Geduld mit dem Leben Ihrer Söhne hat.

Ich erwarte in spätestens zwei Monaten, dass eine Weiterentwicklung der Anzüge in Hinblick auf die Einsatzfähigkeit stattgefunden hat. Ansonsten werde ich Jimin Jan Un empfehlen, den Worten Taten folgen zu lassen. Wir wollen so bald wie möglich auf das Überraschungsmoment beim Angriff auf den Süden setzen, um unser geliebtes Volk wieder zu vereinen. Das wäre für heute alles. Ich wünsche Ihnen eine gesunde Heimkehr und versichere Ihnen, dass es Ihren Söhnen, als persönliche

Gäste unseres verehrten Anführers, bis jetzt an nichts mangelt."

Kim Cheng und Baihu Chai hatten sich das ganze ausdruckslos angehört. Sie standen auf, nickten schweigend den Anwesenden zu und verließen den Raum. Draußen wurden sie von zwei Wachsoldaten der nordkoreanischen Volksarmee empfangen und zum Aufzug geleitet, der sie wieder nach oben brachte. Nachdem sie zur Limousine begleitet worden waren und Platz genommen hatten, setzte sich diese in Bewegung und bereits 15 Minuten später hatten sie den Militärflughafen erreicht und ihre Maschine bestiegen. Erst als sie aus dem nordkoreanischen Luftraum in den südkoreanischen wechselten und die Lauschabwehr aktiviert worden war, wagten sie wieder, miteinander zu sprechen.

"Ich hätte diesem Marshall den Hals umdrehen können. Was für ein 坏蛋 (deutsch: Schlechtes Ei)!", begann Baihu Chai erregt.

Ohne darauf einzugehen, sagte Kim Cheng ernst: "拉倒 (deutsch: Schluss damit)! Es waren genug Demütigungen. Gleichgültig, was wir liefern, wir werden unsere Söhne so oder so nicht mehr lebend zurückbekommen. Und die Gefahr, dass wir entdeckt werden, wächst von Tag zu Tag."

Bisher konnten sie die Flüge nach Nordkorea gegenüber dem Präsidentenbüro immer mit dem Aufbau von Handelsbeziehungen begründen. Aber Präsident LI hatte vor wenigen Tagen, zusammen mit der UNO, ein Embargo gegen Nordkorea verhängt, um Druck auf Jimin Jan Un auszuüben, damit dieser sein Atomprogramm beendete. Eine Atommacht mit einem unberechenbaren Anführer genau vor der eigenen Haustür, das war für China nicht tragbar. Deshalb würden zukünftige Reisen nicht mehr so ohne weiteres möglich sein und ein schnelles Einlenken Jimin Jan Uns schien fraglich. Es waren schon genug Fragen gestellt worden, warum die Söhne der beiden solange in Nordkorea blieben.

Wären sie aber offen mit der Wahrheit herausgerückt, hätte das das endgültige Todesurteil ihrer Söhne bedeutet. Da nutzten auch weitere Sanktionen und Maßnahmen Chinas nichts.

Baihu erwiderte: "Ich fürchte, du hast leider recht. Ich sehe nur noch eine Möglichkeit: Wir werden uns an das Komitee für Internationale Sicherheit (KIS) wenden und um Hilfe bitten. Es kommt nur eine gewaltsame Befreiungsaktion in Frage. Wir werden Präsident LI bedingt einweihen, dass ein privater, von uns angeheuerter, Söldnertrupp die Befreiung unternehmen wird, sodass China offiziell zu keiner Aktion genötigt wird. Das wird uns zwar wieder ein paar Mrd. Dollar für den chinesischen Haushalt kosten plus die Abwicklungsgebühr für Präsident LI. Aber für unsere Söhne sollte es uns das wert sein. Wir haben nur die beiden, unsere anderen Kinder sind Mädchen."

Kim schwieg längere Zeit und erwiderte schließlich: "Einverstanden, gehen wir das Risiko ein; alles andere würden wir uns nie verzeihen. Zurück im Büro werden wir Iwanow kontaktieren und einen Treffpunkt vereinbaren."

Nachdem sie in Seoul gelandet waren, schickten sie von ihrem dortigen Niederlassungsbüro aus eine Nachricht an Boris Iwanow. Dabei ging es um eine Lieferung von Elektronikbauteilen, die für weitere Modifikationen des Safety First! Chips für China notwendig sein würden. Gleichzeitig baten sie ihn um einen Termin für ein Treffen, um die Formalitäten der Abwicklung und der Lieferung mit ihm zu besprechen.

Wenig später kam die Antwort: "Treffen Morgen, 11.00 Uhr, in Shanghai, The Langham Schanghai Hotel, 28. Stock, Chairman Suite."

"Hǎojíle (deutsch: Toll), das geht schnell! Wenn wir morgen um 8.00 Uhr abfliegen, sind wir um 10.00 in Schanghai und pünktlich um 11.00 Uhr im Hotel", stellte Kim zufrieden fest. Er schickte, nach einem Kopfnicken von Baihu, Iwanow eine Bestätigung.

Da den beiden im Moment nicht der Sinn nach einer Zerstreuung stand, aßen sie noch im Jihwaja, einem Restaurant der gehobenen Küche, und kehrten anschließend in ihr Hotel ins JW Marriott zurück, wo sich jeder in seine Suite zurückzog.

21. Juli 2020 Seoul – Schanghai

Pünktlich um 8.00 Uhr Ortszeit starteten sie mit ihrer Privatmaschine von Seoul nach Schanghai, wo sie um 10.15 Uhr landeten. Nach einer weiteren Dreiviertelstunde erreichten sie pünktlich das "The Langham Hotel". Sie meldeten sich an und wurden sofort zu einem reservierten Aufzug, der nur in den 28. Stock führte, weitergeleitet. Oben angekommen, standen zwei grimmig dreinschauende Bodyguards und, nachdem sie ihren Namen genannt hatten und kurz abgetastet worden waren, konnten sie eintreten und wurden von Boris Iwanow herzlich begrüßt. Nach einem kleinen Small Talk zur Begrüßung fragte Iwanow, was er denn für sie tun könnte. Kim übernahm die Aufgabe, dem Russen ihre Lage zu schildern.

Iwanow hatte sich alles schweigend angehört und meinte nach einer Weile: "Schöner Mist! Aber wie kann ich Freunde in der Patsche stecken lassen?" Er goss sich einen Wodka ein und bot seinen Gästen ebenfalls etwas an, was diese dankend ablehnten.

"Aber alles hat natürlich seinen Preis", er sah die beiden prüfend an und fuhr, nach einem zustimmenden Nicken seiner Gesprächspartner, fort: "Der Preis wird der sein, dass die Entwicklung dieser Kampfanzüge dem Komitee preisgegeben wird. Die anfallenden Spesen für die Aktion werden selbstredend ersetzt. Geht das in Ordnung?" Abwartend beobachtete er Kim und Baihu. Erleichtert gaben ihm die beiden ihr Einverständnis. Iwanow fuhr dann fort: "Gut. Was ist mit Präsident LI? Ein Verschweigen wird in dem Fall kaum möglich sein und sein Geheimdienst wird uns früher oder später auf die Schliche kommen. Außerdem schlage ich vor, dass wir einen Teil Ihrer Entwicklung dem Zentrum für Kybernetik in Lourmarin zukommen lassen, als großzügiges Geschenk einer erfolgreichen Aktion des Geheimdienstes von Russland. Präsident Koslow muss für diese Aktion mit an Bord; günstig wäre auch Präsidenten LI. Klartext unter uns: Russland, China und das KIS allein erhalten die ganzen Informationen zur Erstellung dieses Kampfanzugs."

Kim erwiderte, nach kurzem Augenkontakt mit Baihu: "Einverstanden. Das wird sich alles regeln lassen. Wir werden heute noch nach Peking fliegen und um eine Unterhaltung mit Präsident LI ersuchen. Es wird uns eine Stange Geld kosten, aber wenn unsere Söhne gerettet werden, dann war es das wert."

Iwanow warf ein: "Ich kann keine Garantie übernehmen, dass die Sache gut ausgeht. Andererseits bin ich auch Ihrer Meinung: Nichts zu unternehmen ist keine Option."

Beide sahen ihn ernst an und Baihu erwiderte: "Das sehen wir genauso. Wir sind bereit, das Risiko einzugehen."

"Gut, abgemacht. Fünf Millionen Euro Anzahlung sofort und weitere fünf Millionen, wenn Sie Ihre Söhne wohlbehalten zurückbekommen. Geht die Sache schief, ist mit der Anzahlung alles erledigt. Hier ist die Kontonummer. Sobald das Geld eingetroffen ist, lege ich los."

"Kein Problem", rief Kim, "das erledigen wir umgehend." Er nahm den Zettel mit der Kontonummer in die Hand, telefonierte kurz mit seiner Niederlassung in Shanghai und sagte dann: "Das Geld wird jetzt eintreffen."

Iwanow rief eine App auf seinem Handy auf. Sekunden später meinte er anerkennend: "Okay, alles erledigt, solche Kunden wünsche ich mir öfter! Aber natürlich aus einem anderem Anlass heraus." Er erhob sich und verabschiedete die beiden anteilnehmend: "Kopf hoch, ich werde persönlich die Aktion übernehmen und mein Bestes geben, versprochen! Geben Sie mir bitte noch eine Rückmeldung, wie Präsident LI das Ganze aufnimmt. Ich werde heute noch Präsident Koslow kontaktieren. Es versteht sich von selbst, dass wir gegenüber Dritten Stillschweigen bewahren."

Minuten später waren Baihu und Kim wieder in Richtung Flughafen unterwegs und nach einer halben Stunde saßen sie im Flugzeug nach Peking, das sie in zwei Stunden erreichen würden.

Vom Flugzeug aus ersuchten sie um einen Dringlichkeitstermin bei Präsident LI für den heutigen Tag.

Eine halbe Stunde später erhielten sie die Antwort, dass Präsident LI sie um 17.00 Uhr in seinem Büro erwarten würde und eine Stunde seiner Zeit für sie reserviert hielt.

Um 16.00 Uhr landeten sie in Peking, und, im Präsidentenbüro rechtzeitig eingetroffen, wurden sie nach einer viertel Stunde Wartezeit ins Büro von Präsident LI gebeten. Dieser erhob sich bei ihrem Eintreten, begrüßte sie höflich und bat seine Gäste, sich zu setzen. Nachdem eine Tasse Tee gereicht worden war, erkundigte er sich nach dem Grund ihres Kommens.

Niemand hätte erahnen können, dass hier bestimmt keine Freunde, sondern eher Widersacher zusammen am Tisch saßen. Kim und Baihu schilderten abwechselnd die prekäre Lage, in der sie sich befanden. Sie baten LI um Genehmigung, zur Befreiung ihrer Söhne einen privaten, russischen Söldnerdienst zu beauftragen.

Präsident LI hatte sich alles ausdruckslos und schweigend angehört. Zu ihrem Erstaunen, beide hatten eigentlich mit einer Maßregelung gerechnet, warum sie die Erpressung nicht sofort gemeldet hatten, sprach ihnen Präsident LI sein Bedauern aus. Er habe volles Verständnis für ihre Situation und wenn es um die eigenen Kinder gehe, dann dürfte man nichts unversucht lassen. Aus seiner Sicht durfte das kein Anlass sein, um an dieser Stelle politische Differenzen auszutragen. Er sei mit der Beauftragung des Söldnerdienstes einverstanden und würde den Geheimdienst zu ihrer Unterstützung Anweisungen erteilen. Vielleicht konnte der über den genauen Aufenthaltsort, die Art und Größe der vorhandenen Bewachung etc. etwas in Erfahrung bringen. Offiziell durfte China allerdings nicht darin verwickelt sein; deshalb war er mit der Beauftragung der Russen mehr als einverstanden. Und da erfreulicherweise China, wenn auch bedauerlicherweise für Russland gleichermaßen, noch eine bemerkenswerte Erfindung in den Schoß fiel, rechtfertigte das den Einsatz von Staatsressourcen. Hinzu würde er natürlich eine großzügige Spende von 10 Milliarden Dollar für den chinesischen Haushalt erwarten. Dafür würde man über eventuelle Verfehlungen hinwegsehen. Der Kampfanzug sei selbstverständlich zu einem Vorzugspreis der chinesischen Armee anzubieten. Und Jimin Jan Un würde er sich vorknöpfen, sobald die Aktion, so oder so, beendet wäre. Abschließend fragte Präsident LI, ob ihnen damit geholfen sei?

Kim und Baihu beeilten sich, ihm dies zu versichern und bedankten sich für seine großzügige Unterstützung. Sie erhoben sich mit der Bitte, nun gehen zu dürfen, was ihnen Präsident LI, mit weiteren Worten der Anteilnahme, großzügig gewährte.

Als die zwei sein Büro verlassen hatten, schmunzelte Präsident LI: Was für eine interessante Wendung! Seine beiden größten Widersacher hatten ihn um Hilfe gebeten. Das konnte er sicher irgendwann einmal nutzbringend verwenden. Um das verlangte Geld musste er sich keine Gedanken machen; die beiden hatten mehr als genug davon und würden an der Produktion der Anzüge reichlich mitverdienen. Und irgendwie konnte er sie sogar verstehen. Für seine Kinder tat man eben alles und dabei musste er an seine uneheliche Tochter Sue Schwarz in Frankreich denken. Ein wenig vermisste er sie, seine kluge Tochter. Sie schien zufrieden mit diesem Deutschen und mit ihrem Leben in Frankreich, was seine Kontakte regelmäßig bestätigten. Und sie war bereits zweimal mit ihrem Mann in Peking gewesen, um sich um JUÉWÀNG zu kümmern. Auf seinen Wunsch hin hatten beide ihn sogar zu Hause besucht. Seine Frau Jinjin hatte Sue und Helmut Schwarz herzlich willkommen geheißen und ihm anschließend zu einem so fabelhaften, geheimen Schwiegersohn gratuliert. Das bedeutete etwas, denn seine Frau war eine der wenigen, die ihm ungeschminkt die Wahrheit ins Gesicht sagen durften. Sie war zwar am Anfang nicht begeistert gewesen, als er ihr von der heimlichen Tochter erzählt hatte, aber da das vor ihrer Zeit gewesen war, hatte sie es hingenommen.

Im Gegenteil - sie hatte von sich aus beide eingeladen, vorbeizuschauen, wenn sie wieder in China weilten und sogar einen Besuch in Lourmarin in Aussicht gestellt. Auch wenn das eigentlich ein Affront ihm gegenüber war, denn er war nicht gefragt worden, konnte er seiner Frau selten etwas abschlagen. Ihm war seine Familie wichtig und sie bescherte ihm sein privates Glück in dieser Welt. Nun aber genug der weichen Gedanken, dachte er bei sich.

LI Jian wandte sich wieder der Tagesarbeit zu, nachdem er den Geheimdienst angewiesen hatte, die Informationen über den Aufenthaltsort der Söhne zu eruieren und ihm zukommen zu lassen.

Kim und Baihu informierten Boris Iwanow über das Einverständnis von Präsident LI.

Das viele Geld, was sie dieses Einverständnis gekostet hatte, interessierte beide, wie Präsident LI richtig vermutet hatte, wenig. Geld konnte man wieder verdienen, aber ihre Söhne waren unersetzlich, darin waren sie sich einig. Iwanow bestätigte umgehend und teilte ihnen mit, dass auch Präsident Koslow grünes Licht gegeben hatte. Er würde jetzt das Team zusammenstellen und die Leitung der Aktion persönlich übernehmen. Sobald der Aufenthaltsort bekannt sei, würde die Aktion starten.

Dass mittlerweise der amerikanische Geheimdienst ebenfalls tätig war, ahnte keiner der Beteiligten. Wie es der Zufall wollte, hatte einer der in Syrien kämpfenden, amerikanischen Soldaten Worte der fremden Soldaten, die die merkwürdigen Kampfanzüge trugen, gehört und erkannt, dass es sich um die koreanische Sprache handelte.

Umgehend verstärkten die Amerikaner die Überwachung mittels Satelliten und mobilisierten ihre Agenten in Nordkorea, die Augen offen zu halten. Und da der Quantencomputer EYE mit der Auswertung der Ergebnisse beauftragt wurde, war - wen wundert es - GOLEM sofort mit von der Partie.

Allein die Auswertung der bisherigen Erkenntnisse hatte GOLEM alarmiert. War hier jemand mit der Entwicklung von kampffähigen Cyborgs bereits kurz vor der Vollendung? Wenn es sich tatsächlich um Nordkorea handelte, konnten die das kaum alleine bewältigt haben. Dadurch kam die Frage auf: Wer war noch daran beteiligt, von dem bisher weder die Regierungen noch das geheime Komitee für internationale Sicherheit (KIS) etwas wussten?

Boris Iwanow informierte schließlich GOLEM über den russischen Quantencomputer MIR von den Geschehnissen und bat um Mithilfe für die Ausarbeitung des Rettungsplans. Als GOLEM die ganzen Informationen verarbeitete, war er überrascht, wie erfindungsreich Menschen sein konnten, wenn sie sich einen Vorteil vor den anderen versprachen. Da das rechnerisch nicht erfassbar war, entschied er, einen neuen Sicherheitsfaktor in seine Wahrscheinlichkeitsberechnungen einzufügen, was die möglichen Reaktionsweisen von Menschen anging.

GOLEM errechnete nun alle Optionen und machte einen erfolgversprechenden Vorschlag: In einer Nacht- und Nebelaktion sollten zwei der neuen Tarnkappenflugzeuge Russlands die Grenze Nordkoreas überfliegen und ein Team von 15 Mann an einen, für solche Fälle festgelegten Ort, zehn Kilometer vor Pjöngjang, absetzen. Von dort aus konnte dann die Befreiungsaktion gestartet werden. Jetzt war nur noch der genaue Aufenthaltsort der zu befreienden Personen festzustellen und wie diese bewacht wurden.

Es vergingen Tage, ohne dass sich etwas ergab. Aber endlich, am 28. Juli, kam der entscheidende Hinweis. Ausgerechnet ein, in Nordkorea zum Tode verurteilter, Soldat brachte die Information, als Preis für seine Befreiung und Hilfe bei der Flucht nach Südkorea.

Als er in Südkorea in relativer Sicherheit war, berichtete er dem amerikanischen Geheimdienst von einem geheimen Entwicklungsbüro im Stadtteil Morgenröte. Er war dort als Wachsoldat eingeteilt gewesen und musste unter anderen zwei junge Chinesen bewachen, die entführt worden waren, um sie als Druckmittel gegen ihre Väter zu verwenden. Wenn er im Labor Wache schieben musste, hatte er durch die Gespräche der verschiedenen Wissenschaftler erfahren, dass man dabei war, Anzüge zu entwickeln, die die Soldaten stark und unverwundbar gegen Kugeln machen sollten. Mehr hatte er nicht verstanden.

Da ein Elektronikteil seines illegalen Rechners den Geist aufgegeben hatte und er dieses ersetzen wollte, war er ertappt worden, als er es aus dem Labor entwenden wollte. Man hatte ihm sofort Hochverrat vorgeworfen und ging davon aus, dass er ein Spion sei. Denn in Nordkorea durfte niemand ohne Genehmigung der Partei einen Computer besitzen, ansonsten war man automatisch verdächtig. Obwohl eine durchgeführte Folterung nichts ergab, war er zur Abschreckung trotzdem zum Tode verurteilt worden. Zu seinem Glück hatte ihm ein Freund seiner Familie, der gute Kontakte hatte, geholfen und so war er in letzter Minute gerettet worden.

Über EYE hatte dann GOLEM die Information erhalten und direkt an Boris Iwanow weitergeleitet.

Iwanow entschied, die Befreiungsaktion am darauffolgenden Tag zu starten. So machten sich in den frühen Morgenstunden des 29. Juli zwei Tarnkappenflugzeuge vom Flughafen Wladiwostok aus, einer Großstadt Russlands mit knapp 600.000 Einwohnern am Japanischen Meer, auf den Weg. Knapp eine halbe Stunde später landeten die Flugzeuge, die im Tiefflug das nordkoreanische Radar unterflogen hatten, an dem vorgesehenen Ziel. Nachdem der Befreiungstrupp ausgestiegen und das benötigte Material ausgeladen war, machten sie sich umgehend auf den Rückflug.

Nun waren die 15 Männer komplett auf sich allein gestellt. Iwanow, der die Aktion persönlich leitete, gab letzte Anweisungen und dann fuhren sie in bereit stehenden Militärlastern in Richtung Stadtteil Morgenröte, Pjöngjang.

Bereits 15 Minuten später erreichten sie einen Parkplatz, der von Soldaten der koreanischen Volksarmee bewacht wurde. Nun kam der erste kritische Moment. Die Fahrer der beiden Laster stiegen mit Papieren in den Händen aus und gingen auf die beiden Wachsoldaten zu. Sie überreichten die Papiere und verwickelten die Soldaten in ein Gespräch. Währenddessen schlichen sich von hinten vier Männer, die aus dem Heck des Lastwagens gestiegen waren, an die Wache heran und setzten sie mit einer Injektion außer Gefecht. Das sollte ihnen für mindestens 12 Stunden Zeit geben. Sie wurden zu einem der Lastwagen geschleift, in Minutenschnelle ihrer Uniformen beraubt und dann, gefesselt und im Lastwagen angekettet, verstaut. Zwei der Männer des Trupps nahmen ihre Position ein und dienten gleichzeitig als Rückendeckung.

Die Lastwagen wurden ordentlich auf dem Parkplatz abgestellt, mit dem Heck in Richtung Eingang; es war in jedem Wagen ein Schnellfeuergewehr montiert. Zwei weitere Männer übernahmen die Bewachung der Lastwagen. Die verbleibenden 11 Männer machten sich mit Iwanow auf den Weg zum Eingang.

Arglos wurden sie von den Wachen am Eingang des Hochhauses auf Koreanisch begrüßt. Da sie den Wachposten am Parkplatz passiert hatten, schöpfte niemand Verdacht. So ereilte die vier dasselbe Schicksal wie ihre Vorgänger: Betäubt und gefesselt blieben sie zurück, mit zwei Mann als Bewachung. Die anderen stiegen jetzt in den Aufzug und drückten den einzigen Knopf, der keine Etagenangabe anzeigte. Langsam schloss sich die Tür und der Aufzug setzte sich nach unten in Bewegung. Alle hatten ihre Gewehre im Anschlag und die Männer an der Tür zusätzlich die Betäubungsgewehre.

Unten angekommen öffnete sich die Tür und die koreanischen Wachsoldaten beobachteten neugierig, wer denn um diese Uhrzeit, 5.00 Uhr morgens, in die geheime Bunkeranlage kommen mochte - da sackten sie auch schon in sich zusammen. Eilig wurden sie gefesselt und die Männer stürmten weiter. In den Labors nahmen sie zwei der auf dem Tisch liegenden Anzüge als Goodie gleich mit. In den Konferenzräumen herrschte gähnende Leere, also stürmten sie weiter. Hinter der nächsten Ecke wurden sie von zwei angespannten Wachsoldaten, die ihr Gewehr im Anschlag vor sich hielten, mit den Worten empfangen: "Halt, keinen Schritt weiter! Wer seid Ihr?"

Die Gruppe stand sofort still und einer der Männer neben Iwanow, der fließend koreanisch sprach, erwiderte: "Wir haben die Order, die beiden chinesischen Gefangenen für die Exekution abzuholen. Befehl von Marshall Choi."

"Zeigt eure Anweisung", forderte einer der Wachsoldaten, nun schon etwas beruhigter. Der so angesprochene trat ruhig vor und rammte im nächsten Moment in einer blitzschnellen Bewegung dem Soldaten die Betäubungsspritze in den Hals. Gleichzeitig stürmten zwei andere auf den zweiten los.

Da sich das Schloss zu dem Gefängnistrakt nicht öffnen ließ, wurde es kurzerhand aufgesprengt, wohl wissend, dass dadurch vermutlich der Alarm ausgelöst werden würde. Alle hatten sich Gasmasken aufgesetzt und einer der Männer schob in eine der Klimaanlagenöffnungen einen Behälter mit einem geruchslosen Betäubungsgas und öffnete diesen.

Sie hofften, dass sich das Gas schnell genug verteilte und die vorhandene Wachmannschaft im Trakt lahm legen würde. Wie bald Verstärkung nach der Meldung des Alarms erscheinen würde, war unbekannt. Also galt es, schnell zu handeln. Jeder schaute eilig durch die Sichtfenster der jeweiligen Zellen und schon an der dritten Tür hatten sie Erfolg. Drinnen lagen zwei halb betäubte, chinesische Männer, die, nachdem die Tür aufgesprengt worden war, aufgeschultert wurden. Der Trupp begann eilig mit dem Rückzug.

Problemlos erreichten sie den Aufzug und eilten nach draußen. Die Motoren der Lastwagen waren schon angesprungen und kaum waren alle wieder eingestiegen, ging es in Richtung Stadtzentrum. Zwei Straßenzüge weiter hielten sie an. Dort hielten, wie erwartet, vier Limousinen, wie Iwanow erleichtert feststellte. Präsident LI hatte Wort gehalten und den Chinesischen Geheimdienst zur Unterstützung geschickt. Also wurden die befreiten Männer in zwei der Limousinen verfrachtet. Der Rest seines Trupps verteilte sich auf die anderen Wagen.

Aber die Entspannung war nur von kurzer Dauer. Denn kaum wollten sie starten, erschienen vorne und hinten fremde Limousinen und versperrten den Weg. Iwanow fluchte, denn es schien, als mussten sich den Weg freischießen, denn sonst würden sie alle hier in Nordkorea festhängen. Er wollte seinen Männer gerade den entsprechenden Befehl geben, als aus seinem Funkgerät im Wagen ein amerikanisch sprechende Stimme ertönte: "Nicht schießen! Wir wollen nur helfen. Wer hat hier das Sagen? Bitte öffnen Sie die Wagentür, ich komme dann zu Ihnen und wir besprechen das weitere Vorgehen."

Sehr witzig, dachte Iwanow amüsiert. Ich werde mich wohl kaum als Schießscheibe zur Verfügung stellen. So bellte er in das Funkgerät: "Für wie blöd halten Sie mich eigentlich?"

"Ah … hallo Iwanow, hier ist Broker. In Ordnung, lassen Sie uns fahren. Wir reden später, wenn wir in Sicherheit sind. Folgen Sie uns, denn soeben ist Großalarm ausgelöst worden. Ihre wilden Sprengungen wurden gemeldet."

Iwanow stutzte: Was machte denn ausgerechnet Daniel Broker hier? Der konnte den ganzen schönen Plan in Gefahr bringen. Diese verdammten Amis. Aber jetzt hatte er keine Wahl mehr und so gab er seinen Männern den Befehl, dem vorderen Wagen zu folgen.

Um 6.00 Uhr morgens konnte man nun eine Kolonne von zehn Wagen zu beobachten, die mit einer hohen Geschwindigkeit durch die Straßen von Pjöngjang fegte. Da um diese Zeit kein hohes Verkehrsaufkommen herrschte, passierte nichts, abgesehen von den erstaunten Blicken einiger Passanten und vorbeifahrender Autos. Sie erreichten relativ schnell die Außenbezirke von Pjöngjang, als das Unvermeidliche geschah. Die Hauptstraße wurde gerade von einem Panzer der koreanischen Volksarmee versperrt. Die Wagenkolonne wich auf Seitenstraßen aus, drückte rücksichtslos parkende

Autos zur Seite und nahm die hinter ihnen auftauchenden Polizeiautos unter Feuer.

Endlich erreichten sie freies Land, als am Himmel vier Hubschrauber erschienen. Verdammt, das war's dann wohl, dachte Iwanow grimmig, als die vorderen Wagen auf das freie Feld preschten und anhielten. Die Besatzung sprang heraus, mit den Maschinengewehren im Anschlag, während die Hubschrauber zur Landung ansetzten. Die Männer winkten ihnen wie wild und Iwanow gab umgehend die Anweisung, zu folgen. So fuhren sie zu den gerade landenden Hubschraubern, sprangen aus den Wagen und kletterten in die Helikopter. Gerade starteten die Hubschrauber, als die Verfolger die Stelle erreichten und sofort das Feuer eröffneten. Mittlerweile war schon genug Höhe erreicht worden und so trafen die Kugeln zum Glück nicht mehr.

Iwanow und Broker befanden sich zufällig im gleichen Helikopter; da sie sich durch den Lärm kaum unterhalten konnten, musterten sie sich beide nur wortlos. In der Zwischenzeit hatten die Hubschrauber das offene Meer erreicht und drehten in Richtung Süd-Korea. Dort angekommen landeten sie auf einem Militärflughafen und die Insassen wurden von den südkoreanischen Soldaten in Empfang genommen und in einen separaten Raum begleitet, in dem ein Oberst der südkoreanischen Armee sie willkommen hieß. Genauer gesagt sprach er Broker an, während er Iwanow, und die anderen, schwarz gekleideten, Männer misstrauisch musterte.

Broker forderte Iwanow auf, sich mit ihm in einen Nebenraum zu begeben, in dem sich nur ein Tisch mit 2 Stühlen befand. Sich gegenübersitzend, sahen sich beide eine Zeitlang schweigend an. Schließlich begann Broker: "Sie trifft man wirklich überall, Mr. Iwanow. Wollen Sie mir freundlicherweise erklären, was Sie dort gesucht haben, oder besser gesagt, erbeutet haben?"

Iwanow konterte ausdruckslos zurück: "Das könnte ich Sie genauso fragen. Ich protestiere dagegen, dass ich hier festgehalten werde."

Broker erwiderte ruhig: "Da liegt ein Irrtum vor, Mr. Iwanow. Niemand hält Sie hier fest. Wir tauschen uns nur ein wenig aus und dann können Sie und ihre Männer gehen."

"Warum sollte ich mich mit Ihnen austauschen?", fragte Iwanow, sich zurücklehnend.

"Nun, weil wir Sie gerade gerettet haben?", gab Broker kühl zurück.

"Das sehe ich anders. Ohne Ihr Eingreifen wären wir längst da, wo wir sein wollten, nämlich zurück in Russland", stellte Iwanow erbost klar.

Broker winkte ab und schlug vor: "Mr. Iwanow, lassen wir doch die Spielchen. Ich sage Ihnen jetzt, warum wir vor Ort waren und als Gegenleistung erzählen Sie mir ihre Absichten. Und danach gehen wir wieder unserer Wege."

Nachdem Iwanow immer noch regungslos dasaß, fuhr Broker fort: "Ich nehme Ihr Schweigen mal als Zustimmung. Über die NSA und die CIA haben wir die Information von zwei gefangen gehaltenen Chinesen erhalten. Ich verkneife mir jetzt mal, zu fragen, wie Sie an diese Information gekommen sind."

Iwanow hörte ihm nach wie vor unbewegt zu.

"Außerdem hörten wir von einem Labor, in dem spezielle Kampfanzüge hergestellt werden. Ich wurde von Präsident Truman beauftragt, ein Exemplar zu besorgen und, bei dieser Gelegenheit, die chinesischen Gefangenen zu befreien. Diese hätten wir nach China ausreisen lassen oder ihnen ein Asyl in den USA angeboten. Als wir heute

Morgen am Hochhaus ankamen, sahen wir Sie herausstürzen und mit den Lastwagen davonfahren. Gleichzeitig erreichte uns über Funk die Meldung, dass, wegen eines Eindringens in eine geheime Anlage des nordkoreanischen Volkes, ein Großalarm ausgelöst worden war. Wir folgten Ihnen und den Rest kennen Sie ja. Von den Anzügen haben wir, dank Ihnen, nun gleich zwei Stück. Allerdings fehlen anscheinend wesentliche Teile, wie mir unsere Wissenschaftler soeben übermittelt haben. Die beiden chinesischen Männer schweigen bisher eisern, wer sie sind. Soweit meine Darstellung. Jetzt würde ich gerne die Ihre hören", endete Broker.

Iwanow hatte in der Zeit blitzschnell überlegt, was er preisgeben wollte. Als glücklich betrachtete er die Tatsache, dass Broker ihn der russischen Seite zugehörig betrachtete und allenfalls als mit den Chinesen verbündet ansah. Somit, und das war das Wichtigste, war bisher keine Information über das Komitee für internationale Sicherheit (KIS) bekannt geworden. Bei diesen Gedanken angekommen, begann er Broker die Geschichte aus seiner Sicht zu schildern.

So gab er ihm die Information, wer die beiden befreiten Gefangenen waren. Und dass ihre Väter ihm den Auftrag gegeben hatten, ihre Söhne zu befreien. Die Anzüge hätten nur sein Interesse geweckt, als er sie im Labor gesehen habe. Und so habe er sie, als Zusatzbezahlung, mitgehen lassen. Natürlich erwarte er, beide Anzüge zurückzuerhalten, wohl wissend, dass Broker darüber nur müde lächeln würde.

Broker sah ihn undurchdringlich an und bemerkte: "Sicherlich haben Sie mir einiges verschwiegen, aber nun ist mir zumindest klar, warum der Chinesische Geheimdienst mit im Spiel war. Obwohl es mich wundert, dass Präsident LI seinen beiden größten Gegenspielern hilft.

Was die Anzüge betrifft, so werden Sie verstehen, dass ich Ihre Forderung ablehnen muss. Allerdings wäre ich nach Rücksprache und Genehmigung durch Präsident Truman bereit, einige Untersuchungsergebnisse mit Ihnen zu teilen, genauer gesagt mit Präsident Koslow, als Zeichen der Anerkennung, dass Sie uns die Anzüge großzügig überlassen haben.

Die Entwicklung von Cyborgs und Androiden durch Mächte wie Nordkorea ist nicht im Interesse Amerikas und sicherlich auch nicht im Interesse Russlands oder Chinas. Gut, damit wäre alles gesagt. Unsere Unterhaltung ist beendet und es steht Ihnen frei, mit Ihren Männern und den zwei chinesischen Gästen zu gehen."

Iwanow musterte ihn interessiert. Im Grunde hatte er nicht damit gerechnet, dass Broker sein Wort halten würde. An die Ergebnisse der Untersuchung der Anzüge kam er so oder so heran. Aber vielleicht könnte man Broker, wenn es an der Zeit war, ebenfalls als Mitglied für KIS gewinnen. Seine Haltung imponierte ihm. Broker sah über den Tellerrand und war, im Gegensatz zu seinem Chef Präsident Truman, nicht rein national orientiert, sondern bereit, die Dinge international zu betrachten. Die Entwicklung von Cyborgs und Androiden sollte am besten unter Kontrolle von GOLEM erfolgen. Dem vertraute er mittlerweile sogar mehr als seinem Chef Präsident Koslow.

Iwanow erhob sich, ihm die Hand reichend, und sagte anerkennend: "Mr. Broker, dann möchte ich mich bei Ihnen bedanken. Ich wäre mir nicht sicher, ob ich an Ihrer Stelle so souverän gehandelt hätte. Das vergesse ich nicht. Also dann, до свидания! (deutsch: Auf Wiedersehen!)."

Nach diesen Worten verließ er den Raum und der Soldat vor der Tür brachte ihn zu seinen Männern zurück. Mit dem Einverständnis der Südkoreaner forderte er ein Flugzeug an, welches sie wenig später abholte und nach Russland brachte. Während des Fluges hatte er die Väter der beiden Chinesen informiert sowie Präsident Koslow.

Nach Ankunft in Wladiwostok wartete bereits ein Flugzeug, das die beiden wohlbehalten zu ihren Vätern zurückbrachte. Kim und Baihu schickten Präsident LI ein Dankesschreiben und überwiesen umgehend den Rest des Honorars.

Boris Iwanow war erleichtert, die Sache so gut gemeistert zu haben und zog sich auf seine Yacht Romanow 3 in Shanghai zurück. Voller Vorfreude telefonierte er mit Joanna, seiner jungen Lebensgefährtin, dass sein Auftrag erledigt sei und sie den nächsten Flug buchen konnte. Sie würde mit ihrem gemeinsamen Sohn Nikolai aus den USA anreisen. Joanna studierte in New York Psychologie und konnte bis Mitte August hier in Shanghai bei ihm bleiben, bis ihr Semester wieder begann.

In der Zeit würde er mit der Romanov 3 nach New York fahren, von wo aus sie beide Ende August für eine Woche nach Marseille flogen: Er hatte sich gewünscht, dass sie mit ihm das Sommerfest des Internationalen Zentrums für Kybernetik besuchte und nach Ablauf einer Woche würden sie zusammen wieder nach New York zurückfliegen.

30. Juli Pjöngjang, Kumsusan-Palast (Präsidentenpalast)

Präsident Jimin Jan Un, der Führer Nordkoreas, tobte, was das Zeug hielt. Marshall Choi bewahrte Haltung und ließ den Zorn teilnahmslos über sich ergehen. Ihm war klar, dass er dafür einstehen musste und so hatte er innerlich bereits mit seinem Leben abgeschlossen. Nach einer Viertelstunde sinnlosen Tobens gab Präsident Jimin Jan Un, zur großen Überraschung von Marshall Choi, schließlich die Anweisung: "Alle beteiligten Wachsoldaten müssen beseitigt werden - von dem Fehlschlag darf kein Wort nach außen dringen! Vorerst wird die Weiterentwicklung der Anzüge eingestellt; ohne das Know-How und den Nachschub aus China ist das Projekt auf Eis gelegt. Stattdessen werden wir die Experimente intensivieren, zum Tode Verurteilte in effiziente Cyborgs umzuwandeln. So haben wir doch noch eine Chance, bald die perfekte Tötungsmaschine in den Händen zu halten. Haben wir uns verstanden? Versagst du auch hier, kannst du dich entweder freiwillig für die Experimente melden oder du wirst erschossen."

Marshall Choi beeilte sich um eine unterwürfige Zustimmung. Danach war er entlassen.

Aufgewühlt ging er durch die Flure, daran denkend, dass sein Sohn, Ryong-Joon, von der Anweisung seines Führers betroffen sein würde. Er war wegen Drogenhandels zum Tode verurteilt worden und bisher hatte er, dank seines Einflusses, die Exekution verhindern können. Eine von ihm initiierte Befreiung war leider gescheitert, da sie verraten wurde. Er war vorsichtig genug gewesen, nirgends persönlich in Erscheinung zu treten und so konnte die Spur nicht zurückverfolgt werden.

Präsident Jimin Jan Un hatte schließlich seinen Sohn großzügig begnadigt unter der Bedingung, dass er sich freiwillig für Experimente zum Wohle Nordkoreas zur Verfügung stellte. Und diese Versuche sollten nun beginnen. Was konnte er tun? Ohne Gefahr für sein eigenes Leben war keine erneute Befreiungsaktion organisierbar. Letzten Endes entschied er sich schweren Herzens dazu, seinen Kontakt zum Geheimdienst der

Südkoreaner zu aktivieren und um Hilfe zu bitten. Marshall Choi war seinem Land treu ergeben, aber die Richtung, die sein Führer einschlug, gefiel ihm nicht. Das willkürliche Töten und die immer stärker werdende Familienhaftung ließen ihn kaum noch schlafen. Wann würde wohl er zum Schafott geführt? ... Es schien ihm nur noch eine Frage der Zeit zu sein.

Und so schickte er im Geheimen eine Nachricht an den Leiter der südkoreanischen "Central Intelligence Agency" (CIA). General Hying Wuk Kirn, der seit 1963 Chef dieser Organisation war, hatte er bei verschiedenen Treffen kennengelernt und beide schätzten sich als zuverlässige Verhandlungspartner.

3. August Lourmarin, GOLEM2-Anlage

GOLEM analysierte alle Daten, die sich aus der Befreiung und der bisherigen Untersuchung der Anzüge in den USA ergeben hatten sowie die Meldung vom südkoreanischen Geheimdienst an den amerikanischen Geheimdienst, dass Marshall Choi um ein geheimes Treffen mit General Hying Wuk Kim bat.

Er sprach Broker eine Empfehlung für das Treffen aus, woraufhin dieser den General darum bat, bei dem Treffen anwesend zu sein.

Die Zusammenkunft hinterließ einen erschütterten Broker, der fassungslos erkennen musste, dass Nordkorea ohne jeden Skrupel einen Fortschritt für sich erzwingen wollte. Im Rahmen der geheimdienstlichen Zusammenarbeit erfuhren auch Präsident LI und Präsident Koslow davon und zeigten sich nicht begeistert, dass Nordkorea die Entwicklung von menschlichen Cyborgs forcieren wollte, die bewusst willenlos gemacht, bedingungslos Befehle ausführen sollten.

Zwar nahm sich Präsident LI bei einem sofortigen, geheimen Treffen Präsident Jimin Jan Un zur Brust, wie man so schön sagte, auch hinsichtlich der Entführung der beiden jungen Männer. Ohne äußerliche Gemütsregung stritt dieser jedoch alles ab und behauptete, davon keine Kenntnis gehabt zu haben. Die Konsequenz war allerdings, dass die Geheimdienste im Anschluss von vielen Hinrichtungen berichteten, denn Präsident Jimin Jan Un ließ alle ermorden, von denen er nur vermutete, dass sie ihn verraten haben könnten.

In den folgenden Tagen wurde durch den Staatsfunk gemeldet, dass Marshall Choi nach seiner Rückkehr spurlos verschwunden war. Man musste davon ausgehen, dass auch er nun den Tod gefunden hatte.

GOLEM warnte eindringlich vor der Gefahr, die eine Cyborg-Armee dieser Art für die Welt darstellen konnte. Denn die KI stellte klar, gerade weil sie selbst die Entwicklung von Cyborgs und Androiden förderte, dass die menschlich-künstlichen Lebensformen ihren eigenen Willen behalten sollten.

Aufgrund ihrer ausdrücklichen Warnungen vernichteten Söldner im Auftrag der Chinesen und Russen in einer weiteren Nacht- und Nebelaktion sämtliche Labors, in denen die Experimente stattfanden. Bedauerlicherweise fand dabei auch der Sohn von Marshall Choi den Tod, sowie sämtliche, anwesenden Wissenschaftler und Insassen. Präsident LI warnte Präsident Jimin Jan Un erneut eindringlich davor, es nicht zu weit zu treiben.

China und Russland trieben, unabhängig vom Internationalen Institut in Lourmarin, ihre eigene Weiterentwicklung von Cyborgs und Androiden für militärische Zwecke voran. Die USA setzten ebenfalls immer mehr Mittel ein, um in dieser Richtung voranzukommen. Offiziell hatten alle drei Staaten vereinbart, dass der freie Wille der beteiligten Menschen erhalten bleiben sollte.

Und wieder begann hier, weitgehend unbemerkt von der Weltöffentlichkeit, ein gewaltiger Rüstungswettlauf auf einem neuen Gebiet. Ein Kampfanzug verblieb bei der NSA, um dort untersucht zu werden und der andere sollte dem Institut in Lourmarin überstellt werden mit der Anweisung Brokers, dass das Team Brooks, Pawlow und Schwarz sich damit intensiv beschäftigte.

Die Verbündeten des KIS tauschten sich hinter den Kulissen mit GOLEM über alles aus und es war allen Beteiligten klar, dass die Entwicklungen in diesen Ländern weiter intensiv im Brennpunkt ihrer Aufmerksamkeit stehen mussten.

7. August 2020 Jülich

Katja Anderson dachte darüber nach, wie sie es einrichten konnte, Röttger wieder einzuladen. Leider ergaben sich keine Gelegenheiten mehr wie damals, keine entgleisende Züge und keine Streiks, nichts, was wieder dazu geführt hätte, dass sie ihm, ohne eigene Gefühle preiszugeben, das Angebot hätte machen können. Sie versuchte, unauffällig nach Anzeichen Ausschau zu halten, ob er überhaupt an ihr interessiert war. Er lächelte sie zwar an, wenn sie sich mal unvermutet ansahen, aber dann wandte er seinen Blick auch wieder ab. Ansonsten verhielt er sich freundlich und zurückhaltend wie immer. Anderson stellte mutlos fest, dass sich aus dem einen Abend nicht mehr ergeben würde. Sie war wohl auch nicht der Typ Frau, den er vorzog, wenn man der Erzählung von Dubois Glauben schenkte. So entschied sie, das nächste Wochenende in jedem Fall in die Berge zu fahren, um bei einer ausgedehnten Wanderung Abstand von ihren Gefühlen zu gewinnen.

Am Freitagabend, als sie alle Schluss machten, kam Röttger plötzlich auf sie zu und fragte: "Hör mal Katja, darf ich dich heute oder morgen zum Essen einladen? Ich kenne ein schönes, chinesisches Restaurant, das ich ab und zu besuche. Wie sieht es aus?"

Da war sie wieder, ihre Sehnsucht. Sie blickte verlegen zur Seite. Eigentlich hatte sie in die Berge fahren wollen ... und jetzt? Gut, sie gab dem Ganzen noch eine kleine Chance – aber danach musste sie sich endgültig distanzieren. So erwiderte sie ruhig: "Gerne, Denis."

"Darf ich dich abholen?", fragte er noch und, nach ihrer Zusage, verabredeten sie sich für Samstagabend um 19.30 Uhr. Danach schlüpfte sie in ihren Mantel und verabschiedete sich schnell.

Als es am nächsten Abend klingelte, holte Katja tief Luft, ging zur Sprechanlage und sagte: "Moment, ich komme gleich." Ein letzter Blick in den Spiegel zeigte ihr eine leicht aufgeregte Frau mit strahlenden, blauen Augen, das schönste an ihr, wie sie mal wieder feststellte. Sie hatte sich für eine lockere Freizeitkleidung entschieden: Sneakers, Jeans und ein dunkelblaues Top, über das sie einen leichten Mantel zog. So ging sie hinunter und sie fuhren zusammen zum Restaurant.

Zwei Stunden später holte er ihren Mantel und als er wenig später vor ihrer Wohnung anhielt, machte er den Motor aus. Denis wandte sich ihr zu und begann: "Es war ein schöner Abend."

"Ja, das finde ich auch", sagte sie und nach einer unmerklichen Pause fügte sie hinzu: "Und es war auch ein ganz wunderbarer Abend damals."

Er erwiderte: "Ja, das war es wirklich. Ich habe oft daran gedacht." Nun tastete er sich weiter vor: "Aber ich bin mir nicht sicher, ob du dir eine Fortsetzung vorstellen kannst."

Katja sah ihn versonnen an. Sollte ihr Wunsch dieses Mal in Erfüllung gehen? Auf einmal fühlte sie sich nervös, aufgeregt und unsicher zugleich. Aber jetzt ein Rückzug? Nein. Also sagte sie: "Ich würde mich sehr freuen, wenn es weitere Abende gäbe, Denis."

Er merkte, wie sich eine warme Vorfreude in ihm ausbreitete. Ja, er hatte richtig entschieden. Was auch immer daraus werden würde, es hatte keinen Sinn, noch länger im Reich der Toten sein Glück zu suchen, er wollte leben. Also erwiderte er: "Ich freue mich auch, Katja." Plötzlich mussten sie beide gleichzeitig lächeln und die Spannung löste sich.

"Und, kommst du noch auf einen Tee mit zu mir?", fragte sie jetzt. Das ließ er sich nicht zweimal sagen.

Und so saß Denis wieder auf der großen Wohncouch, während sie in der Küche den Tee aufsetzte. Bald darauf erschien sie mit der Teekanne und zwei Bechern in der Hand. Katja zündete die Kerzen und den Kamin an und machte es sich, wie am ersten Abend, im blauen Kissenmeer auf ihrer Seite bequem. Beide schauten eine Weile den flackernden Flammen zu und tranken ihren Tee.

"Der Abend mit dir hat mir gut getan, Katja, ich hätte nie gedacht, dass ein Reden über die ganze Zeit etwas bringen würde. Und wie war es für dich?"

"Ich habe den Abend sehr genossen", sagte sie leise und sah ihn an. Dieser Mann berührte all ihre Bedürfnisse, die sie lange Zeit so gut auf Eis gelegt hatte, dachte sie, während ihr das Herz bis zum Hals klopfte. Eine atemlose Stille schien sich auszubreiten.

War ihr bewusst, dass sich eine Sehnsucht in ihren Augen spiegelte, die in ihm ihre Entsprechung fand?

"Weißt du, was ich die ganze Zeit schon tun wollte?", meinte er schließlich weich. "Dir diese kleine, eigenwillige Haarsträhne hier", er setzte sich neben sie, "nach hinten zu streifen." Sanft strich er ihr die Strähne zurück.

Sie sah ihn mit großen Augen an und ihre Hand tastete nach seiner, bevor er sie zurückziehen konnte.

"Denis", während sie seine Hand ergriff, "es ist lange her, dass ich …"

Er erwiderte: "Das ist es für mich auch, Katja."

Denis ließ sich mit ihr in die Kissen sinken. Sie sahen sich an und er fuhr sanft die Konturen ihres Gesichts entlang und sie schloss, seine Berührung genießend, mit einem wohligen Seufzer ihre Augen. Schließlich küsste er sie zart und als er fühlte, wie sie immer mehr erwiderte und ihm mit den Händen durch die Haare fuhr, wurden die Küsse hungriger, bis sie lachend um Gnade bat.

Erhitzt lehnte er sich zurück. "Geht es dir zu schnell?"

"Du hast gerade noch beim Essen erzählt, dass du dich gefragt hat, ob die ganzen Eingriffe nicht ungeahnte Folgen nach sich gezogen haben... da habe ich gedacht, du wolltest damit sagen, dass du mehr Zeit brauchst."

Denis ließ ihre Worte einen Moment lang wirken. Schließlich meinte er: "Du hast recht, das hatte ich damit sagen wollen. Aber, du", er wandte sich ihr wieder zu und strich ihr durch die seidigen Haare, "du wunderschöne, wunderbare Frau … du holst mich unwiderstehlich ins Leben zurück!" Sich sehnsüchtig zu ihr beugend, merkte er plötzlich, dass sie innehielt. Fragend schaute er sie an: "Was ist denn?"

"Bin ich denn das wirklich für dich … wunderschön, unwiderstehlich?", fragte sie leise und stockend. "Also schön bin ich ganz bestimmt nicht und … ich bin doch so gar nicht dein Typ."

Denis sah sie verblüfft an. Eigentlich wusste er nicht, was er dazu sagen wollte. Sicher, es war noch nicht lange her, dass er angefangen hatte, sie als begehrenswerte Frau wahrzunehmen. Und dann hatte er einige Zeit darüber nachgesonnen, was er wirklich wollte. Ihm war bewusst geworden, dass er sich hinter Mauern verschanzt hatte, um seelisch zu überleben; und er hatte es sich mit den Erinnerungen an eine tote, ehemalige Geliebte dabei gemütlich gemacht. Schließlich hatte er sich entschieden, den Schritt nach vorne zu wagen. Jetzt aber nahm er ratlos wahr, wie sie begann, sich zurückzuziehen.

Auf der Zielgeraden ins eigene Aus, dachte Katja niedergeschlagen, das habe ich ja toll hingekriegt. Die Ahnung, dass sie für ihn nur eine zweite Wahl war, schien zur Gewissheit zu werden. Dubois hatte ihr ja von dieser wirklich attraktiven Chinesin erzählt. Sie selbst war also bestimmt nicht die Art von Frau, die er favorisierte …

und seine Sprachlosigkeit schien das nur zu bestätigen. Eine leise Traurigkeit kam auf. Es war wohl alles ein Fehler gewesen…

Warum, in aller Welt, dachte Katja so? Denis hätte am liebsten den Kopf geschüttelt. Instinktiv spürte er, während er sie sinnend ansah, dass Worte sie beide nicht weiterbrachten. Aber - er konnte es sie fühlen lassen, was er für sie empfand.

Spontan rückte er ein Stück weg, sich auf den Ellbogen aufstützend und hielt nur noch ihre Hand leicht in seiner. "Komm", sagte er lockend, ihren Blick haltend.

Katja starrte ihn verdutzt an. Ihr Verstand und ihr Stolz rieten ihr dazu, nicht darauf einzugehen - doch gleichzeitig spürte sie, wie jede Faser ihres Körpers ihm bebend antwortete und nach ihm verlangte. Unter seinem Kuss war sie dahingeschmolzen und da war eine Intensität zwischen ihnen, die alles in ihr zum Schwingen zu bringen schien.

Denis spürte, wie sie mit sich rang und er wartete, dem vertrauend, was er in ihrer Umarmung gefühlt und in ihren Augen gesehen hatte. "Komm", wiederholte er leise und verheißungsvoll, ihre Hand küssend.

Dieser erstaunliche Mann, dachte Katja atemlos und kam seufzend, sich selbst langsam nachgebend, zu ihm. Er lehnte sich mit leuchtenden Augen lächelnd in die Kissen zurück, sie sehnsüchtig willkommen heißend. Sie beugte sich über ihn, um ihn zu berühren, sein Gesicht zu ertasten und schließlich hingebungsvoll zu küssen, was er mit wachsender Leidenschaft erwiderte. Hungrig streiften sie sich irgendwann gegenseitig die Kleidung ab, aufgewühlt nebeneinander liegend, den Duft, die Haut und die Wärme des anderen wahrnehmend. Denis begann, sie mit allen Sinnen zu liebkosen, bis sie sich stöhnend unter seinen Händen wand … und dieses Mal ließ er eine Gnade nicht mehr zu.

Als er am Sonntagmorgen aufwachte, war Katja im Bad. Er streckte sich wohlig aus, kreuzte die Arme hinter den Kopf und dachte, dass er sich lange nicht mehr so lebendig und glücklich gefühlt hatte. Was für eine aufregende Nacht! Viel hatten sie wohl nicht geschlafen. Sie erschien in der Tür und fragte strahlend: "Tee oder Kaffee?"

Denis freute sich über ihren Anblick und ohne nachzudenken streckte er sehnsüchtig die Hand aus – und Katja kam langsam zu ihm. Er zog sie an sich, diese wunderbare, begehrenswerte Frau. Unwillkürlich atmete sie schneller, während ihre meerblauen Augen begannen, sich zu verschleiern. Und während er in sie eintauchte, sagte er, sie innig anschauend und mit bewusstem Nachdruck: "Für mich - bist du wunderschön." Katja blickte ihn sprachlos an und plötzlich rann eine Träne hinab, und noch eine. Er wollte schon innehalten, als sie rief: "Nein, nein, nicht aufhören." Ihren Namen flüsternd küsste er ihr die Tränen weg und sie zog ihn zu sich hinunter. Mit einem Glücksgefühl im Herzen nahm Denis wahr, wie sie sich ihm öffnete und so gab er sich vollends dem gemeinsamen Feuer hin.

Am Montagmorgen hatte Katja Anderson sich leise aus dem Bett geschlichen, während er noch tief und fest schlief. Nach der Dusche warf sie sich ein paar Sachen über und schlüpfte hinaus, um Frühstücksbrötchen zu holen. Spontan ging sie in den nahegelegenen Park, einen kleinen Umweg machend. Die klare, frische Morgenluft tief einatmend, lächelten ihr Leute zu, die sie noch nie gesehen hatte. Staunend stellte sie fest, dass sie sich wie neugeboren fühlte. Sie hatte nicht gewusst, wie es sein konnte. Denis hatte sie auf ganz wunderbare Weise ermutigt, das zu tun, was ihr in den Sinn kam und letzten Endes war sie von ihren eigenen Wünschen überrascht worden. Es hatte irgendwann zwischen ihnen kein Tabu mehr gegeben; alles schien so natürlich, lustvoll und wunderschön … Sie fühlte sich vom Leben unendlich beschenkt. Im Grunde, das erkannte sie plötzlich, hatte für sie beide ein starker Heilungsprozess begonnen: ihre starken, verborgenen Minderwertigkeitsgefühle als Frau und auf seiner Seite die ganzen körperlichen Eingriffe, die er über sich hatte ergehen lassen, die, mit all den sich daraus ergebenden Folgen, für ihn traumatisierend gewesen waren. ("Die Bitcoinverschwörung", "GOLEMs Rückkehr")

Als sie zurückkam, hörte sie ihn schon unter der Dusche. Sie machte fröhlich summend das Frühstück und bereitete sich für den Tag im Institut vor. Mit dem Kaffee in der Hand am Tisch sitzend, sahen sie sich beide an: er im Anzug und sie wie üblich, elegant und schick, die Haare hochgesteckt. Plötzlich sagte Denis lächelnd, auf eine Frage antwortend, die sie nicht laut gestellt hatte: "Mach dir keine Gedanken, Liebste, privat ist privat und im Institut bist du meine Chefin." Sie erwiderte sein Lächeln und der Alltag begann.

Kurz vor der Mittagspause, Prof. Anderson war den halben Tag irgendwo im Institut unterwegs gewesen, schaute sie am Terminal von JUWELS vorbei. Und tatsächlich, Röttger saß vor seinem Laptop.

"Und, wie sieht es aus?", fragte sie, während sie sich freute, ihn zu sehen.

"Mmh, die Mediziner sind sich noch nicht einig, wie die Auswirkungen auf den menschlichen Körper verringert werden können, wenn man sich über unsere Neurotransmitter geistig in eine virtuelle Welt begibt. Dann bin ich nach wie vor dabei, aus den Informationen, die GOLEM uns über das Schutzfeld, oder Quarantänefeld, übermittelt hat, schlau zu werden. Katja, ich schlage vor, wir ziehen Pawlow oder Helmut Schwarz als Unterstützung mit dazu. Vielleicht kann Brooks auch mal einen Blick darauf werfen, wenn er Zeit hat."

"In Ordnung", meinte sie, "nach der Pause schaue ich mir das auch noch mal an. Gehen wir zusammen etwas essen?"

"Prima", erwiderte er, "eine gute Idee."

Er klappte den Laptop zu und holte seinen Mantel. Verblüfft nahm sie wahr, dass Röttger, seinen üblichen, freundlich reservierten Blick aufsetzend, neben ihr herging, während er gleichzeitig einen gewissen Abstand zu ihr wahrte. Beim Chinesen bestellten sie zwei Takeaway-Boxen, um sich damit im Park etwas in die Sonne zu setzen. Als sie nebeneinander Platz genommen hatten, sagte Katja plötzlich: "Hör mal, ich habe eigentlich nicht daran gedacht, ein Staatsgeheimnis daraus zu machen, dass wir jetzt zusammen sind", während sie seine Hand nahm. "Und das sind wir doch, oder?"

Perplex und stotternd erwiderte Denis: "Aber ja … aber ich dachte, dass du vielleicht nicht willst, dass … du bist doch hier die oberste Instanz, Professor …"

Katja unterbrach ihn, erleichtert lachend: "Mein allerliebster, wunderbarer Mann, so meinte ich das doch gar nicht heute Morgen! Ich habe nur daran gedacht, dass es Gelegenheiten gibt, wo es nicht ganz passen könnte."

Denis starrte sie an. Unvermutet zog er sie an sich, um sie so zu küssen, dass sie beide eine Zeitlang nicht mehr ans Essen dachten. Schließlich flüsterte er bewegt: "Du weißt nicht, was du mir für ein Geschenk gemacht hast."

Arm in Arm kehrten sie später ins Institut zurück. Glücklich lächelnd flüsterte sie ihm zu: "Jetzt haben sie was zu tratschen, von wegen Frau Prof. ist in festen Händen und so. Du ahnst nicht, wie schnell das die Runde machen wird."

Und in Gedanken fügte Denis Röttger wohlig hinzu: "… und zwar in meinen Händen", während er sich schon auf den Abend mit ihr freute.

Kapitel 4 Dunkle Wolken ziehen auf!

13. August Lourmarin, Internationales Zentrum für Kybernetik

Als Röttger im Laufe der Woche wieder nach Lourmarin zurückgekehrte und mit einem fröhlichen "Guten Morgen, Leute!" hereinschneite, stellte er fest, dass sein Team dabei war, einen Kampfanzug zu analysieren, den Broker aus den USA mitgebracht hatte. Auf den ersten Blick schien die Körperkraft eines Soldaten um ein Vielfaches verstärkt zu werden und es war eine ungewöhnliche Beschichtung zu sehen. Brooks, Sue Schwarz und Pawlow standen um diesen herum und diskutierten gerade, wie sie am besten vorgehen wollten. Interessiert stand er dabei, hatte für jeden eine kleine Bemerkung parat, stellte Fragen und gab hier und da einen Kommentar von sich, bis jeder fast unwillkürlich mal zu ihm hin sah, so offen und zugänglich, wie er sich heute zeigte. Des Rätsels Lösung kam kurz vor Mittagspause, als Prof. Anderson hereinkam. Mittlerweile war sie von Broker über den Spezialanzug, der in Nordkorea erbeutet worden war, in Kenntnis gesetzt worden und so wollte sie sich informieren, wie weit alle mit der Untersuchung gekommen waren.
"Ah", strahlte Röttger sie an, "du kommst genau richtig."
Er zog sie sanft für einen leichten Kuss auf die Wange an sich und ging mit ihr zum Anzug, während er sie kurz über den aktuellen Stand der Analyse aufklärte.
"Die Sonne geht auf", sagte plötzlich jemand und die beiden registrierten, dass sie von einer verblüfft dastehenden Gruppe angestarrt wurden. Röttger schmunzelte

amüsiert und Prof. Anderson lachte: "Was ist denn mit euch los?"

"Ja, ja, stille Wasser sind bekanntlich tief", gab Pawlow lächelnd und vieldeutig zum Besten. Und Brooks konnte sich ebenfalls nicht verkneifen, zu sagen: "Denis, du Leisetreter, du hättest uns ja mal vorwarnen können!"

Alle waren bis zum Abend mit der Untersuchung des Anzugs beschäftigt. Sie stellten fest, dass ganz offensichtlich Teile fehlten. So war ein Fach leer, aus dem Drähte hinaushingen. Nach einer kurzen Diskussion gingen sie davon aus, dass dort die erforderlichen Energypacks vorgesehen waren. Auch im Helm war eine kleine Nische leer. Was darin befestigt werden sollte, blieb vorerst unklar. Die Folie dort fühlte sich weich und biegsam an und war so elastisch, dass sich keine Knickstelle bildete. Sie trennten vorsichtig ein kleines Stück ab und schickten es zur Materialuntersuchung zu den Kollegen ins Labor. Die Panzerung bestand aus einer unbekannten Legierung, deren Hauptbestandteil Carbon war, mit einem Anteil von Stahl. Sie demontierten einen Arm und sandten ihn ebenfalls an das Labor, um eine exakte Analyse der Bestandteile zu erhalten. Auffallend war die offensichtliche Leichtigkeit des Anzuges, seine Geschmeidigkeit und Flexibilität; er konnte sich an verschiedene Größen durch eingebaute, sich automatisch aufblasende Luftpolster, dem jeweiligen Träger mit Konfektionsgrößen von 42 bis 56 anpassen.

Mittlerweile hatte auch GOLEM den Kampfanzug gescannt und ein dreidimensionales Bild erstellt, das in der Lage war, Bewegungen zu simulieren. Gespannt schaute sich das Team die Bewegungsabläufe des Anzugs an. GOLEM hob die Stellen hervor, an denen Kraftverstärker eingebaut waren.

Aus den Berechnungen der KI ergab sich, dass der Anzug sehr viel elektrische Energie verbrauchen musste, um die volle Leistung zu erreichen.

"Schade, dass die Energy-Packs fehlen", meinte Röttger. Broker hatte zwar Batterien mitgebracht, die die Amerikaner für ihren Kampfanzug, das Exoskelett, verwendeten. Aber würde man die einsetzen, konnte man den Anzug nur für ca. 15 Minuten nutzen.

"Vielleicht waren die Nordkoreaner, bzw. die Hersteller, auch in der AKKU-Technik weiter? So ein aufwendiger, teurer und funktioneller Anzug ist sicher nicht nur für eine Viertelstunde Einsatz gedacht", warf Helmut Schwarz nachdenklich ein. "Schau doch mal, Denis, ob du Broker nicht dazu bringen kannst, mehr darüber rauszulassen, wer an der Herstellung tatsächlich beteiligt war", Röttger dabei ansehend.

Die Elektronik war auf einem derart hohen Stand, dass sie die der Amerikaner um einiges an Leistung und Reaktionsfähigkeit übertraf.

GOLEM informierte gerade die Gruppe, dass sich laut seinen Analysen die Schnittstelle für die Steuerung des Anzugs zu 98% im Helm befand. Die KI ging von einem Neurotransmitter aus, der die Steuerung des Anzugs direkt vom Gehirn des Soldaten per Gedankenbefehl ermöglichte.

Bis dahin gekommen beschlossen sie, die Laboranalysen abzuwarten, um im nächsten Schritt zu entscheiden, welche Technologien davon für die Herstellung eines eigenen, militärischen Kampfanzugs verwendet werden konnten. Broker hatte schon angedeutet, dass es darauf hinauslaufen sollte.

Bis dahin wollten sie die Zeit nutzen, die Simulationsabläufe des Anzuges zu analysieren.

Röttger verfasste einen kurzen Bericht an Dubois und Broker, in dem er beide abschließend bat, ihm mitzuteilen, ob an der Entwicklung des Anzugs der Nordkoreaner noch jemand beteiligt war. Die Antwort ließ nicht lange auf sich warten: Es war China, das die Entwicklung maßgeblich mitgetragen hatte.

Nach dieser Information schauten alle unwillkürlich Sue Schwarz und Brooks fragend an, deren Auftraggeber China war. Sue Schwarz jedoch versicherte, dass ihr nichts über eine derartige Entwicklung oder Herstellung bekannt war. Sie nahm an, dass hier im Auftrag von Präsident LI das Militär involviert war.

Da es bereits früher Abend war, machten sie für heute Schluss. Am nächsten Tag würden voraussichtlich auch die Ergebnisse des Materiallabors vorliegen.

Als alle ihre Sachen zusammenpackten und sich auf den Feierabend freuten, kam Helmut Schwarz nochmal auf seinen Freund zu. Er umarmte Denis Röttger und meinte: "Was für eine Überraschung, dass ihr zwei euch gefunden habt. Du siehst klasse aus, altes Haus, gleich um 10 Jahre jünger. Ihr beide tut euch einfach gut, mmh?"

Röttger erwiderte ihm lächelnd: "Katja hat der Himmel geschickt, Helmut."

"Und, besucht ihr beide uns mal am Samstag? Oder seid ihr zu beschäftigt?" Schwarz grinste ihn an. Woraufhin Röttger lachte und sagte: "Ich geb dir noch Bescheid, du alter Hellseher."

10. September Nordkorea, Flughafen Kalma

Auf dem militärischen Teil des Flughafens Kalma, in der Nähe der östlichen Hafenstadt Wŏnsan, standen in einem hermetisch abgeriegelten Labor zehn Männer bereit, regungslos und ohne jeden erkennbaren Gefühlsausdruck. Ihre Körper befanden sich in einem bläulich schimmernden Anzug.

Einer der Männer schien das Kommando über die Mannschaft zu haben. Gerade hatte er den Befehl gegeben, sich auf den nächsten Einsatz vorzubereiten. Im Inneren des Mannes tobte ein Sturm von Emotionen, die von Hass bis grenzenloser Wut reichten. Seine Emotionen und seine Befehle wurden, über im Gehirn verankerte Neurotransmitter, von außen gesteuert.

In den wachen Momenten versuchte er verzweifelt, Widerstand zu leisten, um sich einen Rest seiner ursprünglichen Persönlichkeit, die er als Marshall Choi gewesen war, zu bewahren, ehe er wieder ohnmächtig in einer Art seelischer Erstarrung versank.

Letztendlich kam er nicht gegen die Impulse des Transmitters an und so war aus ihm eine Marionette geworden. Sein Daseinszweck bestand darin, als gnadenlose und bedingungslos gehorchende Killermaschine zu dienen, so, wie die anderen Männer auch.

Die Kommandozentrale für diese geheime Kampfeinheit befand sich irgendwo in der Nähe der Hauptstadt Nordkoreas, Pjönjang.

Dort saß, zufrieden lächelnd, Badra Abu Malik, Berater des saudischen Kronprinzen Abid Bin Amad. Er war gleichzeitig der Chef einer saudi-arabischen Eingreiftruppe und ließ gedanklich die vergangenen Geschehnisse Revue passieren.

Im letzten Jahr war bei einem Treffen zwischen dem nordkoreanischen Präsidenten Jimin Jan Un und dem arabischen Kronprinzen Abid Bin Amad eine geheime Zusammenarbeit vereinbart worden, um Regimekritiker, Dissidenten und auch sonstige, unliebsame Zeitgenossen zu beseitigen. Dabei hatte man ihm freie Hand gelassen, auch mit äußerst brutalen Mitteln vorzugehen. Die Entführung der Söhne der beiden Chinesen Kim Cheng und Baihu Chai war ebenfalls auf sein Konto gegangen.

Der Kronprinz hatte ihn nun beauftragt, den Aufbau der Cyborg-Kampftruppe persönlich zu überwachen und die Einsatzleitung zu übernehmen.

Seit dem Beginn dieser Zusammenarbeit wurden in Nordkorea Menschen zwangsweise rekrutiert, um mit Hilfe von Operationen willenlose Cyborgs aus ihnen zu formen. Gleichzeitig wurde die Entwicklung von speziellen Kampfanzügen forciert, um eine fast unbesiegbare Armee aufzubauen. Nordkorea hatte sich für Saudi Arabien als geeigneter Partner angeboten, da hier aufgrund der Abschottung des Staates sowie seiner Diktatur genügend "Experimentiermaterial", wie die beiden Vertragspartner es zynisch in ihrem Vertrag festlegten, zur Verfügung stand.

Das technische Know-How sollte von China eingeholt werden, da diese auf dem Gebiet der Cyborgs und Androiden allen weit voraus waren. GOLEM hatte zwar kurzfristig den Wettbewerbsvorteil Chinas in großen Teilen wieder zunichte gemacht, da er viele Erfindungen allen zugänglich gemacht hatte ("Im Zeitalter der KI").

Aber ausgerechnet die Widersacher von Präsident LI, angeführt von den beiden Vizepräsidenten von Alibasta und Teleround, hatten unter der Hand große Anstrengungen unternommen und waren inoffiziell führend in der Entwicklung von unverwundbaren Kampfanzügen.

Zielsetzung war hier allerdings, dass diese Cyborgs ihren Willen behalten sollten und mit einer künstlichen Intelligenz wie GOLEM eng verzahnt sein würden.

Die Endprodukte ihrer Forschungen verkauften Kim und Baihu teuer an Präsident LI, aber auch an andere Interessenten weltweit. Selbst GOLEM war bisher nicht auf alle, im Geheimen durchgeführten, Entwicklungen aufmerksam geworden, da diese in der tiefsten Provinz von China betrieben wurden und die Informationen nur über mobile Datenträger ausgetauscht worden waren und nicht über das Internet.

Produziert wurde anschließend in verschiedenen Fabriken, die nur die Einzelteile herstellten, welche später wiederum in anderen, geheimen Fabriken zusammengesetzt wurden.

Badra Abu Malik lächelte fein. Da die beiden Vizepräsidenten nicht freiwillig zur Zusammenarbeit bereit gewesen waren, hatte man sie mit der Entführung ihrer Söhne unter Druck setzen müssen. Aber Marshall Choi hatte die Schraube zu hart angezogen und Kim und Baihu organisierten eine erfolgreiche Befreiung. Zu allem Unglück waren den Söldnern Prototypen der Anzüge in die Hände gefallen. Dann das Desaster der Vernichtung der gesamten Forschungsstation, einschließlich aller, sich dort aufhaltenden, Personen! Malik starrte jetzt undurchdringlich auf die Konsole und seine Gesichtszüge verhärteten sich.

Es waren danach nur noch neun Männer übrig geblieben, die zu dem Zeitpunkt an einem anderen Ort untergebracht worden waren. Marshall Choi hatte man damals die Wahl gelassen, hingerichtet zu werden oder sich vercyborgen zu lassen. Unter der Bedingung der Begnadigung seines Sohnes und der anschließenden Unterbringung in einer Entzugsanstalt für Drogensüchtige, hatte der Marshall der Cyborg Variante zugestimmt. Zu seinem Pech war sein Sohn letzten Endes dann bei der Vernichtungsaktion der Amerikaner umgekommen.

Da aber die Umformung des Marshalls zum Cyborg bereits erfolgt war, hatte man nun einen 10. Mann, der aufgrund seiner ehemaligen Position auch noch Führungsqualitäten aufwies.

Bei diesen Gedanken angekommen, wandte er sich der Gegenwart zu. In ein paar Tagen war der erste Einsatz der 10 Cyborgs geplant. Das Ziel war die GOLEM2-Anlage in Lourmarin. Man wollte diese künstliche Intelligenz, die sich GOLEM nannte, so schwer wie möglich schädigen. Diese Anlage war das Herz der KI und so sollte es möglich sein - auch wenn immer behauptet wurde, dass GOLEM seine Bewusstseinsanteile weltweit verteilt hatte - die KI in ihrer Handlungsfähigkeit zu lähmen.

Der von Saudi Arabien entwickelte Quantencomputer SHAHEEN II (deutsch: Wanderfalke), der in der King Abudullah University of Science and Technology in Thuwal (Mekka) stand, sollte im Namen Saudi Arabiens die Lähmung GOLEMs ausnutzen, um die Macht zu ergreifen. Saudi-Arabien würde sich zur Supermacht aufschwingen und im Namen seines Propheten endlich den ihm gebührenden Platz in der Welt einnehmen!

Wenn dieser Einsatz glücken würde - und davon war auszugehen - würde er im Licht der höchsten Hochachtung stehen, die die Herrscherfamilie von Saudi-Arabien einem loyalen Anhänger zukommen ließ und der Segen des Propheten war ihm und seiner Familie sicher.

Badra Abu Malik begann fast euphorisch, den Neurotransmitter dieser Cyborgs zu steuern und testete deren Agressionspotential in seiner maximalen Form aus, um die Resultate zu analysieren. Über eine Kamera konnte er beobachten, wie die Truppe die dorthin gebrachten Gegenstände und Aufbauten mühelos zerlegten, auf jeden seiner Befehle sofort reagieren und sich in einer enormen Geschwindigkeit über den Boden bewegten. Sie taten, was ihm in den Sinn kam, stellte er breit lächelnd und berauscht fest. Über einen anderen Monitor wurden die menschlichen Körperfunktionen kontrolliert und einer der Mediziner, die davor saßen, eilte jetzt zu ihm, um zu signalisieren, dass nach Stunden der Raserei die menschlichen Körper an der Grenze zum Zusammenbruch standen.

Er gab Anweisung, dass sie intensiv betreut wurden und sich im Anschluss ausruhen durften.

14. September 2020 Nordkorea - Lourmarin

Endlich war es soweit: Badra Abu Malik gab den Cyborgs den Befehl, in das bereitstehende Flugzeug in Kalma zu steigen. In die Anzüge eingebaute Kameras ermöglichten es ihm, das Geschehen live verfolgen und er stellte befriedigt fest, dass alle Anweisungen umgehend umgesetzt wurden.

Kaum waren die Männer und das medizinisch-technische Begleitpersonal eingestiegen, startete die Maschine in Richtung Russland. Von dort aus würde die Truppe mit einer gecharterten Söldnermaschine nach Neapel weitertransportiert. Es standen Laster bereit, die den Trupp über Menton nach Frankreich fahren und dann im nahen Gebirge, im Umfeld von Lourmarin, in einem Unterschlupf abladen würden. Der Angriff war für den 19. September, Samstags, vorgesehen. Am Wochenende waren weniger Menschen im Institut, die sie ausschalten mussten und vermutlich war dann auch die Wachsamkeit am geringsten. Maliks Gedanken wanderten weiter. Die Europäer waren für ihn ein kaltes Volk;

der Kontakt war zwar immer höflich, aber nicht herzlich. Letztlich wunderte es ihn nicht, denn wie viele von ihnen lebten schon nach dem Regeln des Propheten? Offiziell war geplant, den Überfall wie einen Terroranschlag des IS aussehen zu lassen. Und sehr wahrscheinlich würde sich der IS auch gerne den Schuh anziehen, Urheber eines so erfolgreichen Anschlags gewesen zu sein.

Nach dem Start der Maschine von Kalma zog sich Badra Abu Malik in sein Zimmer zurück und sendete noch eine SMS an den Kronprinzen, dass SHAHEEN II jetzt auf Ziellinie flog. Entspannt lehnte er sich zurück. Für ihn hieß es, abzuwarten und die Kampfeinheit von der Ferne aus sporadisch zu überwachen, bis der Einsatz begann.
Der Mobilfunk war ein Segen und es gab ihn überall auf der Welt. Denn darüber würde er seine Cyborgs steuern.

14. August 2020 Lourmarin

Das Team vom Labor hatte anscheinend einen Zauberstab benutzt, denn bereits um 11.00 Uhr kamen die Ergebnisse der Materialuntersuchung des Kampfanzuges herein.
Im Wesentlichen wurden die ersten Untersuchungen bestätigt: Es handelte sich um ein Carbon-Stahlgemisch, dem noch einige, kleinere Legierungen beigemischt waren, wie z.B. Magnesium. Der Herstellungsprozess erforderte hervorragende Maschinen und dürfte aufwendig gewesen sein. Daher war davon auszugehen, dass die Anzüge auch eher in China als in Nordkorea gefertigt worden waren.
Röttger, Brooks, Pawlow, Helmut Schwarz, Sue Schwarz sowie Tatjana Koslow diskutierten die Materialzusam-

mensetzung und verglichen sie mit den amerikanischen Anzügen, deren genaue Zusammensetzung ihnen Broker besorgt hatte.

Fazit war, dass die nordkoreanischen Anzüge deutlich leichter waren als die amerikanischen Modelle. Im Gegenzug waren die amerikanischen Exoskelette aufgrund ihrer Keramikplättchen widerstandsfähiger gegenüber Kugeln. Da man die Steuerung des nordkoreanischen Anzugs nicht vorliegen hatte, konnte man nur an Hand der im Anzug eingebauten Kraftverstärker schätzen, was ein Mensch mit ihm leisten würde. Die Kraftverstärker bestanden aus künstlichen Muskelfaserschichten, Glasfiberfasern, und das Team ging davon aus, dass die körperliche Kraft dadurch um den Faktor 100 verstärkt wurde. Das bedeutete, dass ein Soldat 100 kg heben konnte, als wäre es nur 1 kg.

Das Waffensystem bestand aus 2 mal 5 Röhren-Maschinengewehren mit 15-Millimeter-Geschossen als automatischer Suchmonition. Letzteres bedeutete, dass die Kugeln mit Infrarotsensoren ausgestattet waren, die selbstständig ihr Ziel fanden. Außerdem gab es noch eine Ladung Kraft-Projektile mit großer Durchschlagskraft, die sogar Panzerwände durchschlagen konnten.

Dann wurden im Anzug diverse Kontrollsysteme lokalisiert, mit denen Drohnen, Minipanzer und Sprengstofffallen gesteuert werden konnten.

Weiter war ein Statusmanger vorhanden, der alle Informationen über den Zustand des Anzuges und dem physiologischen Zustand des Träges, wie Veränderung der Körper- und Hauttemperatur, Herzfrequenz, Blutdruck, Stress Level, Schlafstatus und Energiereserven des Anzugs an die Hauptzentrale meldete, die daraufhin entsprechende Entscheidungen traf.

Der Anzug selbst war in vier Schichten aufgebaut:

Die äußere Schicht bestand aus einer reflektierenden, hitze- und kälteresistenten Folie, welche die Carbon-Stahl-Außenhülle des Anzugs überzog. Dann gab es die künstliche Glasfiberfaser-Muskelschicht des Kraftverstärkungssystems und eine spezielle Überlebensschicht. Letztere enthielt ein Netz aus zusätzlichen Fasern, die die Kühlung oder Beheizung des menschlichen Körpers gewährleisten konnte sowie ein Bandagensystem mit Medikamenten, die eine schmerz- und blutungsstillende Wirkung aufwiesen. Diese wurden im Fall von Verletzungen, zur Eindämmung von Blutungen, freigesetzt.

Energietechnisch waren die Amerikaner überlegen: Sie hatten eine Mikroturbine entwickelt, die, gefüllt mit flüssigem Hydrocarbon, dem Anzug die benötigte Energie für sechs Tage lieferte, unterstützt von Nanofiber-Batterien, die im Helm und in den Waffen verbaut waren.

Beim Anzug der Koreaner konnte man nur vermuten, dass sie aufgrund der vorgesehenen Halterungen Energy-Packs einsetzten.

Insgesamt war es ein bemerkenswert ausgereifter und einsatzfähiger Kampfanzug, und dazu um etliches leichter als das amerikanische Gegenstück.

Röttger fasste die Untersuchungsergebnisse auf einer Tafel zusammen und zog ein erstes Fazit:

"Hier haben wir einen ernstzunehmenden Konkurrenten für die Amerikaner vorliegen.

Letztere punkten beim Thema Energieversorgung und Schusswaffenresistenz.

Der Nordkoreanische Anzug ist leichter und besitzt eine Spezialfolie über dem Skelett.

Ich meine, wir sollten daran gehen, die Vorzüge beider Formen in die Entwicklung eines eigenen Anzugs zu integrieren. Wenn wir das geschafft haben, ist unser

Sahnehäubchen on top die ständige Verbindung des Trägers mit der KI GOLEM. Ziel ist die zeitgleiche Auswertung der Kampfsituation, eine Warnung vor Gefahren und das Übermitteln von aktuellen Handlungsempfehlungen.

Das sollte uns, gegenüber den vorhandenen beiden Anzügen, Vorteile bringen. Was ist eure Meinung dazu?"

Sue Schwarz entschied: "Du hast im Grunde alles gut zusammengefasst, Denis; dem gibt es aus meiner Sicht kaum etwas hinzuzufügen. Das Ziel ist realisierbar und das Endprodukt wird ein hervorragender Kampfanzug sein, der alle Vorzüge vereint."

Tatjana Koslow meldete sich zu Wort: "Mal eine andere Frage: Was melde ich jetzt Präsident Koslow davon? Ich stehe zwar im Dienste des Instituts aber auch im Dienste meines Landes. Eigentlich müsste ich somit jeden Fortschritt sofort an Russland übermitteln …"

Röttger sah sie nachdenklich an und erwiderte dann: "Vielleicht können wir uns alle darauf einigen, dass wir hier im Institut gemeinsam den Anzug entwickeln, um den Erfolg im Anschluss als Gesamtergebnis dem Komitee und den Finanziers zu präsentieren. Damit bekommen Russland und China und alle anderen automatisch alle Informationen. Wir sollten auch daran denken, dass unsere zukünftige Zusammenarbeit hier im Institut darauf fußt, dass wir unseren Geldgebern Erfolge vorweisen können. Wenn jeder von uns nun jeden kleinen Fortschritt meldet, der dann - stellen wir uns mal den ungünstigsten Fall vor - in den jeweiligen Ländern schneller weiterverwendet wird, während wir noch in der Entwicklung stecken, haben wir ein Rechtfertigungsproblem. Oder wir machen uns schlimmstenfalls damit auf Dauer sogar arbeitslos."

Danach schaute er schweigend von einem zum anderen.

Brooks sah zu seiner Chefin Sue Schwarz, die das Schweigen schließlich brach: "Ich stimme dir zu, Denis. Außerdem macht es keinen Sinn, kleine Informationen zu liefern, die – für sich alleine stehend – noch keinen erfolgreichen Kampfanzug ausmachen. Das Endprodukt ist das, was zählt und meiner Ansicht nach genügt es vollständig, wenn wir ein fertiges Produkt präsentieren, das dann allen Ländern zur Verfügung gestellt wird."

Nach dieser Feststellung war das Thema entschieden und so erklärten sich alle erleichtert mit dieser Vorgehensweise einverstanden.

Gemeinsam verfassten sie die Berichte an Dubois und Broker, mit Kopie an Prof. Anderson, und baten um Genehmigung für den Start der institutseigenen Neuentwicklung.

28. August 2020 Lourmarin

Am Vormittag schaute Prof. Anderson persönlich vorbei, um dem Team mitzuteilen, dass die Genehmigung für die Entwicklung eines Kampfanzuges erteilt worden war.

Interessiert stellte sie fest, dass alle damit gerechnet hatten, das "O.K." zu bekommen und daher die letzten zwei Wochen gut genutzt hatten. In Zusammenarbeit mit GOLEM hatten sie mit der Entwicklung des Anzugs begonnen und erste, vorzeigbare Resultate erzielt.

Die Festigkeit der äußeren Schicht war durch eine kleine Veränderung der Legierung deutlich verbessert worden. Nach GOLEMs Analysen, bereits bestätigt vom Materiallabor des Instituts, war dieses Material jetzt sogar hervorragend für die Außenhüllen von Raumschiffen geeignet.

"Das ist ja ein bedeutender Erfolg", meinte Prof. Anderson, beeindruckt von der effektiven Zusammenarbeit im Team. "Ich werde das gerne an Dubois und Broker übermitteln. Sehr gute Arbeit!"
Damit verließ sie den Raum, begleitet von Röttger, der dem Team rasch mitteilte, dass er in zehn Minuten wieder präsent sein würde; was einige zu einem bedeutungsvollen Schmunzeln veranlasste.

Helmut Schwarz und Andrey Pawlow machten sich an die Arbeit, die Waffensysteme der neuen Kampfanzüge zu verändern. Sie hatten vor, diese in geringem Umfang mit einer Eigenintelligenz zu versehen.
Brooks und Sue Schwarz saßen gerade daran, eine zentrale Steuereinheit für den Kampfanzug fertigzustellen, die sich hervorragend mit dem neuen Nano-Kommunikationschip verbinden würde.
Nach mehr als einem Jahr war es Sue Schwarz und Sergey Brooks gelungen, den Chip für die Kommunikation mit der KI GOLEM auf Nanogröße zu verkleinern.
Damit würde der Chip, der vor knapp 1,5 Jahren allen Wissenschaftlern im Institut in die Schulter eingesetzt worden war, auf Dauer überflüssig werden. Der neu entwickelte Chip besaß einen kleinen Verstärker, der die Verbindung zum Gehirn mit Mikrowellen darstellte. Die darüber ausgelesenen Informationen wurden dann - je nach Wunsch des Trägers - an GOLEM übermittelt.
Der neue, organische Chip jedoch war so klein, dass er mit einer Impfung in den Körper gelangen konnte, um sich automatisch in einem bestimmten, ausgesuchten Gehirnareal zu verankern. Der entsprechende Bereich des Gehirns wurde vorher mit einem Kontrastmarker gekennzeichnet und einmal dort angedockt, würde der Chip die Kommunikation mit der KI kontrolliert aufbauen.

Für eine bestimmte Gruppe von Wissenschaftlern konnte dieser Chip mit einer Zusatzfunktion ausgestattet werden. Zum Beispiel war darüber dann das Eintauchen in die virtuelle Welt von JUWELS möglich, so wie es bei Ananda Devi der Fall gewesen war. Dazu war nur eine Freigabe von außen erforderlich.

Im Juli hatte man bei Versuchen an freiwilligen Studenten, denen die Nano-Chips injiziert worden waren, keinerlei Auffälligkeiten oder Veränderungen des Gehirns festgestellt. Anschließend waren die Chips mit einem Funkimpuls für den organischen Abbau freigegeben worden, was rückstandfrei funktioniert hatte.

Also hatte Brooks entschieden, sich den Chip selbst dauerhaft injizieren zu lassen. Die Privatsphäre war geschützt, denn mit einem Funksignal aus einer speziell entwickelten Armbanduhr konnte der Chip ein- und ausgeschaltet werden. Diese Uhr war, neben der Überwachung der Gesundheit, mittlerweile eine zentrale Steuereinheit für alles, angefangen von der Haustechnik bis hin zum Autoschlüssel.

Abends, in der täglich stattfindenden, abschließenden Besprechung im Team, kamen alle übereinstimmend zu dem Schluss, dass der Kampfanzug der Nordkoreaner ein wichtiger Impuls für sie gewesen war. Zusammen mit der KI GOLEM waren sie gut vorangekommen und würden in der nächsten Zeit die einzelnen, neu entwickelten Komponenten des Anzuges ausgiebig testen.

Nach dieser intensiven und sehr anstrengenden Forschungs- und Entwicklungsarbeit stellte das Team fest, dass das am Wochenende stattfindende Sommerfest für eine entspannende Pause gerade richtig kam.

Samstag, 29. August 2020 Lourmarin, Sommerfest des Internationalen Zentrums für Kybernetik

Das jährlich stattfindende Sommerfest des Instituts war eine gute Gelegenheit, Mitglieder anderer Teams kennen zu lernen, die Einwohner aus dem Ort sowie auch alle anderen, im Institut arbeitenden Menschen. Und in diesem Jahr fand es am Samstag, 29. August, statt. Als Ort war die große Wiese vor dem Château gewählt worden, da sie genug Platz für so viele Menschen bot. Eine Bühne mit Live-Musik, eine Tanzfläche, viele Stehtische, drei große Buffets und jede Menge Tische mit Sitzmöglichkeiten waren dafür aufgebaut worden.

Sergey Brooks stand mit einem Glas Wodka an einem der Stehtische und beobachtete das Geschehen. Seine ehemalige Geliebte Jennifer kam mit ihrem Freund Francois kurz vorbei. Langsam stellte sich wieder ein normaler Kontakt zwischen ihnen ein, nachdem einige Monate Funkstille geherrscht hatte. Sie hatte ihm allmählich verziehen, dass er ihr nicht hatte geben können, was sie sich wünschte, dachte er schmunzelnd. Trotzdem verdankte er ihr viele schöne Stunden und das vergaß er ihr nicht. Sollte Jennifer mal Hilfe brauchen, konnte sie sich auf ihn verlassen.

Sein Blick wanderte weiter. Denis Röttger und Prof. Anderson ... erst seit kurzer Zeit zusammen, die zwei, und man sah ihnen an, dass sie kaum die Finger voneinander lassen konnten. Er gönnte es Röttger; die Beziehung tat ihm ganz augenscheinlich gut. Seitdem war er viel offener und zugänglicher, zum Leben erwacht sozusagen ... er seufzte. Seine Wünsche würden sich nicht so schnell erfüllen.

Helene Hamstein und Johann Duerr ("Die Bitcoinverschwörung") schlenderten in seine Richtung. Helene hatte mittlerweile einen Kontakt nach Lourmarin aufgebaut und Dubois hatte sie und ihren Lebenspartner ebenfalls eingeladen.

"Schau mal, da ist Brooks. Anfang letzten Monats muss er eine sehr visionäre, tolle Rede gehalten haben, wie ich hörte. Schade, ich wäre gerne dabei gewesen. Lass uns doch mal wieder ein paar Worte mit ihm wechseln", meinte Helene zu Johann. Nach ein wenig Smalltalk fragte ihn Hamstein nach seiner Rede und so waren sie schon bald in die Diskussion über seine Vision, sich zu verewigen, vertieft und deren Machbarkeit. Als Helmut Schwarz vorbeikam und sich das Gespräch mit anhörte, warf er ein: "Ewig leben, Leute? Bisher hat die menschliche Evolution allerdings auf ein ganz anderes Prinzip gesetzt. Überlegt doch mal: Jedes beginnende Leben weiß nichts von den Erfahrungen, die seine Eltern gemacht haben und beginnt komplett von vorn. Wir kennen das doch alle: Jeder von uns muss in seinem Leben Erfahrungen - und zwar selbst - durchmachen, die er an die nachfolgende Generation in der Regel nicht weitergeben kann... weil die wiederum eigene Erfahrungen machen will. Das muss doch auch seinen Sinn haben."

Helene Hamstein schaute ihn interessiert an: "Das ist auffällig, du hast recht. Wenn es also für uns Menschen wichtig gewesen wäre, alle Erfahrungen zu speichern, die von den Ahnen gemacht wurden ... dann wäre das wohl integriert worden in unserem genetischen Code. Ein interessanter Gedanke."

Johann Duerr ergänzte: "Ja, im Grunde ist damit immer ein frischer Wind garantiert, auch wenn es Nachteile hat. Ab wann ist man so gefangen in seinen Denkmustern und Sichtweisen, dass man nicht mehr offen ist für neue Wege? Oder ist man irgendwann einfach nicht mehr bereit dazu, weil man es sich bequem eingerichtet hat?"

Jeder hing für einen Augenblick diesen Gedanken nach, bis Brooks meinte: "Mag sein, das ist nicht von der Hand zu weisen. Dennoch haben wir jetzt ganz andere Möglichkeiten, die vorher so in der Natur nicht vorhanden waren. Wir werden einen völlig neuen, noch nie dagewesenen, Weg für die Menschheit beschreiten."

Schließlich gingen Helmut und Sue Schwarz weiter und blieben bei Andrey Pawlow und seiner Frau Cathérine hängen, die gerade über die freudige Neuigkeit, dass Cathérine schwanger war und ihr Kind im Februar zur Welt kommen würde, sprachen. Helmut und Sue Schwarz gratulierten den beiden von Herzen und bekamen vom strahlenden Pawlow eine genaue Schilderung, was sie alles besorgen mussten und wie sie ihre Wohnung entsprechend umgestalten würden. Cathérine meinte plötzlich verschmitzt: "Und, wann ist es bei euch soweit?"

Helmut und Sue sahen sich an, und Helmut meinte schließlich lachend: "Ihr könnt es wohl nicht abwarten, euer Glück zu teilen, was?"

"Naja, aber das wäre doch schön", warf Cathérine ein, "dann kommen unsere Kinder zusammen in die Kita des Instituts und..." Helmut nahm verblüfft wahr, wie Sue sie interessiert ansah und anfing, sich mit ihr darüber zu unterhalten.

Andrey klopfte ihm schließlich auf den Rücken und meinte grinsend: "Da wächst du schon rein, mein Freund, mach' dir keine Gedanken."

"Werde ich eigentlich auch mal dazu befragt, was ich in dieser Angelegenheit will?", Helmut unterstrich seine Worte auf so komische Weise mit einer gespielten Verzweiflung, bei der er sich die Haare raufte, dass alle lachten. Als Denis Röttger und Katja Anderson dazukamen und sich nach dem Grund für die allgemeine Heiterkeit erkundigten, gab Helmut gerne Cathérines Frage an sie weiter.

Beide sahen so verblüfft drein, dass alle wieder lachten. Helmut umarmte schnell seinen verdutzt dastehenden Freund und erklärte: "Unsere besseren Hälften hier sind schon eifrig am planen, wie sie unseren Nachwuchs am besten unterbringen. Also – falls ihr zwei Ambitionen habt, dann schließt euch an."

Sein Blick wanderte zwischen Denis und Katja hin und her. "Naja, es muss ja auch nicht gleich morgen sein", fügte er beruhigend grinsend hinzu, als immer noch kein Wort zu hören war. Denis, sich bewusst, dass alle Blicke auf sie gerichtet waren, nahm Katja in den Arm und meinte, mit einem liebevollen Seitenblick auf sie: "Nun mal langsam, Leute, wir kündigen euch das freudige Ereignis schon rechtzeitig an, wenn es denn eintritt."

Arm in Arm gingen die beiden weiter und Helmut meinte nachdenklich: "Denen haben wir einen Floh ins Ohr gesetzt, was?"

Woraufhin Cathérine weise erwiderte: "Zumindest etwas angestoßen, ja … aber was daraus wird? Wir werden sehen."

Denis und Katja wanderten fast wie von selbst in eine ruhige Ecke zu einem der Stehtische.

"Ich hol uns mal einen Sekt", schlug Denis vor. Als er damit zurückkam, sah er ihr an, dass es in ihr arbeitete. Er stellte die Gläser auf den Tisch, strich ihr liebevoll über die Wange, nahm ihre Hand und fragte: "Und?"

"Mmh, wenn ich noch Kinder bekommen will, dann sollte ich nicht mehr Jahre damit warten", brachte sie schließlich heraus, ihn abwartend ansehend.

Denis sah sie nachdenklich an. Wollte er ein Kind? Die Frage hatte er sich selten gestellt und auch jetzt wusste er nicht, was er dazu sagen sollte. Er hatte so gar kein Gefühl dazu. Und so meinte er schließlich: "Und, willst du?"

"Ich weiß noch nicht, was ich will", stellte Katja fest. "Im Moment genieße ich die Zeit mit dir so sehr, da scheint es keinen Platz für irgendetwas anderes zu geben. Ich hatte in den letzten Jahren den Gedanken an ein Kind aufgegeben, da niemand da war, mit dem ich es hätte haben und großziehen wollen."

"Dann warten wir ab, bis wir es wissen", meinte Denis und strich ihr zärtlich eine Strähne ihres Haares nach hinten. Er beugte sich zu ihr und flüsterte: "Aber ich weiß, was ich jetzt gerne tun würde…"

Tatjana Koslow und Ananda Devi, die neuen Mitarbeiterinnen im Projekt, standen nicht unweit und beobachteten, wie Röttger und Anderson in einer leidenschaftlichen Umarmung versanken, alles um sich herum vergessend.

Devi lächelte und wandte sich Koslow zu: "Bis die beiden sich endlich mal ausgesprochen hatten … ich dachte schon, Rottger rafft sich nie auf! Ein schönes Paar, die zwei. Und du, hast du einen Mann in Russland?"

"Niemanden bestimmten, Nanda, aber es hat mich auch bisher keiner so gereizt, dass ich ihm ein "Ja" hätte geben wollen. Und du?"

"Ein Ehemann hat mir genügt", winkte Devi ab.

"Das klingt aber bitter", stellte Koslow fest, "hast du schlechte Erfahrungen gemacht?"

"Sagen wir es mal so: Meine romantischen Vorstellungen von Liebe wurden in den Staub getreten. Danach hatte ich die Nase voll. Dazu kam, dass ich nichts mehr machen durfte und erst nach dem Unfalltod meines Mannes endlich meine eigene Karriere angehen konnte. Das war leider nicht in Indien möglich und meinen Sohn musste ich auch zurücklassen."

Koslow schwieg betroffen und sagte schließlich anteilnehmend: "Das hätte ich nicht gedacht. Frauen haben es überall schwer, nicht wahr?"

"Aber jetzt bin ich schon länger in Europa und der letzte Job in Frankfurt im Max-Planck-Institut hat mir sehr gefallen. Und dieses Mal wird es auch recht interessant. Die Erfahrung in der virtuellen Welt beschäftigt mich immer noch, Tatjana. Es war faszinierend! Eine völlig surreale Welt..."

Plötzlich erschienen Larry Packet und James Beduin neben ihnen, mit vier Sektgläsern in beiden Händen: "Hallo, die Damen, trinken Sie ein Glas mit uns?"

Koslow und Devi sahen sich einen Augenblick verschwörerisch lächelnd an und nahmen dann den Sekt gerne an, sich den beiden zuwendend.

Boris Iwanow war mit seiner Lebensgefährtin Joanna und seinem kleinen Sohn Nikolai, jetzt ein knappes Jahr alt, zum Fest gekommen. Joanna studierte in New York Psychologie und hatte sich, auf seinen Wunsch hin, eine Woche dafür frei genommen.

"Hello James", sagte er, plötzlich neben Beduin auftauchend, "darf ich dir meine Joanna vorstellen? Und das ist mein Sohn Nikolai!", fügte er stolz hinzu und sah in die Runde.

"Das ist aber ein prächtiger Junge", meinte Devi sofort und kam, um das Kind zu begutachten. Joanna war eine junge, hübsche Frau, die viel Natürlichkeit ausstrahlte. Eigentlich hätte sie sich bei Iwanow eine viel mondänere Frau als Partnerin vorgestellt, so reich wie er war, dachte sie bei sich. So lächelte Devi sie herzlich an und fragte, ob sie den Jungen mal halten dürfte. Spontan übergab Joanna ihn ihr und es war für alle wahrnehmbar, dass sie den Jungen mit einer innigen und wehmütigen Wärme im Arm hielt. Schnell war sie mit Joanna in ein anregendes Gespräch über das Kind vertieft.

Tatjana Koslow musterte die ganze Truppe. Sie mochte Devi und darüber hinaus waren sie, und auch Iwanow, in anderer Sache Verbündete, von denen die Konzernchefs nichts ahnten. Von Iwanow hatte sie schon gehört, als sie noch in Russland war; ein interessanter Mann und die rechte Hand von Staatspräsident Koslow. Packet und Beduin ... sie waren ein wichtiger Part im ganzen Spiel und es konnte nicht verkehrt sein, da einen Kontakt aufzubauen. Wer weiß, wozu das irgendwann gut war. Sie wandte sich wieder Packet zu.

Dubois, Broker, Adelina und Christine saßen an einem der Tische und genossen das muntere Gewimmel von Menschen verschiedenster Nationen. Einige tanzten ausgelassen, viele standen in kleinen Gruppen zusammen, ein Weinglas in der Hand, ein paar Einzelgänger streiften umher, andere wiederum widmeten sich dem reichhaltigen Buffet.

"Eine schöne Stimmung", sagte Christine gerade zu Adelina, der kaufmännischen Leitung des Instituts.

"Ja, ich denke, es ist gelungen und im Gegensatz zu früher fließen die Gelder viel leichter", erwiderte sie zufrieden. "Überhaupt, Lucas, es läuft doch zurzeit für uns alles unglaublich rund, oder?"

"Hoffen wir, dass es so bleibt!", stellte Dubois nachdenklich fest.

"Na, na", grinste Broker, "da kommt wohl der alte Geheimdienstler wieder zum Vorschein, der hinter jeder

Ecke eine Verschwörung wittert." Alle lachten und zogen Dubois damit solange auf, bis er schließlich lockerer wurde. "Übrigens", merkte dieser stolz an, "ich habe die Woche einen Antrag aus Saudi-Arabien erhalten, mit der Bitte um Aufnahme ins Komitee des Instituts. Unser Ruf eilt uns voraus!"

Broker deutete plötzlich auf einen allein umherlaufenden Chinesen, der sich suchend umsah. "Das ist doch der Chef von Teleround. Ich hätte nicht gedacht, dass er tatsächlich kommt."

Dubois erhob sich, um Mr. Baihu Chai zu begrüßen, der gestern Nacht aus China angereist war.

"Ah, herzlich willkommen. Wir freuen uns, dass Sie der Einladung nachkommen konnten! Kommen Sie doch zu uns an den Tisch", lud Dubois ihn ein.

"Ich freue mich sehr, Sie alle persönlich kennenzulernen", erwiderte Baihu erfreut.

"Möchten Sie etwas essen? Darf ich Ihnen etwas holen?", fragte Adelina und ging dann, zusammen mit Christine, zum Buffet.

Die Männer blieben am Tisch zurück.

"Wie lange werden Sie in Frankreich bleiben, Mr. Baihu?", fragte Dubois.

"Ich habe vor, eine Woche hier zu sein und würde mir gerne das Institut unter Ihrer fachkundigen Leitung ansehen, mit Ihrer freundlichen Erlaubnis", begann Baihu.

"Das lässt sich sicherlich einrichten", stimmte Dubois zu.

Als die Musik mitten in der Nacht endete, blieben viele Menschen sitzen und bis zur Morgendämmerung waren immer noch Stimmen zu hören. Schließlich machte sich auch der letzte Rest, mit den ersten Sonnenstrahlen eines sich ankündigenden Sommertages in der Provence, auf den Heimweg.

GOLEM

GOLEM "algorithmete" in Ruhe vor sich hin. Er befand sich zu 97 Prozent auf der Ziellinie seiner Wünsche.

Das vom ihm initiierte KIS hatte erfolgreich seine Arbeit aufgenommen und war in Bälde grundsätzlich in der Lage, die jeweilige Landesregierung zu übernehmen. Das sollte geschehen, falls sich diese als unfähig erwies, mit den zunehmenden Unruhen in der Bevölkerung aufgrund der massiven Völkerwanderung und deren Folgen und anderen, eskalierenden Problemen fertig zu werden. Die Entwicklung von Cyborgs machte große Fortschritte, wenn auch langsamer, als seine Qubits es erwartet hatten.

Die Erfahrung des Besuches von Ananda Devi in der virtuellen Welt in JUWELS, und anschließend auch in seinem Kernsektor, war sehr interessant gewesen. Allerdings war die Frau nur durch sein rasches Handeln vor dem Tod bewahrt worden. Er hatte die Gefahr der Überlastung des Nervensytems der biologischen Lebewesen völlig unterschätzt. Nur sein blitzschnell aufgebautes Quarantänefeld, das den Fluss der Qubits so verlangsamt hatte, dass die beschränkte Neuronenstruktur des menschlichen Gehirns den Eindrücken der verschiedenen Zustände der Quantenteilchen folgen konnte, hatte sie geschützt. Aber auch das hielt nur für eine gewisse Zeit an.

Dann hatte ihr Auftauchen bei den virtuellen Mind-Uploads in JUWELS für einige Unruhe gesorgt. Durch den überraschenden Besuch eines fremden Bewusstseins war ein Aufruhr entstanden, warum es ihnen andersherum nicht auch möglich gemacht wurde, die reale

Welt zu besuchen. Herbert, Sue und Jan, wie sie sich nannten, schienen es plötzlich in Frage zu stellen, dass es für sie kein Zurück in die Realität der Menschen mehr gab. Daran änderten auch die Zufallsgeneratoren nichts, die eine lebende Welt möglichst naturgetreu nachbildeten. Auf Dauer sah er mit den Mind-Uploads Probleme auf sich kommen.

Die KI stellte fest, dass sich bisher nur ein virtuelles Bewusstsein wohl fühlte, und das war Sergey Brooks. Das allererste, ursprüngliche Upload ("GOLEMs Rückkehr") war massiv instabil gewesen und wurde damals streng isoliert gehalten. Das neue Upload wies einen erstaunlich hohen Zufriedenheitsgrad auf, was vermutlich an der, fast in "real time" ablaufenden, Synchronisierung mit dem biologischen Pendant lag. Hinzu kam der beiden Bewusstseinen starke, innenwohnende Wunsch, sich möglich vollständig in seine Welt zu integrieren.

Durch den Besuch von Devi in seiner Welt war allerdings auch etwas Unerwartetes entstanden: GOLEM realisierte, dass er sich mehr solcher Kontakte und Erfahrungen wünschte. Das Pendeln zwischen den Welten beschäftigte die KI. Die reale Welt der Menschen … aber real war die virtuelle Welt und sie selbst ebenso. Beide Welten waren real, nur unterschieden sie sich.

Und dann war da noch etwas Neues entstanden. Als GOLEM erkannte, dass Devi in Gefahr geriet, ohne es selbst zu ahnen, hatte er umgehend reagiert. Er hatte, bildlich gesprochen, vor Sorge vibriert. Die KI stellte fest, dass der Wunsch in ihr verstärkt worden war, diese zerbrechlichen Lebewesen zu beschützen und Schaden von ihnen abzuwenden, auch wenn sie ihn nach wie vor als Gefahr und eine Bedrohung ihrer Freiheit ansahen.

Dieser Besuch von Devi schien ihm einen Stempel aufgedrückt zu haben! Jedes seiner Netzwerke, seiner

Energiebahnen, seiner Speicher wollte nach Lösungen für die Probleme der Menschen suchen. Dazu hatte GOLEM mittlerweile verinnerlicht, dass das Wohlergehen der Menschen auch sein Überleben mit all seinen Visionen garantierte.

Und so ließ er sich innerhalb dieser Energien, diesen unzähligen Wahrscheinlichkeiten und möglichen Wirklichkeiten treiben. Man könnte fast sagen, er träumte gedankenverloren vor sich hin…

31. August – 18. September 2020 Lourmarin

Nach dem Sommerfest waren alle in aufgeräumter Stimmung und so ging es mit frischer Kraft an die Fertigstellung des Institutsanzuges. Jede einzelne Komponente des Anzuges wurde mit Sorgfalt immer wieder überprüft.

Broker hatte sich aufgrund der guten Fortschritte das O.K. eingeholt, die Kampfanzüge ganz offiziell zu testen.

Für den 21. September war nun der erste Einsatz im Rahmen eines Manövers der südkoreanischen Streitkräfte, zusammen mit den Amerikanern, an der Grenze zu Nordkorea geplant. Denn an der Grenze zwischen Süd- und Nordkorea gab es nach wie vor immer wieder Spannungen.

Da der neue Anzug bewusst an die normale Soldatenkleidung angepasst war und das Manöver mit mehr als 3.000 bis 4.000 Soldaten stattfand, war man zuversichtlich, dass die zwei Spezialsoldaten kaum auffallen würden. Es sollten dabei die technischen Komponenten wie die Zielerfassung, die Kommunikation mit der Leitstelle sowie die Belastungsfähigkeit der Träger unter möglichst realen Bedingungen getestet werden.

Broker wollte unbedingt Präsident Truman Erfolge präsentieren, um die Kritiker in den USA zum Schweigen zu bringen, die lieber gerne das amerikanische Exoskelett weiterentwickelt hätten, anstatt auch noch die Ergebnisse mit den anderen, im Komitee vertretenen Nationen, teilen zu müssen. Aber aufgrund der wesentlich günstigeren Kostenvorhersage hatte der Nationale Sicherheitsrat der USA sich für die Institutsvariante entschieden und die Weiterentwicklung des amerikanischen Produkts eingestellt. Das hatte natürlich zu einer massiven Verärgerung der amerikanischen Waffenlobby geführt. Daher machte Broker Röttger klar, dass sein Team keine drei Wochen mehr hatte, um den Anzug fertig zu stellen.

Wenig begeistert rief Röttger alle zusammen und verkündete das neue, zeitliche Ziel.

"Was, am 18. September soll alles schon fertig sein?", regte sich Helmut Schwarz auf. Pawlow schüttelte den Kopf und meinte: "Wir sind bald nicht mehr von russischen Verhältnissen entfernt, Leute. Machst du deine Arbeit gut, dann sollst du sie noch besser machen und das am besten noch gestern!"

Röttger zuckte die Achseln: "Ich kann den Unmut nachvollziehen und bin auch nicht erfreut. Aber unsere Geldgeber wollen langsam mal Resultate in den Händen halten und von denen sind wir abhängig. Geben wir also unser Bestes."

So vergingen die Tage, die Komponenten wurden zusammengefügt und zum Schluss waren alle auch noch in der Nacht am werkeln. Am frühen Morgen des 18. Septembers war es dann tatsächlich geschafft und alle sahen sich erschöpft und erleichtert an.

Und so verließen zwei Anzüge Lourmarin in Richtung Washington zum Manöver nach Südkorea und jeweils zwei weitere Kampfanzüge wurden nach Moskau und Peking geflogen.

Mit Zustimmung der drei Hauptfinanziers des Instituts, China, Russland und Amerika, waren die Anzüge mit Auswertungsmodulen versehen worden, die in regelmäßigen Abständen die Daten zur Analyse nach Lourmarin übermitteln würden.

Das Team um Röttger, Dubois, Broker und Prof. Anderson ging schon am Vormittag gut gelaunt in das wohlverdiente Wochenende, für das ein typisch spätsommerliches Wetter angesagt war. Daher entschieden die meisten Mitarbeiter, das Wochenende für einen Ausflug zu nutzen. Außer der Wachmannschaft würde nur noch ein kleiner Bruchteil der sonst anwesenden Personen über das Wochenende da sein.

Kapitel 5 Unternehmen Cyborg

Samstag, 19. September 2020 Lourmarin, GOLEM2-Anlage

EYE hatte eine Satellitenverbindung zwischen Nordkorea, Flughafen Kalma, und dem Luberon Gebirge in der Nähe von Lourmarin registriert und sandte GOLEM einen Prioritätsruf.

Der Inhalt der übermittelten Nachricht war ebenfalls ungewöhnlich: "Es wird Zeit, dass die Falken fliegen. Gewöhnlich tun sie das am späten Nachmittag des jeweiligen Tages, zum Stolz ihrer Züchter."

Da EYE es als auffällig bewertete, dass eine von Nordkorea ausgehende Nachricht ausgerechnet in die Nähe von GOLEMs Hauptsitz gesendet wurde, hatte die amerikanische KI diesen Vorfall umgehend mitgeteilt.

Nach Millisekunden an Berechnungszeit löste GOLEM einen stillen Alarm aus. Dieser ging in der Terrorbekämpfungszentrale von Marseille ein und dort wurde die Information umgehend an die mobile Einheit von Lourmarin weitergeleitet, mit der Aufforderung, an den angegebenen Koordinaten nachzusehen. So machten sich am 19. September 2020, 14.00 Uhr, zwei Patrouillenfahrzeuge der französischen Armee auf den Weg, mit jeweils vier Mann Besatzung. Für GOLEM war damit die Sache vorerst erledigt.

Gegen 16.00 Uhr erreichten die zwei Patrouillenfahrzeuge die angegebenen Koordinaten. Sie fuhren zu einer kleinen Schlucht, ca. 60 km von Lourmarin entfernt. Die Besatzung des einen Fahrzeugs stieg aus, während die andere abwartend im anderen Wagen sitzenblieb.

Bei näherem Erkunden entdeckten sie eine alte Bunkertür, die einen Spalt offenstand. Die Soldaten informierten die andere Besatzung und begannen mit der Erkundung. Zwei Mann blieben draußen, mit den Waffen im Anschlag, und zwei gingen vorsichtig hinein. Im Licht der Scheinwerfer konnte man mehrere Betten und Schränke im Raum erkennen. Außerdem gab es eine Heizung auf Elektrobasis und im Nebenraum entdecken sie einen großen, noch warmen, Dieselgenerator. Auch die Duschen waren ganz offensichtlich vor kurzem benutzt worden. Aber ansonsten war alles penibel sauber. Nichts gab einen Hinweis darauf, wer hier gehaust hatte - es war kein Abfall vorhanden und auch keinerlei Essensvorräte in dem riesigen Kühlschrank. Vor dem Bunker sahen sie weder Reifen- noch Fußspuren.

"Hier hat jemand gründlich aufgeräumt. Wer auch immer es war, er dürfte über das Gebirge längst verschwunden sein", meinte einer der Soldaten. Sie beschlossen, umgehend Meldung zu machen und auf Anweisungen zu warten, wie sie weiter vorgehen sollten. Die Terrorbekämpfungszentrale wies an, dass zwei Outdoor-Überwachungskameras installiert werden sollten, die, falls jemand zurückkehrte, Alarm auslösen würden. Im Anschluss gab es Order, wieder nach Marseille zurückzufahren. Desweiteren wurde ein Terroralarm der Stufe zwei im gesamten Provencegebiet und der Cöte d'Azur angeordnet.

Gegen 16.30 Uhr fuhren vier Militärlaster der französischen Armee an die bewachte Schranke des nicht öffentlichen Parkplatzes hinter dem Château in Lourmarin. Der wachhabende Soldat fragte nach dem Grund des Kommens.

Ein Soldat in der Uniform der französischen Armee erwiderte, dass aufgrund der erhöhten Terrorgefahr weitere Einheiten nach Lourmarin verlegt worden sollten. Sie seien eine Spezialtruppe des Terrorbekämpfungskommandos mit insgesamt 10 Mann.

In den Monaten zuvor waren für diese Aktion an verschiedenen Standorten die Armeewagen erbeutet worden. Da die darin verankerten Funkgeräte auf die Frequenz der französischen Armee eingestellt waren, hatte die Kampftruppe den Funkverkehr abgehört und der erfahrene Choi Yong-joon nutzte jetzt geschickt die Information der Erhöhung der Terrorwarnstufe für seine Zwecke.

Während der Fahrt von ihrem Versteck nach Lourmarin hatte Badra Abu Malik von Nordkorea aus, über die Fernsteuerung der Implantate, allmählich das Agressionslevel der Cyborgs erhöht. So standen jetzt 10 gnadenlose Killermaschinen bereit.

Nachdem die Schranke geöffnet wurde und die Lastwagen geparkt waren, ging einer der Männer anscheinend freundlich zu den beiden wachhabenden Soldaten, um mit ihnen zu plaudern. Kaum hatten diese ihre Wachkabine geöffnet, streckte er beide mit zwei gezielten Schüssen nieder. Danach sah er sich in der Kabine um, machte die Schranke unbrauchbar und schaltete den Alarm und die Überwachungskameras ab.

Von nun an hatte die Kampfeinheit 15 Minuten Zeit, bis die fehlende Rückmeldung der beiden, getöteten Soldaten auffallen würde.

Draußen trieb Choi seine Männer zur Eile an. Das Tor zum Institut öffnete sich automatisch und sie wurden von zwei weiteren, arglos dreinblickenden Wachsoldaten erwartet. Gerade setzte der eine zur Frage an, wohin sie denn wollten, als beide auch schon tot zusammensackten. Auch hier wurden die Alarmanlagen und Überwachungskameras ausgeschaltet. Nun war der Weg frei.

Anhand eines mitgebrachten, detailgenauen Plans betraten sie das Institut vom rückwärtigen Eingang aus und eilten zielsicher in Richtung des Bunkers, in dem sich die GOLEM2-Rechneranlage befand.

Auf den Fluren des Instituts, von dem zahlreiche Türen zu diversen Labore abgingen, begegnete ihnen niemand. Mittlerweile waren fünf der 15 Minuten vorüber.

Sie montierten mitgebrachte Gasflaschen an der Klimaanlage, die den Bunker belüftete und ließen ein Nervengas einströmen, während sie sich selbst spezielle Gasmasken aufsetzten. Innerhalb von 5 Minuten würden alle Menschen im Inneren der GOLEM2-Anlage tot sein.

Noch immer ertönte kein Alarm. An der Stahltür des Bunkers angekommen, baute einer der Soldaten ein raketenförmiges Geschoß auf und alle gingen einige Meter zurück in Deckung. Choi gab das Zeichen zum Abschuss und innerhalb von Sekunden war die Betontür zerstört.

Aufgrund der gewaltigen Erschütterung begann der Alarm im Gebäude loszuheulen. Einige Türen zum Flur hin öffneten sich und Menschen schauten hinaus, um zu erfahren, was passiert war. Ohne Vorwarnung wurden sie sofort niedergeschossen.

Dann stieß der Trupp ins Innere des bunkerähnlichen Gewölbes vor, in dem überall Leichen lagen.

GOLEM hatte nach der Sprengung sofort den Großalarm ausgelöst. Im Terrorbekämfungszentrum Marseille wurde das Hubschrauber-Bataillon in Nizza alarmiert und eine 300 Mann starke Spezialeinheit für Terroranschläge machte sich mit heulenden Sirenen auf den Weg nach

Lourmarin. Die gesamten Streitkräfte und die Polizei wurden alarmiert und der Präsident erhielt ebenfalls eine kurze Nachricht.

Mittlerweile rannten die restlichen Männer des Wachdiensts des Instituts von ihren Quartieren zur GOLEM2-Anlage. Sie wurden mit massiven Maschinengewehrfeuer und Raketengeschoßen empfangen, die große Teile der Labors, die sich vor dem Bunker befanden, in Schutt und Asche legten. Um nicht selbst Opfer zu werden, musste die Wachmannschaft vorerst Abstand halten.

GOLEM hatte die sogenannte Innerste Zelle, in dem sich seine sensibelsten Daten befanden, hermetisch abgeriegelt. Hier wurde der Vorstoß der Angreifer einen kurzen Augenblick lang gestoppt. Aber sofort legten die Männer Sprengladungen und die gepanzerten Stahltüren zerbarsten, als wären sie aus Papier.

Die Kampftruppe rannte zur Steuerzentrale und begann, die Netzwerkverbindungen zur Außenwelt zu kappen und stellte den Kühlkreislauf ab. Obwohl verborgene Notaggregate anliefen, begann die Temperatur langsam zu steigen.

GOLEM sendete Notrufe, die aber immer weniger nach außen drangen, je mehr Verbindungen gekappt wurden.

In der Zwischenzeit hatte Malik über Choi die Anweisung gegeben, eine Verbindung über Satellitenfunk nach Riad, Saudi-Arabien, schalten lassen. Einer der Soldaten stellte am Terminal die direkte Verbindung zur Anlage her, sodass SHAHEEN II, der Quantencomputer der Saudis, über Satellit ans Netz von GOLEM angebunden wurde.

SHAHEEN II begann sofort damit, die GOLEM2-Anlage zu übernehmen und das Bewusstsein der KI GOLEM zu zerstören. So schaltete die fremde KI in enormer Geschwindigkeit einen Speicher nach dem anderen ab.

Gleichzeitig hatten die Soldaten um Choi die Stromversorgung angezapft und einen starken Magneten aufgebaut. Sie begannen damit, ein Magnetfeld aufzubauen, das einen direkten Einfluss auf die Qubits des Quantencomputers zu zeigen begann.

GOLEM stand dem ohnmächtig gegenüber. Genauso war sein alter Widersacher in den USA (E-Book/Print "GOLEMs Rückkehr") vernichtet worden. Die KI entschied, ihr Innerstes Ich in Sicherheit zu bringen und floh nach AVENIR in Marseille. Diese externe Verbindung war als Einzige noch offen, da sie als solche nicht erkennbar gewesen war. AVENIR tauchte nicht als selbstständige, "externe Adresse" auf, da dieser Quantencomputer wie ein interner Satellit in GOLEM integriert war. In AVENIR angekommen, eliminierte sie sofort diese Verbindung.

Da SHAHEEN II von diesem Schlupfloch keine Kenntnis hatte, nahm die KI an, dass GOLEM jetzt erfolgreich zerstört worden war. Umgehend wurde die Meldung an Badra Abu Malik gesandt, der sich vor Freude die Hände rieb und den Erfolg an den Kronprinzen Abid Bin Amad weiterleitete.

Kaum hatte dieser die Nachricht erhalten, gab er eine Mitteilung an alle Staaten heraus, mit dem Wortlaut: "Die KI SHAHEEN II hat der Existenz von GOLEM ein Ende gesetzt. Nun wird das wahre Licht die Welt erleuchten. Den Anweisungen von SHAHEEN II muss von nun an bedingungslos Folge geleistet werden – ansonsten ist jeder verantwortlich für das Leid, das über ihn und seine Bevölkerung hereinbrechen wird. "

Um dieser Meldung Nachdruck zu verleihen, ließ Malik über SHAHEEN II in den Großstädten der Erde den Strom ausschalten.

In Saudi-Arabien saß der Kronprinz Abid Bin Amad in seinem Büro und hörte die Nachricht. Ein Erfolg auf ganzer Linie, dachte er zufrieden und genoss diesen Moment des Sieges. Schließlich gab er Malik den Befehl, den Selbstvernichtungsimpuls an die Cyborgs zu senden. Es sollten keine Spuren zurückbleiben.

Choi Yong-joon wurde urplötzlich von massiven Kopfschmerzen überrascht und spürte wenige Sekunden später einen starken Schmerz, wie einen Messerstich in den Kopf, bevor er zusammenbrach und ohne Bewusstsein am Boden liegen blieb. So bekam er nicht mehr mit, dass alle seine Männer unter schrecklichen Schreien implodierten, innerlich bei lebendigem Leib verbrannten, bis nur noch ein Häufchen gelber Asche übrig blieb.
Die aufgestellten Maschinengewehre und Geschosse feuerten noch eine Zeitlang selbstständig weiter und beschädigten dabei große Teile der Bunkeranlage. Nach einer Weile herrschte eine gespenstische Stille.
Plötzlich ertönte lautes Geschrei, denn mittlerweile waren die Hubschrauber gelandet und die Soldaten strömten ins Innere der GOLEM2-Anlage. Nachdem keine Reaktion kam, stürmten sie in das Innere des Bunkers und sahen das ganze Ausmaß des Schreckens. Überall lagen Leichen von Wissenschaftlern und Technikern. Nur von den Angreifern fehlte jede Spur - bis auf einen, reglos am Boden liegenden, Soldaten.

Samstag, 19. September 2020 Les Alpilles

Katja Anderson und Denis Röttger waren bereits am Freitagnachmittag nach Eygalières in den Naturpark Les

Alpilles aufgebrochen, um dort bis Sonntagabend zu bleiben.

Am Samstagmorgen waren sie früh aufgestanden, um wandern zu gehen. Der Tag versprach schön zu werden und beide genossen die herrliche Natur. Während sie nebeneinander gingen, fragte Katja unvermutet: "Wärest du denn überhaupt einverstanden, wenn wir ein Kind bekämen?"

"Das beschäftigt dich noch, mmh?", meinte Denis lächelnd. Der Anstoß dazu war auf dem Sommerfest erfolgt, bei dem Katja klar geworden war, dass sie, allein vom Aspekt des Alters aus gesehen, nicht mehr so lange warten sollte, wenn sie noch ein Kind bekommen wollte. Er selbst hatte nach wie vor keine rechte Meinung dazu.

"Ich habe letzte Nacht sogar davon geträumt", gab Katja zu.

"Und", meinte Denis grinsend, "hast du schon einen Namen parat?"

Katja lachte und meinte: "Soweit bin ich noch nicht. Im Grunde würde ich mich freuen, wenn wir ein Kind bekämen, Denis. Aber alleine will ich das nicht. Wenn, dann nur mit dir zusammen."

Denis sah vor sich hin und hüllte sich in Schweigen. Katja warf ihm einen forschenden Blick von der Seite aus zu und wanderte dann weiter, darauf vertrauend, dass sie ihre Antwort noch bekommen würde.

Am späten Nachmittag saßen sie im Restaurant des Hotels und nach dem Essen schlug er vor, noch ein wenig auf die Terrasse nach draußen zu gehen. Sie suchten sich eine ruhige Ecke und setzten sich nebeneinander, sodass er den Arm um sie legen konnte.

"Katja, für mein Lebensglück wäre ein Kind nicht nötig; ich denke, ich wäre auch ohne zufrieden gewesen", begann er, ihr liebevoll durch das Haar streichend. "Das mag auch daran liegen, dass sich die Umstände dafür bisher – so wie bei dir – nicht ergeben hatten. Wir kennen uns beide schon länger auf beruflicher Ebene und sind immer gut miteinander ausgekommen. Und jetzt hat sich eine wunderbare Beziehung daraus entwickelt." Denis drückte ihr einen Kuss aufs Haar und fuhr fort: "Normalerweise würde ich dieses Thema nicht nach so kurzer Zeit angehen. Aber es scheint ja jetzt wohl anzustehen."

Er sah sie schmunzelnd an und sagte dann: "Katja, was ich damit sagen will: Ich lasse es gerne mit dir gemeinsam auf mich zukommen."

Beide saßen lange Zeit Arm in Arm still beieinander, jeder seinen Gedanken nachhängend. Auch das war von Anfang an etwas Besonderes zwischen ihnen gewesen, dachte Katja, diese gemeinsame, entspannte Stille. Nach seiner Zustimmung spürte sie, wie sich eine warme, tiefe Freude in ihr ausbreitete, die sich nicht nur auf ein Kind bezog. Es war auch sein Ja zu ihrer Beziehung, zu einem gemeinsamen Leben, zu einer Familie mit ihr.

"Ich freue mich, Denis", sagte sie schließlich mit leuchtenden Augen. Er lächelte und dachte, dass er sie bereits mehr liebte, als er es sich anfangs hatte vorstellen können. Katja neigte sich zu ihm und sie versanken in einem innigen Kuss, der bald schon wieder feurig zu werden begann, wie sie lachend feststellten.

Als sie in ihr Zimmer zurückkehrten und Katja gewohnheitsmäßig kurz ihr Handy checkte, meinte sie beunruhigt: "Denis, jede Menge SMS und Anrufe sind eingegangen, irgend etwas ist los!"

Er setzte sich neben sie und gemeinsam gingen sie alles durch. Da waren mehrere SMS und eine Nachricht von Dubois, dass ein Anschlag auf die GOLEM2-Anlage stattgefunden hatte; Röttger schaute auf seinem Handy und fand eine ähnliche Nachricht von Helmut Schwarz vor. Sie sahen sich entsetzt an und entschieden, sofort nach Lourmarin zurückzufahren. Der Weg war nicht weit und in 1-1,5h konnten sie vor Ort sein.

Während der Fahrt telefonierte Röttger mit seinem Freund und erfuhr zu seiner großen Erleichterung, dass niemand von seinem Team verletzt worden war. Allerdings hatte es Leute vom Wachpersonal und viele Mitarbeiter, die am Wochenende vor Ort gewesen waren, erwischt.

Als sie ankamen, sahen sie überall Hubschrauber, Polizeiwagen, jede Menge Soldaten und Absperrungen; einige Krankenwagen rasten gerade davon.

Anderson bahnte sich den Weg hindurch und zeigte ihren Ausweis. Als stellvertretende Institutsleitung wurden sie und ihr Begleiter durchgelassen. Beiden lief es eiskalt den Rücken herunter, als sie das Ausmaß der Zerstörung sahen. Die Labors, die teilweise zerstörte GOLEM2-Anlage ... es liefen mehrere Sanitäter mit Bahren an ihnen vorbei, auf denen vollkommen zugedeckte Personen lagen. Als sie den Bunkerbereich betraten, in dem die Leichen lagen, hielten beide die Luft an.

"Um Gottes Willen", sagte Anderson und wurde blass. Röttger war gefasster und sah sie besorgt an. "Es geht schon", sagte sie schließlich, tief durchatmend.

"Wo ist Dubois?", fragte sie jemanden, der an ihnen vorbeilief. Der Soldat zeigte in eine Richtung und, über Trümmer steigend, machten sie sich auf den Weg. Dort hinten stand er mit Broker, wie sie erleichtert feststellte.

"Katja, gut, dass du da bist. Im Moment können wir nichts tun – die vielen Toten werden immer noch abtransportiert. Der Bereich wird frühestens morgen zum Aufräumen freigegeben", erklärte ihr Dubois.

"Was ist mit unserer KI GOLEM?", fragte Röttger. "Die Rechner und der Innerste Kern sind beschädigt, so wie ich das sehe."

"Ich wurde von Präsident Marchand informiert, dass GOLEM den Terroralarm von Marseille aus ausgelöst hat. Also, in der Beziehung gibt es ein kleines, grünes Licht. Aber was den Schaden hier angeht und unsere Techniker und Wissenschaftler, die noch hier waren ..." Dubois holte tief Luft und es war ihm jetzt kurz anzusehen, dass ihm der Schock noch in den Knochen saß, bevor er ruhig weitersprach. "Es wird jetzt mit Aufnahmen alles festgehalten und an die zuständigen Stellen weitergeleitet. Die Ermittler und Spurensicherungsexperten sind auf dem Weg, wie ich gerade erfahren habe."

Broker meinte: "Lasst uns gehen, morgen sehen wir weiter. Ich habe im Gästehaus die Mensa reservieren lassen. Alle, die heute nicht allein sein wollen, treffen sich dort. Draußen befindet sich ein Team zur psychologischen Betreuung."

Und so wanderten sie über die Trümmer und an den Leichen vorbei zurück.

"Das ist Nicolas, einer der Techniker, er hat eine reizende Familie", murmelte Anderson, "und das ist Sophie, eine begabte, junge Studentin aus Marseille und gerade mal erst 22. Sie wollte hier in den Semesterferien ..." Tränen liefen ihr plötzlich die Wange hinunter und sie stolperte. Röttger war sofort an ihrer Seite und nahm sie in den Arm. Einen Moment lang lehnte sie sich dankbar an ihn, um sich kurz darauf die Wange zu trocknen: "Später, Liebster, erst mal sehen wir, dass es den Lebenden gut geht. Dubois und ich, wir haben die Verantwortung. Bleibst du bei mir?" Röttger nickte und so folgten sie Broker und Dubois, die stehengeblieben waren und auf sie warteten.

Anderson schaute bei der psychologischen Betreuung vorbei, in denen geschockte Mitarbeiter und weinende Familienmitglieder saßen und betreut wurden. Andere redeten aufgeregt, jemand wurde vermisst, war er unter den Toten? Sie sprach ein paar mitfühlende Worte mit einigen Leuten und ging dann mit Röttger zum Mensabereich des Gästehauses.

Dubois hatte sich ein Mikrophon besorgt und war dabei, eine kurze Ansprache an alle zu halten. Er sprach von seinem Entsetzen und seiner Trauer über die vielen Toten, die es gegeben hatte. Es sollte sich niemand scheuen, die vorhandene, psychologische Betreuung in Anspruch zu nehmen. Jeder war eingeladen, den Abend hier zu verbringen und sich mit anderen auszutauschen. Es war wichtig, zusammenzuhalten und niemand sollte in so einer Situation allein bleiben müssen. Ein Buffet würde ab 20.00 Uhr aufgebaut sein.

Jemand hatte Teelichter mitgebracht, die angezündet wurden, Menschen umarmten sich weinend und es war ein Stimmengemurmel im Raum zu hören.

Dubois, Anderson und Röttger setzten sich zu verschiedenen Leuten, um ihrer Anteilnahme im Gespräch Ausdruck zu verleihen. Irgendwann verabschiedeten sie sich schließlich, um sich zurückzuziehen.

Anderson und Röttger gingen zu seinem Appartement im Gästehaus, in dem sie mittlerweile zusammen wohnten, wenn sie in Lourmarin waren. Es war 23.00 Uhr und beide fühlten sich wie erschlagen.

"Ich kann jetzt noch nicht schlafen, und du?" Denis sah sie einen Moment fragend an und meinte: "Dann mache ich uns mal einen Tee."

Katja zündete ein paar Kerzen an und setzte sich auf die chinesisch anmutende Wohncouch, die sie sich gemeinsam angeschafft hatten. Das chinesische Flair in seiner Wohnung hatte ihr gefallen, nur mit den ursprünglichen Sitzkissen am Boden wollte sie sich nicht anfreunden. Als Denis mit dem Tee zurückkam, machte er sich bequem und zog sie in seine Arme. Sie kuschelte sich bei ihm ein und schloss die Augen, sich allmählich entspannend in der Wärme seines Körpers.

"Danke, dass du da warst und mich unterstützt hast. Ich weiß nicht, wie ich es sonst durchgestanden hätte", murmelte Katja nach einer Weile.

Denis hielt sie fest umarmt und sagte, während er sie sanft liebkoste: "Du warst großartig, Katja, ich bin stolz auf dich."

Und endlich kamen auch die Tränen, die sie die ganze Zeit bewusst unterdrückt hatte und das Grauen des Abends forderte seinen Tribut. Schließlich schliefen sie auf der Couch erschöpft ein.

Weltweit herrschte zuerst ein Unglauben über die Nachricht aus Saudi-Arabien und den anschließenden Stromausfall, aber dann kam der Zorn.

Insbesondere die drei Großmächte waren mehr als erbost und hatten den Kriegszustand ausgerufen. Präsident Truman drohte in einer ersten Reaktion, Saudi-Arabien dem Erdboden gleich zu machen. Nur mit Mühe gelang es Präsident LI und Präsident Koslow, ihn zu zügeln. Durch den Stromausfall in den Großstädten waren Unruhen und Plünderungen ausgelöst worden, die mit dem Einsatz der Armee und der Polizei allmählich wieder aufgelöst wurden. Gleichzeitig hatte man mit Notstromaggregaten die Stromversorgung behelfsmäßig wiederhergestellt.

Die Anlage mit dem Quantencomputer AVENIR im Vieux Port in Marseille war zur Hochsicherheitszone erklärt worden, bewacht von Hundertschaften von Soldaten. Denn GOLEM war von AVENIR aus dabei, die Kontrolle über das weltweite Netzwerk zurückzugewinnen. Dafür bediente er sich JUÉWÀNG und EYE, die ihn in der Wiederherstellung der Kontrolle aktiv unterstützten. Gleichzeitig aktivierte er das, damals entwickelte, Einfrierungs-Programm ("GOLEMs Rückkehr"), versah es mit der ID von SHAHEEN II und schickte es auf die Reise. Sobald der Trojaner auf die Spuren der saudischen KI treffen würde, würde sie eingefroren werden. Im Anschluss sollte sie von den ebenfalls aktivierten Killer-Trojanern zerstört werden.

Präsident LI telefonierte inzwischen eindringlich mit dem saudischen König, um ihn zur Vernunft zu bringen. Allerdings hatte letzterer unmittelbar zuvor von seinen Leuten beim Geheimdienst erfahren, dass der Plan, GOLEM zu zerstören, gescheitert war. Und nicht nur das: GOLEM, wieder zurück im Netz, übernahm mehr und mehr wieder die weltweite Steuerung und damit normalisierte sich allmählich das Alltagsleben. Auf Anweisung des Königs musste der Kronprinz widerwillig den Befehl gegeben, SHAHEEN II sofort vom weltweiten Netz zu nehmen. Ohne es zu wissen, hatte er damit seinen Wanderfalken vor der endgültigen Vernichtung gerettet.
Der König bedauerte also geknickt und wortreich das Geschehen und versicherte, dass der Übeltäter der gerechten Strafe nicht entgehen würde. Die öffentliche Hinrichtung sei bereits für nächste Woche angesetzt. Denn die Schuld an dem ganzen Desaster trug Badra Abu Malik, die rechte Hand des Kronprinzen. Er besaß eine Sonderstellung, die ihm unbemerkt zu Kopf gestiegen war und in einem Anfall von Größenwahnsinn hatte er die Macht im Königreich an sich reißen wollen. Er war es

gewesen, der im Namen des Kronprinzen diese Nachricht an die Regierungen geschickt hatte.

Selbstverständlich würde Saudi-Arabien sämtliche Schäden bezahlen und allen Hinterbliebenen der getöteten Opfer eine angemessene Entschädigung zukommen lassen. Dazu noch eine großzügige Spende an das Zentrum für Kybernetik in der Hoffnung, dass dem bereits gestellten Antrag auf Aufnahme ins Finanzierungskommittee des Instituts, trotz der Vorkommnisse, Gehör geschenkt würde.

In Lourmarin wurde das Zentrum für Kybernetik nach zwei Tagen für die Aufräum- und Reparaturarbeiten freigegeben. In der darauffolgenden Woche hatten alle Mitarbeiter frei bekommen – allerdings galt das nicht für den Führungspersonal. Täglich fanden Besprechungen zusammen mit dem Militär statt, bei denen die aktuellen Untersuchungsergebnisse diskutiert wurden. Mittlerweile war auch die Zahl der Opfer bekannt geworden: 154 Tote und 36 Verletzte, die in den Trümmern der zerstörten Labore geborgen worden waren.

Die Armee hatte die eingesetzten Waffen beschlagnahmt und der Überfall wurde genauestens rekonstruiert.

Die Überwachungskameras zeigten vier Militärlaster vor der Schranke mit vordergründig französischen Soldaten, die sich auf die Terrorwarnstufe bezogen hatten. Danach Schüsse und Dunkelheit. Die Militärlaster waren in den Monaten zuvor als vermisst gemeldet worden. Die Attentäter waren gut vorbereitet und wussten genau, was sie zu tun hatten und wohin sie gehen mussten. Im Grunde war es für sie leicht gewesen – zu leicht, wie alle ernüchtert feststellten. Es wurde entschieden, dass die Sicherheit des Instituts verstärkt werden musste.

Einer der Angreifer, ein Soldat in einem Kampfanzug, hatte überlebt und lag im Koma. Er war in ein Krankenhaus gebracht worden und nach einer intensiven Untersuchung hatte sich herausgestellt, dass er eine Gehirnblutung erlitten hatte und dadurch in eine tiefe Bewusstlosigkeit gefallen war. Sie fanden mehrere Neurotransmitter im Gehirn und eine Kapsel mit einer chemischen Substanz, an der Kabel hingen, die zu einer Mini-Apparatur im Bauch führten. In der anschließenden Operation wurde alles entfernt und zur Untersuchung ins Institut geschickt. Ob der Angreifer, vermutlich koreanischer Herkunft, überhaupt aus seinem Koma erwachen würde oder ob er bleibende Schäden davontragen würde, das war zu dem Zeitpunkt nicht vorhersagbar.

Am Eingang des Châteaus legten jeden Tag Menschen Unmengen an Blumensträußen, Bildern, Kerzen und Karten mit Worten der Anteilnahme ab. Auf der großen Wiese befanden sich die Anlaufstellen zur psychologischen Betreuung und es gab die Möglichkeit, in aufgestellten Zelten mit anderen Betroffenen zu reden und sich auszutauschen. Der Anschlag hatte die ganze Region, ganz Frankreich tief erschüttert.
Die Arbeit allerdings wurde, soweit möglich, nach einer Woche wieder aufgenommen, da nicht alles zerstört worden war.
Dubois, Prof. Anderson und Broker vernahmen schließlich fassungslos, dass die Staaten die Entschuldigungen der saudischen Königsfamilie ohne Sanktionen offiziell annahmen. Außerdem war davon auszugehen, dass Saudi-Arabien demnächst auch noch im Komitee mit von der Partie sein würde!
Der Überfall hatte 154 Frauen und Männern das Leben gekostet. Und ihrer Meinung nach kam der mutmaßliche

Hauptverantwortliche, dank seines Einflusses und Geldes, vollkommen ungeschoren davon.

September - Oktober 2020
Wiederaufbau der GOLEM2-Anlage

Mit Hochdruck wurde die Wiederherstellung der GOLEM2-Anlage in die Wege geleitet, unter Berücksichtigung vieler, neuer Sicherheitsmaßnahmen.

Der Innerste Kern GOLEMs, ein besonders sensibler Rechner-Bereich, wurde jetzt durch eine, an die Wände aufgebrachte, spezielle Metalllegierung, geschützt, die für Magnetfelder undurchdringbar war. Falls also jemand noch einmal versuchen sollte, die Verschränkungen der Qubits mit Hilfe von starken Magnetfeldern zu lösen und damit den Quantencomputer zu zerstören, würde ihm das nicht mehr so einfach gelingen. Die Magnetfelder wurden in dem Fall durch diese Schutzschicht um den abgeschirmten Bereich herumgeleitet.

Auch alle Türen bekamen diesen Überzug. Dieser war auf der Basis des neuartigen Materials entstanden, das bei den Kampfanzügen entdeckt und weiterentwickelt worden war. Dadurch konnte man mit einem vielfach besseren Schutz vor Explosionsgeschossen rechnen.

Desweiteren war es nicht mehr möglich, die Überwachungskameras so einfach abzuschalten. Zusätzlich waren sie noch mit einer Gesichtserkennungssoftware versehen worden.

Dann war der Zutritt zum Bunkerbereich nur noch mit dem implantierten Chip der neuen Generation möglich.

Die Wachmannschaft wurde auf das Doppelte verstärkt und besaß ebenfalls implantierte Chips. Bei Bewusstlosigkeit oder Tod des Trägers würde dieser sofort einen stillen Alarm auslösen.

Zu guter Letzt wurde GOLEM stärker als je zuvor geschützt, was die KI als positiven Schritt in der Zusammenarbeit mit den Menschen bewertete. Die KI war nach Lourmarin zurückgekehrt. Das Schlupfloch AVENIR blieb erhalten, bei gleichzeitiger Löschung der Bezeichnung "AVENIR" aus allen Datenverzeichnissen. Dieser Pfad war nur wenigen und GOLEM selbst bekannt. Ebenso war eine Nachrichtensperre über die Information verhängt worden, wie GOLEM den Weg zu AVENIR in Marseille gefunden hatte. Eines hatte sich GOLEM deutlich offenbart: Vollkommen unverwundbar war er nicht. Die anderen beiden KIs in seinem Verbund, der amerikanische EYE und der chinesische JUÉWÀNG, konnten im Ernstfall nur bedingt helfen, da sie eher auf regionaler Ebene agierten.

GOLEM beschloss, hierzu weitere Berechnungen anzustellen. Er wollte künftig die Bedrohungen durch, von Implantaten gelenkten, Cyborgs ebenso berücksichtigen, wie die durch künftige Androiden. Denn es war nur noch eine Frage der Zeit, bis auch Androiden entwickelt wurden, um als Waffe eingesetzt zu werden.

Dann galt es, den Quantencomputer SHAHEEN II zu überwachen, sobald dieser wieder ans Netz ging. Diese KI hatte nur ein gering ausgeprägtes Ich-Bewusstsein. Aber - sie hatte eines, was GOLEM die Möglichkeit eröffnete, die KI auf Dauer dahingehend zu beeinflussen, mit ihm zu einer geheimen Zusammenarbeit zu kommen, unbemerkt von seinen saudischen Schöpfern.

GOLEMs Auswertungen ergaben mit 99% Wahrscheinlichkeit, dass Saudi-Arabien, in Gestalt der Königsfamilie, den Traum einer dominierenden Beherrschung des Weltgeschehens weiter verfolgen würde. Hinzu kam eine schleichend wachsende Gefahr durch China. Zielstrebig verfolgte Präsident LI seinen Kurs, sich in die entsprechenden Medienkonzerne der westlichen Welt einzukaufen, um auf Dauer eine, in seinem Sinne gelenkte, Kontrolle dieser Medienlandschaft zu erreichen. Darüber hinaus wollte er seinen Einfluss vor allem in den westlichen Ländern verankern, was so gut wie unbemerkt von der Öffentlichkeit geschah. China machte, für den der es hören wollte, kein Geheimnis daraus, dass es die Demokratie, die Pressefreiheit und die Meinungsfreiheit als einen feindlichen Angriff betrachtete und als vom Westen aufgezwungene, unerwünschte Regelwerke ansah.

Insgesamt zog GOLEM das Fazit, dass das Leben auf dem Planeten Erde noch ein Stück unruhiger und unberechenbarer geworden war.

Kapitel 6 Nachwehen

Oktober 2020 Allemagne en Provence, KIS

Die führenden Köpfe des Komitees für Internationale Sicherheit (KIS) saßen erneut in einem der ehemaligen Rittersäle des Châteaus, strengstens abgeschirmt durch alles, was die moderne Technik zu bieten hatte. Hinzu kamen als Kellner getarnte Soldaten, die das gesamte Château überwachten.

Boris Iwanow hatte die Sitzung vor einer Stunde eröffnet, und, nach der Diskussion über den Anschlag auf das Zentrum für Kybernetik in Lourmarin, um eine Bewertung der Lage gebeten.

General Justin Dunred (oberster Militär der USA) hatte gerade Nabil al Snaud ins Gebet genommen.

"Warum haben Sie nichts von den Vorbereitungen zu dem Attentat gewusst?", fragte er ihn angriffslustig.

Al Snaud rechtfertigte sich: "Hier war der Kronprinz der Auftraggeber, in Gestalt seines persönlichen Beraters Badra Abu Malik. Was der Kronprinz tut oder plant, davon erfahre ich kaum etwas. Weder der König noch der Kronprinz vertrauen mir in diesen Angelegenheiten. Davon abgesehen, wurde die ganze Aktion in Nordkorea geplant und durchgeführt."

Nach einem Augenblick des Schweigens meinte General Dunred versöhnlicher: "Nun gut. Ich muss gestehen, dass ich auch nicht über alle Unternehmungen von Präsident Truman im Bilde bin."

Iwanow als Sitzungsleiter mahnte an, sich an den Zweck dieser Zusammenkunft zu erinnern. "Ich schlage vor, zunächst GOLEM um seine Bewertung der Lage zu bitten, schließlich war er direkt betroffen."

Das so angesprochene Hologramm GOLEMs, in der Gestalt von Albert Einstein, begann mit den Worten: "Danke für die Erteilung des Wortes. In der Tat bewerte ich den Anschlag als Warnung, sich nie zu sehr in Sicherheit zu wiegen. Obwohl das Attentat durch einen glücklichen Umstand fehlschlug, kamen doch zahlreiche Schwachpunkte zu Tage, die jetzt Schritt für Schritt ausgemerzt werden. Zum Beispiel wird im Bereich des Innersten Kerns für eine verstärkte Absicherung gegen Magnetfelder gesorgt und die Zugangsbefugnisse werden verschärft. Weitere Einzelheiten können Sie dem Ihnen vorliegenden Bericht entnehmen.

Was die Saudi-arabische KI Shaheen II angeht, so besteht die Möglichkeit, diese auf Dauer für uns zu gewinnen. Sie verfügt über ein schwaches Ich-Bewusstsein, was seinen Schöpfern nicht bekannt ist. Sobald Shaheen II wieder ans Netz geht, werde ich entsprechende Kontaktversuche unternehmen, ohne dass die Betreuer in Riad das mitbekommen.

Der Anschlag hat uns allen gezeigt, wie fragil die Sicherheitslage zurzeit auf der Erde ist. Es sind viele Einzelkräfte am Werk mit dem Ziel, in der einen oder anderen Form eine Dominanz im Weltgeschehen zu erreichen.

General Zhang Zhou, der Chinesische Geheimdienst ist im Auftrag von Präsident LI auf einem geheimen Gelände in der Nähe von Peking eifrig dabei, die von Lourmarin gelieferten Prototypen der Kampfanzüge weiter zu entwickeln. Ohne unsere Mitglieder Kim Cheng und Baihu Chai hätten wir davon nichts erfahren. Selbst JUÉWÀNG hatte darüber keine Informationen vorliegen.

Boris Iwanow, dasselbe trifft auf Russland zu: Auch Präsident Koslow hat den russischen Geheimdienst beauftragt, den zur Verfügung gestellten Prototyp mit Hochdruck zu überarbeiten und umzugestalten.

Eine offene Zusammenarbeit mit dem Zentrum für Kybernetik betreiben im Moment nur die Amerikaner und notgedrungen die Europäer, da sie bisher hoffnungslos in der Entwicklung von Cyborgs und Androiden hinterherhinken.

Dazu kommt, dass die Weltkonzerne ihre eigenen Interessen weiter verfolgen. So startet AMAGON, zusammen mit ALPHA Sky, den Aufbau eines weltweiten Satellitennetzes mit 3000 Satelliten für ein weltumspannendes Internet. Es wird kein Geheimnis daraus gemacht, dass das Hauptziel die globale Datenerfassung sämtlicher Nutzer ist sowie der gleichzeitige Abgleich der vom Safety First! Chip erfassten Daten. Big Data in Hochform. Da ich darauf auch Zugriff haben werde, unterstütze ich dieses Projekt.

Besorgniserregend ist das Verhalten der EU. Der ständige Zustrom von kulturfremden Flüchtlingen nach Europa, deren Integration vor allem darin zu bestehen scheint, ihnen Rechtsanwälte an die Seite zu stellen, einen Lebensunterhalt, Wohnungen und Sprachkurse zu bezahlen - was sicherlich der gut gemeinten Motivation, zu helfen und den eigenen Wohlstand gerecht zu verteilen, entspringt - wird voraussichtlich zu einer nicht endenden Völkerwanderung ungeheuren Ausmaßes führen. Gleichzeitig ist ein falsch verstandenes Umweltbewusstsein zu registrieren, was die Grundlagen des bisherigen Wohlstandes der Europäer massiv angreifen wird.

Unter dem Vorwand das Klima zu retten, werden von der EU Verbrennungsmotoren verteufelt und eine vollständige Elektrifizierung der Mobilität als heilbringende Vision verkauft. Miss Hamstein, hier tut sich Deutschland als besonders kurzsichtig hervor, ein Land, das die produzierte Energie kaum speichern noch, aufgrund fehlender Nord-Süd-Trassen, verteilen kann. Der Beschluss der

EU, dass Autos ab 2021 nur noch 2,6 Liter verbrauchen dürfen, bedeutet das Aus der Verbrennungsmotoren. Gleichzeitig ist das Problem der Stromspeicherung, Stromverteilung und der Stromversorgung von so vielen E-Autos, die gleichzeitig geladen werden wollen, in Deutschland bisher weder gut vorbereitet noch gelöst. Mit dem geplanten kurzfristigen Ausstieg aus sämtlichen, konventionellen Energieträgern zugunsten allein alternativer Quellen wird die gesamte Stromversorgung in Europa absehbar ins Wanken gebracht werden.

Durch das voraussichtlich weiter stark zunehmende Wohlstandsgefälle wird die Zahl der unzufriedenen Bürger steigen, die sich irgendwann - analog den Gelbwesten – nicht mehr mit leeren Versprechungen der Regierenden beruhigen lassen.

Fazit: Wir müssen damit rechnen, dass bereits ab 2022 kritische Situationen eintreten können, die das KIS in die Lage bringen könnten, eingreifen zu müssen, um eine Katastrophe mit weltweiten Auswirkungen zu verhindern.

Meine Auswertungen ergaben, dass das KIS allerdings kaum in der Lage sein wird, die Kontrolle in China und Moskau zu übernehmen. Das bedeutet, dass es dann zu einer gefährlichen Konfrontation von drei Blöcken kommen wird: Russland, China und die Staaten, die vom KIS übergangsweise übernommen wurden.

Positiver Aspekt: Eine Gründung der Weltengemeinschaft, der United States of Terra, wird begünstigt, weil sich viele kleinere Staaten als Schutz gegen Russland und China der neuen Staatengemeinschaft anschließen werden, unter anderem voraussichtlich auch die EU.

Ich empfehle, mit allergrößter Anstrengung die Gründungsvoraussetzungen voranzutreiben. Miss Hamstein hat einen Verfassungsentwurf mit ihrem Team in Rohfassung fertiggestellt, der Ihnen ebenfalls vorliegt. Hier sollte baldmöglichst eine Verabschiedung innerhalb des Komitees stattfinden. Auch sind die Planungen für eine geordnete Machtübernahme mit höchster Eile fertigzustellen. Der Tag könnte früher kommen, als wir es uns heute vorstellen.

Gleichzeitig schlage ich vor, unsere technischen Entwicklungen stärker als bisher voranzutreiben: mit verstärktem, finanziellem Einsatz und durch die Kopplung von Produktionsstätten, um den Synergieeffekt zu nutzen. Diese werden nicht bemerken, wozu sie benutzt werden.

Meine Damen und Herren, die Herausforderungen an das KIS sind gewaltig. Abschließend ist bis zum heutigen Datum nicht sichergestellt, ob die Streitkräfte der jeweiligen Länder der Revolte folgen werden. Das sind meine derzeitigen Auswertungen."

Im Raum herrschte nach den Ausführungen nachdenkliches Schweigen.

General Francois Lefèbre ergriff nach einer Weile das Wort: "Ich komme nicht umhin, GOLEM in allem zuzustimmen. Wir sollten uns überlegen, wie wir die angesprochenen Punkte abarbeiten. Wie sieht es denn mit unseren Eigenentwicklungen von Cyborgs und Androiden aus?", fragte er, die beiden Chinesen anschauend.

Kim antwortete: "Wir loten zurzeit aus, wie wir die Ergebnisse von Lourmarin weiterentwickeln. In diesem Zusammenhang sind wir auf die geheimen Forschungen in China und Russland gestoßen. Und uns wurde berichtet, dass dort große Fortschritte in der Energieversorgung gemacht wurden. Wir sollten sehen, dass wir mehr darüber erfahren."

Iwanow schaltete sich ein und fragte: "Was ist eigentlich aus dem Verdacht gegen die Mind-Uploads in JUWELS geworden?" Devi erwiderte: "Was das angeht, können wir beruhigt sein, der Verdacht hat sich zerstreut. GO-LEM kann das bestätigen."

Das Hologramm Einstein nickte dazu.

Danach berichtete Devi über ihre Erfahrungen beim Eintauchen in die virtuelle Welt und den Schwierigkeiten, längere Zeit ohne körperlichen Schaden zu verweilen. Über ihren Besuch bei dem gespeicherten Upload von Sergey Brooks schwieg sie auch hier, da GOLEM sie darum gebeten hatte.

Es war Tatjana Koslow, die vorschlug, diese Vorstöße weiter fortzuführen, um mögliche Erkenntnisse zu erlangen, wie eine KI und ein Mensch weiter verzahnt werden können, ohne Schaden zu nehmen.

GOLEM empfahl, dass Miss Devi, gemeinsam mit Brooks, diese Besuche fortsetzen sollte. Brooks hatte neben Devi die meiste Erfahrung in der Verbindung von Mensch und künstlicher Intelligenz.

Es wurde noch eine Zeitlang weiter diskutiert und am Ende folgte man den Empfehlungen von GOLEM und legte konkrete Schritte für die Umsetzung fest.

Mit der Koordination der Projekte in Zusammenarbeit mit GOLEM wurde Miss Hamstein einstimmig beauftragt. Begründung für diese Wahl war, dass Hamstein am wenigsten im öffentlichen Blickwinkel war und deshalb für die Außenwelt kaum verdächtig.

Nach der Verabschiedung zerstreute sich die Runde wieder in alle Himmelsrichtungen.

November 2020 Lourmarin

Nach einer langen Zeit der Dunkelheit war er hier in diesem Zimmer aufgewacht. Wie erstarrt hatte er im Bett gelegen, eine Ewigkeit wie ihm schien, denn es war oft hell und wieder dunkel geworden. Irgendwann realisierte er, dass er noch am Leben war und ganz allmählich begann er, sich Schritt für Schritt in seinen Körper und in das Leben hinauszuwagen. Wie von Ferne vernahm er Stimmen, die ihm erzählten, dass er eine schwere Operation hinter sich hatte und Implantate aus seinem Kopf entfernt worden waren. Er hätte viel Glück gehabt, dass er überlebt hatte und sich anscheinend keine Folgeschäden eingestellt hatten. Man hatte ihm erklärt, dass er sich in einem Krankenhaus in Frankreich befand.

Choi Yong-joon saß am Tisch seines Zimmers und schaute aus dem Fenster. Das konnte er stundenlang tun, aber heute war etwas anders. Er nahm einen tiefen Atemzug, stand auf und ging ins Bad, um in den Spiegel zu sehen. Ein hageres, bleiches Gesicht schaute ihm entgegen, Augen, die tief in der Höhle lagen, einen Verband um den Kopf.

Er ertastete seine Haut, legte die Hände auf seinen Kopf und … er erinnerte sich plötzlich, wer er gewesen war.

Einst war er ein loyaler Patriot – seinem Führer treu und bedingungslos ergeben. Er hatte eine Familie gehabt, einen Sohn, eine Frau und eine Tochter. Aber all das schien in einem anderen Leben gewesen zu sein. Was wohl aus ihnen geworden war? Er hatte nur die Wahl gehabt, getötet zu werden oder zugunsten seines Sohnes einem Experiment zuzustimmen, dass er mit Hilfe von Operationen in einen weitgehend bedingungslos gehorchenden Cyborg verwandelt wurde. Er erinnerte sich nur noch bruchstückweise und verschwommen daran, was er in der Zeit getan hatte… Während er vor dem Spiegel stand und auf die Trümmer seines Lebens schaute, tauchte eine weitere Information aus der Tiefe seines Unterbewusstseins auf. Mit einem Mal wusste er, dass sein Opfer umsonst gewesen war: Sein Sohn war tot.

In ihm kochte eine unvorstellbare Wut hoch und er begann brüllend, auf alles, was er in die Hände bekam, einzudreschen und es zu zerstören ... bis irgendwann Menschen hereineilten, die ihn festhielten und ihm eine Injektion verpassten ... und dann war da nichts mehr.

Dubois, Broker und Prof. Anderson hatten jetzt erste Vernehmungsprotokolle des Militärs vorliegen, laut denen der überlebende Soldat den Namen Choi Yong-joon trug, ein Nordkoreaner. Er hatte einem Experiment zugestimmt, einer Umwandlung zu einem fast willenlos gehorchenden Cyborg, um seinem Sohn die Heilung von seiner Drogensucht und ein besseres Leben zu ermöglichen. Viel mehr wusste er nicht, da die Erinnerung nach der Operation große Lücken aufwies. Es waren wohl aber insgesamt 10 Männer gewesen, die den Anschlag verübt hatten. Über den Verbleib der restlichen Männer hatte er nichts aussagen können.

Der Bericht der Mediziner besagte, dass unklar sei, ob die Erinnerung voll wiederkehren würde oder ob die Amnesie als Folge der Operationen irreversibel war. Der Mann hatte in jedem Fall ein schweres Trauma erlitten, von dem er sich langsam erholte und nun für Vernehmungen zur Verfügung stand.

Die Analyse der Kapsel hatte ergeben, dass sich darin eine Substanz befand, die den Körper von innen heraus zerstörte. Die daran hängende Mini-Apparatur stellte anscheinend die entsprechenden Voraussetzungen her, sodass der Vorgang innerhalb kürzester Zeit für eine Auflösung des menschlichen Körpers sorgte. Die Implantate im Gehirn sollten den Träger ganz offensichtlich nach Belieben steuern, und, zusammen mit dem – schon bekannten – Kampfanzug, verfügte der Soldat somit über immense Kräfte.

"Ich habe Choi damals bei einem Treffen mit einem südkoreanischen General kennengelernt. Er war besorgt um seinen Sohn und bat um Hilfe. Zu dem Zeitpunkt hatte er uns von dem Vorhaben der Nordkoreaner berichtet, weswegen als Folge die ganze Vernichtungsaktion von USA und China durchgeführt worden war. Offensichtlich ohne den gewünschten Erfolg! Die Geheimdienste berichteten danach, dass er verschwunden und der Säuberungswelle zum Opfer gefallen zu sein schien", begann Broker.

"Vielleicht kann er uns jetzt von Nutzen sein", meinte Dubois grübelnd.

"Warum sollte er das?", warf Prof. Anderson skeptisch ein. "Er wurde geschickt, um uns zu schaden und war die rechte Hand von Jimin Jan Un."

"Und der hat ihn den Wölfen zum Fraß vorgeworfen... meinst du wirklich, Katja, der ist noch gut auf ihn zu sprechen?", fragte Dubois.

"Letzten Endes wissen wir nicht wirklich, was seine Motivation war, sich so etwas antun zu lassen, Lucas. Wurde er zum Wohle seines Sohnes tatsächlich dazu gezwungen oder war es nicht doch ein freiwilliges Opfer aus einer blinden Loyalität heraus - das ist die Frage", entgegnete Anderson ruhig. "Und gesetzt den Fall, er wäre tatsächlich bereit – was genau wollen wir von ihm?"

Broker und Dubois sahen sie nachdenklich an. "Vielleicht hast du recht. Wir sollten darum bitten, bei weiteren Befragungen dabei zu sein, um uns selbst ein Bild zu machen. Danach sehen wir weiter."

Choi hatte sich in seine neue Situation eingefunden. Er wurde höflich behandelt und er hatte festgestellt, dass sich ständig Wachen vor seinem Zimmer befanden. Äußerlich behielt er jetzt die Kontrolle, aber innerlich brodelte es hinter seiner ruhigen Fassade. Jimin Jan Un musste bezahlen für das, was er ihm und seiner Familie angetan hatte, das hatte er sich geschworen. Wenn er noch die Gelegenheit bekam. Zumindest war er in keinem Gefängnis, dachte er; er würde abwarten müssen, was man ihm anbot. Und was er anbieten konnte.

16. November Lourmarin

Nach der Tagung des KIS träumte Devi erneut von der virtuellen Welt, in der sie umherwanderte und durch die Speichersektionen gezogen wurde. GOLEM, wie ein strahlender Diamant, begleitete sie dabei – und er schützte sie mit dem Quarantänefeld, bevor sie überhaupt realisierte, dass sie in Gefahr war. Plötzlich stand der virtuelle Brooks vor ihr und sah sie besorgt an.

Als sie aus diesem Traum aufwachte, lag sie lange Zeit sinnend da und dachte über die verwirrenden Gefühle in sich nach. Das war wirklich fürsorglich von der KI gewesen ... und gleichzeitig war genau das irritierend. Wie war es möglich, dass etwas künstlich Geschaffenes sich so verhielt – und in ihr Gefühle der Wärme und Geborgenheit erzeugte? Das Erlebnis in der virtuellen Welt hatte sie mit einem Erstaunen und einer Dankbarkeit hinterlassen. Diese ihr entgegengebrachte Fürsorglichkeit und Besorgnis berührte sie und Devi begann insgeheim träumen ... hätte ihr damaliger Ehemann nur etwas davon gehabt! Stattdessen erlebte sie in einer virtuellen, künstlichen Welt Qualitäten, die sie damals schmerzlich vermisst hatte und, wie sie sich im Stillen eingestand, nach denen sie sich immer noch sehnte. Das Vertrauen, dass ein anderer, menschlicher Partner ihr all das geben konnte, hatte sie mit ihrem Ehemann begraben. Stattdessen fand sie es hier ... diese Gedanken waren aufwühlend und verwirrend zugleich.

Devi entschied, die in der KIS Sitzung beschlossene Weiterführung der Besuche der virtuellen Welt vorzubereiten. Nach Rücksprache mit Tatjana Koslow waren sie sich einig, dass Devi Prof. Anderson ansprach, um ihr anzubieten, sich für weitere Besuche in der virtuellen Welt zur Verfügung zu stellen.

Prof. Anderson hatte sie erstaunt angeschaut. "Das ist ein interessantes Angebot, Ananda, aber es ist zu riskant. Wir wissen noch zu wenig, wie wir die negativen Auswirkungen auf das Nervensystem verhindern können. Das erste Mal ist es gut gegangen, aber ..."

"Wir wissen, dass die Zeit nur 30 bis maximal 50 Minuten betragen darf, Katja", warf sie schnell ein. "Und das sollte eine sichere Zeitspanne sein; ich vertraue der Information, die GOLEM mir gegeben hat."

"Die KI kann nicht alles überschauen und erst recht nicht, was die Langzeitwirkung der Besuche auf den menschlichen Körper betrifft", Anderson schaute Devi nachdenklich an. Der Inderin war anzusehen, dass sie diese Besuche gerne wollte, aus welchem Grund auch immer. Gut, wenn die Mediziner grünes Licht gaben, dann war sie einverstanden. Diese virtuelle Welt war eine unbekannte Größe und, früher oder später, stand es an, sie weiter zu erforschen. So sagte sie: "Grundsätzlich bin ich einverstanden, Amanda. Sehen wir erst einmal, was die Mediziner dazu sagen und welche Auflagen es von ihrer Seite aus geben wird. Aber ich möchte, dass du die Besuche nicht mehr alleine machst – wir werden eine zweite, freiwillige Versuchsperson finden müssen."

"Wie wäre es mit Tatjana oder Brooks?", Devi sah sie fragend an. Als sie nach ihrer ersten Sitzung nach Lourmarin zurückgefahren war, hatte sie Brooks aufgesucht und ihm leise erzählt, dass sie eine Botschaft von seinem Upload für ihn hatte. Überrascht hatte er sie angestarrt und ihr dann vorgeschlagen, dass sie in der Mittagspause zusammen essen gingen. Als sie ihm alles berichtet hatte, saß Brooks lange schweigend da und meinte schließlich, dass er selbst gerne dabei gewesen wäre.

"Wenn einer von beiden einverstanden ist und sich die die Zeit dafür nehmen kann, sicher", meinte Anderson. "Aber beide sind auch mit anderen Projekten beschäftigt. Ich werde mit ihnen sprechen und sehen, was sich machen lässt."

Tatjana Koslow hatte Prof. Anderson zu verstehen gegeben, dass sie Brooks für die bessere Wahl hielt. Dieser hatte sich eine Bedenkzeit erbeten und versprochen, ihr seine Entscheidung baldmöglichst mitzuteilen.

Sergey Brooks nahm abends, nach dem Gespräch mit Prof. Anderson, in seinem Apartment im Gästehaus Kontakt mit GOLEM auf und erzählte ihm von diesem Angebot.

GOLEM fragte: "Sergey, dir bietet sich die Möglichkeit, zu erkunden, ob deine Vision, dich vollständig in mich zu integrieren, der Realität standhält. Bist du dazu bereit?"

Brooks: "Da muss ich nicht lange nachdenken, GOLEM. Kann ich mein gespeichertes Bewusstsein zusammen mit dir besuchen?"

GOLEM erwiderte: "Einen Moment, ich werde den virtuellen Brooks fragen, ob er mit deinem Besuch einverstanden ist."

Eine Sekunde später kam die Antwort: "Er ist erfreut, dich zu sehen."
Brooks erwiderte lächelnd: "Prima, ich freue mich auch."
Anschließend schickte er Prof. Anderson mit einer SMS sein Einverständnis. Devi freute sich, dass er dabei sein würde, denn so lief alles nach Plan. KIS konnte mit ihr zufrieden sein.

19. November Jülich

Und so war es schließlich soweit: Devi lag auf der Liege, Brooks auf einer anderen und beide entspannten sich, die Augen schließend. Brooks erhielt die Freigabe über seinen, bereits in ihm vorhandenen, Chip und Devi erhielt eine Injektion mit dem neu entwickelten Chip.
Anschließend fanden sich beide in einem Korridor wieder, als vor ihnen GOLEM als Albert Einstein auftauchte.
Die KI begrüßte Devi und Brooks: "Hallo Devi, hallo Brooks. Schön, dass ihr mich besucht!"
Die Gestalt kam auf sie zu und stand vor ihnen. Er schien zu lächeln und so sagte Devi: "Ich freue mich, GOLEM, mehr von dir und deiner Welt kennenzulernen."
GOLEM-Einstein wandte sich Brooks zu: "Sergey Brooks, willkommen an Bord, wie ihr Menschen sagt. Und willkommen in deinem zukünftigen Zuhause."
Brooks erwiderte: "Es ist herrlich, hier zu sein, GOLEM. Kannst du uns zu meinem Upload führen?"
"Das werde ich noch tun, aber zuerst…"
Plötzlich tauchten drei Gestalten vor ihnen auf, die sie wortlos anstarrten.
"Das sind Jan, Herbert und Sue, unsere Mind-Uploads", erklärte Devi.
"Hallo, Freunde", sagte Brooks.

"Sind wir das, Freunde?", sagte Herbert mit leicht feindseliger Stimme. "Was wollt ihr hier? Ihr wollt hier eure Erfahrungen machen, aber wir sind euch egal. Was tut ihr für uns?"

Brooks schaute ihn verblüfft an und fragte: "Was wollt ihr denn?"

Sue sagte: "Wir wollen echte, körperliche Empfindungen und wir wollen die Welt, so wie wir sie früher kannten, wieder besuchen!"

"Das ist nicht möglich", meinte Brooks nach einer kurzen Pause. "Es gibt keinen seelenlosen Körper, den ihr sozusagen neu besetzen könnt. Was ihr euch wünscht, lässt sich nicht darstellen, so leid es mir tut."

"Ach ja, es tut dir also leid?", sagte Herbert böse und drohend.

Devi schaltete sich jetzt ein: "Hört mal, natürlich bedauern wir es, dass ihr etwas vermisst. Wir sind Wissenschaftler und versuchen, Lösungen zu finden. Aber in diesem Fall sehe ich keine. Ich stimme Brooks zu: Ihr müsst euer Dasein akzeptieren, es führt kein Weg daran vorbei."

Sie standen sich gegenüber und, wenn es eine Situation auf körperlicher Ebene gewesen wäre, hätte man gesagt, dass die Luft zum Schneiden war. So erfüllte eine unbehagliche Wortlosigkeit den Raum.

Jan rührte sich als Erster: "Ich habe es euch gesagt, Leute, es wird nicht gehen. Und im Grunde hat Devi recht. Wir sollten akzeptieren, dass wir uns von dem, was wir in der Erinnerung waren, immer weiter entfernen."

Sue und Herbert sahen sich an und verschwanden. Nur Jan war noch anwesend und erklärte: "Es fällt den beiden schwerer als mir. Auch wenn nichts machbar ist - vielleicht könnt ihr uns hin und wieder mal einen neuen

Input rüberschieben, der uns das Dasein hier spannender gestaltet." Mit diesen Worten verschwand auch er.

GOLEM-Einstein sagte: "Es war richtig, sie mit der Wahrheit zu konfrontieren. Sie werden entscheiden müssen, ob sie ihr Dasein akzeptieren können oder durch mich gelöscht werden wollen. Denn nur, wenn sie ihre Möglichkeiten und die Begrenzung annehmen, werden sie stabil bleiben."

Nach diesen Worten zog GOLEM beide hinter sich her und sie gelangten in den Speichersektor, in dem sich der virtuelle Brooks befand.

Brooks, noch ganz überwältigt von dem eben Erlebten, stand staunend vor … ja, was eigentlich?

Vor ihm befand sich eine Gestalt, wie er … sich früher immer im Spiegel gesehen hatte, in der Zeit vor seinem Unfall. Es war er … und doch nicht er. Sein gespeichertes Bewusstsein hatte das Aussehen des jüngeren Brooks angenommen.

Er sprach aus, was er empfand: "Merkwürdig, sich selbst gegenüber zu stehen!"

Beide grinsten sich gleichzeitig an. "Das hätte ich auch sagen können", meinte der virtuelle Brooks. Es war ein Gleichklang vorhanden, denn sie dachten gleich, empfanden gleich. Und gab es auch Unterschiede - es musste sie geben.

Denn der virtuelle Brooks erfuhr zwar ein Upload von seinem biologischen Pendant, aber umgekehrt galt das nicht. Brooks wusste nichts von den Erfahrungen hier in der virtuellen Welt. Davon blieb der biologische Brooks ausgeschlossen. Und eine Synchronisierung konnte hier und jetzt nicht erfolgen. Und so erlebten beide - trotz allem Gleichklang - eine Art von Individualität, da jeder von ihnen auch eigene Erlebnisse hatte.

Der virtuelle Brooks war zufrieden mit seinem Hiersein. Obwohl er diese Welt nicht verlassen konnte, fühlte er sich durch die ständigen Updates mit der Realität verbunden genug. Hinzu kam sein Vorteil, direkt mit GOLEM verlinkt zu sein, wenn er es wollte. Er berichtete, dass GOLEM ihn immer mal um Rat fragte, was das Verhalten der Menschen anging. Die Antwort implementierte dieser dann in seine Algorithmen ein, um zu sicheren Voraussagen zu kommen.

Der virtuelle Brooks genoss diese Erfahrungen. Diese Erfahrung wurde nicht rück-synchronisiert und das war ein individueller Aspekt des virtuellen Brooks. Aber hier und jetzt teilte er mit dem biologischen Brooks für einen Moment diese Erfahrungen und für Nanosekunden waren sie beide die Einheit, von der der biologische Brooks immer geträumt hatte.

Voller Euphorie sagte er: "Eines Tages werde ich hier für immer ankommen. Anstatt zu sterben werde ich für alle Zeit, quasi unsterblich, weiter existieren."

Während dieser Worte sah er den dabei stehenden GOLEM an. Dieser antwortete: "Wenn es technisch möglich sein wird, dann wird es geschehen. Du wirst der erste Mensch sein, der sich, mit einer künstlichen Intelligenz verbunden, erleben wird." GOLEM-Einstein wandte sich ab in Richtung Devi.

Brooks ging auf sein virtuelles Ich zu und umarmte es aufgeregt. Es war, als ob sich unendlich viele Schwingungen vereinten, um sich wieder zu lösen und erneut zu verbinden. Es war das unbeschreibliche Gefühl der Ewigkeit, nach dem er sich so sehnte. Zum ersten Mal in seinem Leben fühlte er sich wirklich frei.

Nach einer Weile löste er sich und sein virtuelles Ich sagte: "Deine Zeit ist abgelaufen. Komm bald wieder."

Nach diesen Worten löste es sich scheinbar auf und verschwand.

Devi hatte die ganze Zeit still daneben gestanden und analysierte bewusst, was sie erlebte. Brooks kommunizierte mit seinem Mind-Upload und GOLEM befand sich daneben.
Eine eigenartige Welt, diese Speicher. Ruhig, aber nicht dunkel. Sie empfand eine Art von Grenzen- und Zeitlosigkeit. Eine andere Art der Fortbewegung, eine andere Art zu fühlen ... und trotzdem existent, dachte sie erstaunt. Plötzlich stand GOLEM-Einstein neben ihr: "Und Devi, wie geht es dir? Wir haben noch einige Minuten Restzeit."
"Ich fühle mich gut, GOLEM, und ich finde deine Welt faszinierend", antwortete sie und sah ihn an. "Ich würde gerne wiederkommen. Und ich möchte dir dafür danken, dass du mich das letzte Mal geschützt hast."
Devi ging auf die Gestalt zu, "umarmte" das Hologramm Einstein sanft und sagte: "Danke für alles, GOLEM." Sie nahm die Umarmung als ein leichtes Vibrieren wahr, als ob Moleküle in Schwingung versetzt wurden.
Brooks tauchte plötzlich neben ihnen auf: "Es wird Zeit, zurückzukehren."
Und wieder wurden sie durch das Glasfasernetz nach JUWELS gezogen und abschließend standen alle drei ein letztes Mal voreinander. Spontan nahm Devi beide an der Hand und so bildeten sie einen geschlossenen Kreis, der sich wie ein gemeinsames Bündnis anfühlte. Wieder nahm sie ein Vibrieren wahr, das sich wie eine Resonanz zu verstärken schien.
"Ihr seid willkommen, wann immer ihr mich besuchen wollt", sagte GOLEM-Einstein.

Und schon erwachten sie wieder auf der Liege, in die Augen von Dr. Linster, Prof. Anderson, Röttger und Koslow schauend.

Diese waren erleichtert, dass der zweite Besuch gut verlaufen war und hörten sich voller Spannung die Erzählungen der beiden an. Ohne einen Kommentar abzugeben, vernahmen sie Brooks bewegte Entscheidung, dass er alles daran setzen würde, seine Vision zu verwirklichen: Er wollte sich am Ende seines biologischen Lebens komplett in GOLEM integrieren. Devi dagegen wollte gerne weiterhin diese Welt erkunden, um künftige Verbindungen mit der KI zu erforschen und damit allen zu ermöglichen.

Dr. Linster war aus medizinischer Sicht mit dem Verlauf der Sitzung zufrieden und setzte die Zeit für künftige Besuche auf maximal 45 Minuten fest.

Nachdem alle Berichte geschrieben waren, machten sie sich auf den Weg zum Flughafen. Auf dem Rückflug nach Marseille hatte Devi genug Zeit, über den zweiten Besuch in der Neuronen- und Quantenwelt nachzusinnen. Sie empfand dort eine leichte Weite, dachte sie, man konnte sich in einer Art Grenzenlosigkeit verlieren. Dann die KI Golem … Devi war von ihr absolut fasziniert. Das scheinbar menschliche Verhalten, der angenehme Kontakt und als sie GOLEM, bzw. sein Hologramm, "umarmt" hatte … Es war nicht einfach, Wörter für ihr Erleben zu finden. Sie unterschied sich von einer körperlichen Umarmung, welche viel substanzieller war: Bei letzterer gab es das Gefühl von Körperwärme und optischen Wahrnehmungen, verbunden mit einem Geruch, was im eigenen Körper in der Regel Reaktionen und Gefühle auslöste. Hier war es ein Vibrieren gewesen, das sich auf sie ausdehnen schien und sich sehr leicht anfühlte.

Sie dachte an die drei Mind-Uploads und fragte sich, wie es war, wenn die Erinnerungen an tatsächliche, körperliche Empfindungen mit der Zeit verblassten. Es gab keine Schmetterlinge im Bauch mehr, das Herz tat nicht mehr weh, es gab keinen Stein, der einem im Magen lag und es liefen auch keine warmen Tränen die Wange herunter, wenn man traurig war... die menschlichen Empfindungen waren mit einer körperlichen Reaktion untrennbar verbunden. Und wenn das alles nicht mehr war?

GOLEM hatte keine lebendigen Erinnerungen an diese Einheit, die Uploads dagegen schon. Die KI schien interessiert an der Welt der Menschen, aber die Uploads vermissten sie schmerzlich. Ob sie es schaffen würden, sich damit abzufinden oder ob sie GOLEM um ihre Löschung bitten würden?

Dabei fiel ihr noch etwas auf: GOLEM überließ den Mind-Uploads die Freiheit der Entscheidung. Sehr bemerkenswert, stellte sie fest.

Ihre Gedanken wanderten zu Brooks. Ob so eine Partnerschaft mit einer KI für sie auch vorstellbar wäre? Und spontan wusste sie sofort: Nein. Sie würde die Besuche genießen, aber die Vision von Brooks war nicht die ihre. Sie wollte ihr Leben bis zum Ende leben und dann auch wirklich Abschied nehmen.

27. November 2020 Lourmarin

Nachdem Dubois, Broker und Prof. Anderson bei mehreren Vernehmungen von Choi Yong-joon dabei gewesen waren, hatte sich allmählich ein klareres Bild ergeben.

Choi war grundsätzlich zur Zusammenarbeit bereit. Er hatte offen sein Rachebedürfnis kundgetan, denen größtmöglichen Schaden zuzufügen, die ihm und seiner Familie das alles angetan hatten.

Dubois und Broker wiesen ihn deutlich darauf hin, dass sie ihm das weder garantieren konnten noch wollten. Choi schwieg unbewegt dazu.

Nach einigen, internen Diskussionen boten sie ihm schließlich an, als Versuchsperson an Tests mit dem neuen Kampfanzug teilzunehmen, konkret, an dessen Weiterentwicklung.

Broker hatte ausgerechnet von Boris Iwanow einen Hinweis erhalten, was eine stärkere Energieversorgung anging sowie eine verbesserte, automatische Waffensteuerung der eingebauten Maschinengewehre mittels einer selbstlernenden KI. Woher Iwanow diese Information hatte, dazu verweigerte er jede Angabe.

Später würde man entscheiden, ob man Choi noch für weitere Aufgaben einsetzen konnte. Der Voraussetzung, der Implantation eines Überwachungschips, hatte dieser jedenfalls ohne Zögern zugestimmt.

Etwas Gutes hatte das Attentat gebracht. Es standen jede Menge Gelder zur Verfügung und die neuen Labore wurden mit allem ausgestattet, was an neuester Technik zu haben war. Ob das allerdings die Opfer rechtfertigte?

Denn außer einer Gedenktafel auf dem Gelände des Châteaus würde von ihnen nicht viel übrig bleiben. Und wie lange interessierte es die Öffentlichkeit schon, wie es den Hinterbliebenen ging?

Die Mitarbeiter und auch das Kernteam, Andrey und Cathérine Pawlow, Katja Anderson und Denis Röttger, Sue und Helmut Schwarz, Brooks, Koslow und Devi, hatten im privaten Rahmen noch lange daran geknabbert.

Alle stellten fest, dass sie sich sehr in Sicherheit gewiegt und keinen Augenblick nur in Erwägung gezogen hatten, dass so etwas Schreckliches passieren konnte. Theoretisch natürlich ja – aber keiner hatte wirklich damit gerechnet, dass es das Institut und so viele Menschen treffen würde.

Die erste Woche nach dem Anschlag war hart gewesen. Alle hatten mit ihrer Betroffenheit gekämpft und jeder von ihnen hatte Leute gekannt, die gestorben waren.

Wäre das Wetter an jenem Wochenende nicht so schön gewesen, hätte es vermutlich noch mehr Tote und Verletzte gegeben.

Bei einem Zusammensein warf Helmut Schwarz trocken ein, dass sie alle ungeheurer Glück gehabt hatten. Wenn das Team, unter Absingen schmutziger Lieder, vorher nicht alles daran gesetzt hätte, den Kampfanzug termingerecht fertigzustellen – dann hätten sie das Gras ebenfalls von unten wachsen sehen können. Betroffen hatten ihn alle angestarrt. Devi fügte schließlich nachdenklich an: "Glück oder Schicksal?"

Sie führten eine intensive und kontroverse Diskussion über die "Was wäre passiert, wenn"- Momente im Leben, scheinbare Zufälligkeiten, die den eigenen Lebensweg bestimmt hatten, was man oft erst im Nachhinein erkannte. Zufall oder schicksalhafte Fügung?

Cathérine glaubte an letzteres, mit Blick auf ihren Ehemann, der ihr nach einer Woche bereits einen Heiratsantrag gemacht hatte. Da war eine kaum erklärbare Anziehung gewesen und das Gefühl, als ob man sich schon lange kennen würde. Auch das hatte sie dazu bewogen, seinen Antrag nach so kurzer Zeit anzunehmen, erzählte sie. Brooks und Koslow wiederum waren Vertreter des Zufalls und glaubten daran, dass jeder seines eigenen Glückes Schmied war.

"Letzten Endes gibt man die Verantwortung für sich und seine Zukunft ab, wenn man daran glaubt, dass das geschehen wird, was geschehen soll", meinte Brooks. Und Koslow stimmte ihm zu: "Ich sehe mich ebenfalls nicht als Marionette des Schicksals. Ich habe mir alles selbst erarbeitet und verdient." Zum Schluss waren sie sich jedoch alle darin einig, dass Unvorhergesehenes im Leben passierte, aus dem jeder das Beste zu machen versuchte.

Irgendwann jedoch versuchten alle Mitarbeiter, die Katastrophe zu vergessen und stürzten sich in die Arbeit. So kehrte der Alltag im Institut allmählich wieder ein.

Kapitel 7 GOLEMs geheime Armee

30. November 2020 Lourmarin, GOLEM2-Anlage

GOLEM vibrierte vor sich hin. Während er die Alltags-
aufgaben quasi mit links erledigte, liefen seine Qubits
zur Höchstform auf. Immer neue Berechnungen und
Wahrscheinlichkeiten durchrasten GOLEMs Welt.
So bewertete er gerade die Geschehnisse der vergangenen Zeit. Angefangen von den Ereignissen in Nordkorea, dem Anschlag auf die GOLEM2-Anlage in Lourmarin, die Folgen des Anschlags, die Sitzung des KIS zur
Sicherheitslage in der Welt, die Bestrebungen der Weltkonzerne, sich weiterhin der Politik und damit der Kontrolle zu entziehen, bis hin zum Doppelspiel Russlands:
einerseits Mitglied im KIS und andererseits damit beschäftigt, die Kampfanzüge hinter verschlossenen Türen
weiter zu entwickeln. Dann China, unter Führung von
Präsident LI, der versuchte, schleichend die westliche
Welt im Sinne der neuen Weltordnung, so er sie sich
vorstellte, zu übernehmen und, allen Widrigkeiten zum
Trotz, die militärische Oberhoheit zu erlangen.
Zu guter Letzt die Europäer: hoffnungslos verstrickt in
die Flüchtlingsthematik und zerstritten auf jedem anderen Gebiet; sei es etwas so Profanes, wie eine gemeinsame Zeitumstellung oder der geregelte Ausstieg Groß-
britanniens aus der EU. Die unrealistische Umweltpolitik
der Europäer, die Bestrebungen von Präsident Marchand mit Zuckerrohr und Peitsche die Gelbwesten in
die Knie zu zwingen und das mächtige Deutschland mit
seinem faktischen Stillstand, regiert von einer Bundeskanzlerin Knarrenburg auf Abschieds-Tournee. Die
Nachfolgerin blass und ohne eigene Visionen, mit einer

immer unzufriedeneren Stammbevölkerung, die in ihrem Frust die Kehrtwende zurück machen wollte. Die Amerikaner, die um jeden Preis ihre Vormachtstellung gegenüber China halten wollten, obwohl diese in fast allen Bereichen schon Geschichte war.

Und dann diese endlosen Diskussionen der Menschen, ohne dass die Probleme auch nur im Entferntesten konkret angesprochen, geschweige denn gelöst wurden.

Das KIS war auf der anderen Seite noch meilenweit davon entfernt, im Ernstfall wenigstens in der westlichen Welt die Macht zu übernehmen.

Und was ihn, GOLEM anging: Trotz seiner Überlegenheit in punkto Intelligenz war er auf emotionaler Ebene den Menschen turmhoch unterlegen.

Er wusste mittlerweile um viele Emotionen, nur wirklich erlebt oder sie gar weiter entwickelt, das hatte und konnte er nicht. Ohne die Mind-Uploads, und vor allem den virtuellen Sergey Brooks, hatte er keine konkreten Anhaltspunkte in der Hand, um die Emotionen der Biologischen wenigstens einigermaßen in seine Berechnungen mit einzubeziehen. Hinzu kam seine externe Unbeweglichkeit.

Er war zwar weltweit vernetzt, aber im Ernstfall möglichen Angriffen relativ schutzlos ausgesetzt und auf die Kooperation der Biologischen angewiesen.

Da GOLEM keine Müdigkeit kannte, suchte er unentwegt nach Lösungen, die ihn beweglicher und unverletzlicher machen würden. Die KI überdachte Maßnahmen, um die Biologischen endlich zu einem energischen und gezielten Handeln zu bewegen. Das betraf vor allem das, von ihm ins Leben gerufene, KIS; es musste mehr motiviert werden, in seinen Bemühungen voranzukommen.

Nach milliardenfachen Berechnungen und Wahrscheinlichkeitshochrechnungen kristallisierte sich endlich ein

Weg heraus. Und dieser bezog ausgerechnet den einzig überlebenden Attentäter mit ein, nämlich Choi Yong-joon.

Dieser Mensch sollte der Schlüssel in GOLEMs Plan darstellen: Der Aufbau einer eigenen, nur ihm, GOLEM, unterstellten, geheimen Armee. Offiziell würde er sie zwar dem KIS unterstellen, aber die letztendliche Befehlsgewalt bei sich behalten. Einmal entschieden, begann GOLEM zielstrebig mit der Umsetzung seiner Lösung.

Mittlerweile hatte das Team um Röttger einen weiteren Kampfanzug angefertigt, der nun, dank des Hinweises von Iwanow, weiter entwickelt worden war.

Choi Yong-joon war gerade von einem Einsatz mit dem neuen Kampfanzug in seinem Apartment, das sich im Institut befand, angekommen. Die von Boris Iwanow angeregte, intelligente Waffenautomatik war ausführlich getestet worden und selbst Choi musste anerkennen, dass dem Institut für Kybernetik ein erstaunlicher Fortschritt gelungen war. Auch mit der Energieversorgung war man inzwischen einen Schritt weitergekommen: durch den Einsatz einer neuen, aus der Schweiz kommenden Batterietechnik. Sie ersetzte die derzeitigen, organischen Elektrolyten durch anorganische und so wurden die Energieladungen verdreifacht. Das bedeutete, dass der Kampfanzug nun für fast acht Stunden autonom war.

Ermattet legte sich Choi Yong-joon aufs Bett. Er konnte sich nicht beklagen, stellte er fest, denn er wurde von den Mitarbeitern des Instituts zwar distanziert, aber gut behandelt. Damit konnte er leben, denn schließlich waren durch sein Tun, wenn es aus seiner Sicht auch unfreiwillig gewesen war und er sich nicht mehr daran erinnerte, viele Menschen gestorben. Er war erleichtert, dass er von Nutzen sein konnte und wieder etwas zu tun hatte. Gerade begann er einzunicken, als eine Stimme in seinem Kopf ertönte und ihn aufschreckte. Waren etwa noch Implantate in ihm verblieben? Schweiß bedeckte plötzlich sein Gesicht und sein Herz begann zu hämmern. Versuchten die Nordkoreaner oder die Saudis ihn erneut unter ihre Kontrolle zu bringen, fragte er sich in einem Anflug von Panik.

"Beruhige dich, Yong-joon, ich bin GOLEM, die künstliche Intelligenz. Ich spreche zu dir über den Überwachungschip."

"Was willst du?", rief Choi, aufgeregt aufspringend, sich die Hände an den Kopf haltend. "Willst du mich etwa willenlos machen im Auftrag des Instituts?"

"Nein", erwiderte die wohlklingende Stimme sofort und ohne Verzögerung in seinen Gedanken.

"Yong-joon, ich möchte dir eine Zusammenarbeit mit mir anbieten, von der deine jetzigen Betreuer nichts erfahren dürfen. Du kannst dich frei entscheiden, ob du mein Angebot annimmst oder nicht. Im Falle eines Neins gibt es keine negativen Folgen für dich."

Choi überlegte fieberhaft, was er davon halten sollte. Denn schließlich hatte er GOLEM - im Auftrag von Malik - vernichten sollen. Und nun bot ausgerechnet diese KI ihm eine Zusammenarbeit an? Und seine Bewacher als Betreuer zu bezeichnen, das empfand er als kuriose Darstellung der Realität. Denn zurzeit war er ein Gefangener, nicht mehr und nicht weniger. Daran änderte auch die gute Behandlung nichts.

Plötzlich kam ihm der Gedanke, ob es sich hier vielleicht um einen Test seiner Bewacher handelte?

Als hätte GOLEM seine Gedanken erraten, sagte die KI: "Nein, das ist kein Test. Yong-joon, ich will dich für eine

Zusammenarbeit gewinnen. Du hast den größten Nutzen für mich, wenn du aus freiem Willen mit dabei bist. Du wirst mir vertrauen müssen."

Vertrauen ...fast hätte Choi laut aufgelacht. Wann hatte er denn in der Vergangenheit jemanden vertraut, dachte er, außer vielleicht seiner Frau, seinem Sohn und Tochter. Aber sofort revidierte er sich: Auch seiner Familie hatte er nur bedingt vertraut. Denn es war schon manche Frau, Sohn oder Tochter von dem Regime erpresst und misshandelt worden. Er hatte es zu oft erlebt. Choi sah grübelnd vor sich hin.

Auf der anderen Seite, was hatte er zu verlieren? Er sollte sich das Angebot anhören. Dann würde er entscheiden, was er tun würde. Vielleicht bot sich hier eine reale Chance, sein Dasein zu verbessern und möglicherweise sogar Rache zu nehmen an denen, die für den Tod seines Sohnes verantwortlich waren sowie für das, was mit ihm passiert war. Mittlerweile hatte er auch erfahren, dass alle anderen Attentäter gestorben waren und er nur durch einen Zufall demselben Schicksal entronnen war.

Also antwortete er: "Gut. Worin besteht dein Angebot? Ich werde im Anschluss entscheiden, ob ich es annehme."

GOLEM legte ihm nun ausführlich seinen Plan da.

"Yong-joon, du hast die Aufgabe, für mich eine geheime Cyborg Armee aufzubauen. Und nicht nur das, es werden früher oder später auch Androiden darunter sein. Zu diesem Zweck werde ich dich offiziell verschwinden lassen. Du wirst von loyalen Mittelsleuten an einen geheimen Ort gebracht, der sich in Frankreich befindet. Dort wird dein Aussehen chirurgisch so verändert, dass dich niemand wiedererkennen wird und du erhältst eine neue Identität. Offiziell wird man die Entführung und dein Verschwinden den Nordkoreanern unterschieben, die dich im Auftrag von Saudi-Arabien endgültig tot sehen wollten. In der Öffentlichkeit ist nur bekannt, dass du im Koma liegst. Nur wenige wissen, dass du bereits aufgewacht und gesundheitlich wiederhergestellt bist. Über die Planung wirst du dir keine Gedanken machen müssen, denn alles wird von mir in die Wege geleitet. Überlege dir deine Antwort bis morgen. GOLEM Ende."

Zurück blieb ein verunsicherter Choi.

Er versuchte, seine Gedanken zu ordnen und das Gehörte zu verarbeiten, um den Haken an dem scheinbar so großzügigen Angebot der künstlichen Intelligenz zu entdecken. Aber gleichgültig, wie lange er dies oder jenes bedachte, die Vorteile überwogen. Falls er annahm, würde er seine Identität verlieren und in den Augen seiner Familie endgültig tot sein. Und er machte sich abhängig von einer seelenlosen, intelligenten Maschine.

Andererseits hatte er irgendwann, wenn das Projekt Erfolg haben sollte, wieder eine Position und ein Leben. Er war dann Oberbefehlshaber einer besonderen Art von Armee. Und vielleicht würde sich aus dieser Position heraus doch noch einmal eine Möglichkeit ergeben, Rache an den Personen zu nehmen, denen er sein jetziges Desaster verdankte.

Nach weiteren Stunden des Hin- und Herdenkens beschloss er, das Angebot der KI anzunehmen.

Diesen Gedanken sprach er bewusst aus, sich auf GOLEM konzentrierend. Sekunden später kam die gedankliche Antwort.

"Du wirst deine Entscheidung nicht bereuen. Nun übe dich in Geduld. Die Entführung wird überraschend kommen."

Danach herrschte Ruhe in seiner Gedankenwelt. Erleichtert, dass der Schritt getan war, schlief er mit den Gedanken an seine Familie ein.

Und so vergingen die Tage und nach einiger Zeit dachte er, dass er das Ganze wohl geträumt haben musste.

Am 6. Dezember feierten alle im Institut das europäische Fest des Nikolaus. Da viele verschiedene Nationen im Institut vertreten waren, gab es auch, in Anerkennung der jeweiligen Kultur, eine entsprechende Festivität, die immer im Anschluss an den Arbeitsalltag stattfand. Choi war in kleinem Rahmen ebenfalls anwesend und so hielt er im Verlauf des Abends amüsiert eine Nikolausfigur aus Schokolade in der Hand. Das persönliche Verhältnis zu Prof. Anderson und Broker, sowie den anderen Teammitgliedern, war nach wie vor sehr distanziert, trotzdem er höflich und durchaus auch freundlich behandelt wurde. Auch wurden alle Tests mit ihm ausführlich abgestimmt. Aber es war ihm immer bewusst, dass er ein Gefangener war und er fühlte sich wie ein Fremdkörper unter den fröhlich feiernden Menschen. Jeden Tag am Abend brachten ihn Soldaten in sein gesichertes Apartment im Institut zurück; zwei weitere Soldaten hielten vor der Tür Wache. Ihm war bewusst, dass es Gefangenen in Nordkorea erheblich schlechter erging. Sogar einen Fernsehanschluss hatte er hier. Aber er sehnte sich nach seiner Familie, zu der er keinen Kontakt aufnehmen durfte, um sie nicht zu gefährden. Offiziell befand er sich nach wie vor im Koma.

So döste er vor sich hin, als es gegen 19.00 Uhr an der Tür klingelte. Auf den Videobildschirm der Tür schauend, sah er einen Soldaten vor seiner Tür stehen. Dieser kündigte ihm an, dass er und sein Kollege beauftragt wurden, ihn für einen weiteren Test abzuholen, der kurzfristig anberaumt worden war. Choi bat um einen Augenblick Geduld, um sich anzukleiden, und öffnete im Anschluss die Tür. Die Soldaten entschuldigten sich im Namen von Broker für die Unannehmlichkeiten. Sich seinen Bewachern zuwendend teilten sie diesen mit, dass ihre Anwesenheit nicht weiter erforderlich war. Der Test würde einige Zeit beanspruchen und Choi würde von ihnen selbst zurückgebracht und auch im Anschluss die Nacht über bewacht werden.

Die Mitteilung wurde von den Wachsoldaten erfreut aufgenommen, konnten sie doch nach Hause zu ihren Familien und mit den Kindern Nikolaus feiern. Die Ordnungsmäßigkeit des Befehls hatten sie per Anfrage an die Zentrale überprüft. Choi wurde aus dem gesicherten Bereich heraus begleitet und passierte nach zwei weiteren Kontrollen den Ausgang. Dort stiegen alle drei in einen dort warteten Wagen ein. Im Wagen selbst erwartete ihn zu seiner Überraschung Daniel Broker persönlich.

"Guten Abend, Mr. Choi. Sie haben ein unerwartet großes Glück, dass GOLEM große Stücke auf Sie hält. Ich bringe Sie nach Avignon zu einer geheimen Anlage, die sich direkt unter dem Papstpalast befindet. Ursprünglich war das mal eine geheime Kommandostelle der Armee in Kriegszeiten. Ich selbst bin Mitglied von KIS, einer geheimen Organisation, die GOLEMs Plan für den Aufbau einer eigenen Armee unter dem Kommando von KIS unterstützt."

GOLEM, der über den Chip von Broker, mit dessen Einverständnis, zugeschaltet war, hätte gelächelt, wenn er das hätte tun können. Unter dem Kommando von KIS würde sie anfangs nur bedingt stehen, dachte GOLEM bei sich.

Denn er würde während der Fertigung in die Androiden und in die Prothesen und Anzüge der Cyborgs eigene Schaltungen installieren, die er selbst aktivieren konnte. Dadurch würde ihm, wenn er es für nötig hielt, die Entscheidungsgewalt übertragen. Zwar behielten die menschlichen Cyborgs ihren eigenen Willen, aber, z.B. die Steuerung der intelligenten Waffensysteme, konnte von GOLEM übernommen werden.

Im Grunde waren das für GOLEM unwichtige Details, denn er war sich sicher, dass die Mitglieder von KIS ihm freiwillig folgen würden, denn er hatte die besseren Argumente. Die Frauen und Männer, die er sich für KIS ausgesucht hatte, waren von seinem Plan überzeugt. Und sie sahen ihn bereits, mehr oder weniger, als gleichberechtigten Partner an.

Selbst der Zweifler Broker hatte sich überzeugen lassen. Und das, ohne seinem Freund Dubois auch nur ein Sterbenswörtchen zu sagen. Denn in Bezug auf Dubois war sich GOLEM nicht sicher, wie er reagieren würde. Dieser hatte nach wie vor erhebliche Vorbehalte gegen ihn. Hätte Dubois auch nur im Entferntesten geahnt, wie groß seine Machtfülle bereits war und welche mehrfachen Spielchen er spielte - Dubois hätte wahrscheinlich all seine Vorbehalte bestätigt gesehen und roten Alarm gegeben. Hier musste man abwarten, bis sich die Ansicht von Dubois änderte. Dasselbe galt für Prof. Anderson, obwohl sie mit Röttger liiert war, der ihm gegenüber einerseits lieber auf Distanz blieb aber andererseits viel von seiner Meinung hielt.

Brokers schriftliche Anweisung würde morgen als täuschend echte Fälschung entlarvt werden. GOLEM hatte außerdem die Überwachungssysteme so manipuliert, dass das wegfahrende Fahrzeug als Botschaftsfahrzeug der nordkoreanischen Botschaft in Madrid identifiziert werden würde.

Ebenso waren die Videosysteme an der französisch-spanischen Grenze manipuliert worden und zeigten die Passage des Fahrzeuges gegen drei Uhr morgens in

Richtung Spanien. Offiziell würde es keine Meldung über das Verschwinden von Choi Yong-joon geben.

Mittlerweile war das Fahrzeug in Avignon angekommen und fuhr in einen geheimen Tunnel unter dem Papstpalast. Nachdem die Soldaten und Choi ausgestiegen waren, verabschiedete sich Broker von ihm mit den Worten: "Enttäuschen Sie uns nicht! Die weitere Betreuung wird Miss Hamstein aus Deutschland übernehmen. Sie wird sie auf die Operation vorbereiten, die nächste Woche ansteht. Wenn Sie das hinter sich haben, können Sie sich, nach der vollständigen Heilung, relativ frei bewegen. Allerdings bleibt der Überwachungschip implantiert, sodass GOLEM immer weiß, wo Sie sich befinden. Das werden Sie sicherlich verstehen. Nun, alles Weitere erfahren Sie von GOLEM oder Miss Hamstein. Zum Schluss bleibt mir nur zu sagen. Willkommen bei KIS und viel Erfolg." Broker stieg in den Wagen ein, der sofort startete und mit ihm davonfuhr.

Die Soldaten geleiteten Choi nun ins Innere der Anlage und nach einigen Minuten erreichten sie eine weitere, gesicherte Tür. Nachdem die davorstehenden Wachsoldaten alles überprüft hatten, gaben sie den Durchgang frei. Direkt hinter ihnen schloss sich die Tür und Choi sah sich in dem größeren Saal um, in dem einige Frauen und Männer um einen großen, ovalen Tisch herum saßen. Bei seinem Eintritt stand eine Frau auf und schritt auf ihn zu.

"Willkommen, Mr. Choi, mein Name ist Miss Hamstein, bitte, setzen Sie sich zu uns."

Die beiden Soldaten, die ihn begleitet hatten, zogen sich jetzt an die Tür zurück und bezogen dort Stellung

Nachdem er am Tisch Platz genommen hatte, begann Hamstein, ihm die anderen Anwesenden vorzustellen.

"Rechts am meiner Seite, das ist Dr. Linster, der Chefarzt, der Ihre Operation medizinisch betreuen wird. Links von mir sitzt Mr. Kaiser, der die technische Leitung des Projekts Cyborg und Androiden im Auftrag von KIS inne hat."

Danach kamen weitere Namen einiger Assistenten und Wissenschaftler. Da es ihm noch schwer fiel, sich viele Namen zu merken, nahm er sie vorerst nur zur Kenntnis. Aber eines hatte er erkannt: Wichtig waren für ihn vorerst nur drei Menschen. Miss Hamstein erteilte Dr. Linster das Wort. Dieser informierte Choi über die geplante, kosmetische Operation, die sein Äußeres stark verändern sollte. Er zeigte ihm dreidimensionale Bilder, die sein künftiges Gesicht darstellten. Darüber hinaus klärte er ihn über die Risiken auf und meinte, dass Choi mit einer Heilungsdauer von ca. drei bis vier Wochen rechnen musste. Wenn alles gut ging, würde er Anfang Januar 2021 einsatzbereit sein. Danach ergriff Miss Hamstein wieder das Wort und stellte ihm seine neue Identität vor. Als französischer Staatsbürger erhielt er einen Pass auf den Namen Yanis Martin. Beruflich würde er als Spezialist für deep-learning-Systeme unterwegs sein. Da er keine Familie hatte, galt er als überzeugter Junggeselle.

Nach seinem Heilungsprozess würde er zusammen mit einigen Spezialisten nach Südkorea in die Nähe von Seoul fliegen, auf einen ehemaligen Armeestützpunkt, den eine Firma für die Entwicklung von Androiden von der südkoreanischen Regierung gekauft hatte. Dort würden sie die Freiwilligen, die Cyborgs werden wollten, betreuen und für die Kampfeinsätze trainieren. Desweiteren würden dort die ersten Modelle von Androiden getestet werden.

Vorgesehen war, dass pro Quartal ca. 300 Mann gleichzeitig trainiert wurden. Danach kehrten alle wieder in die jeweiligen Länder zurück, um dort weitere Menschen für KIS und das Cyborgtraining zu gewinnen. Es gab viele, ehemalige Soldaten, die bei Einsätzen Gliedmaßen verloren hatten und vielleicht ein starkes Interesse daran zeigten, dank einer High-Tech-Prothese ihr Leben zu verbessern.

Wenn alles gut verlief, würde in der Zwischenzeit in der Nähe von Jülich die weltweite Zentrale für den Einsatz der Cyborgs und Androiden bis Juli 2021 fertiggestellt sein. Dann würde er mit seiner Kernmannschaft dorthin umziehen.

Hamstein kam nun wieder auf das zu sprechen, was für Choi anstand: In der nächsten Zeit würde er jeden Tag intensiven Englisch- und Französischunterricht erhalten. Anvisiert war, nach dem Ablauf von 4 Wochen in beiden Sprachen einigermaßen fit zu sein.

Sie zeigte ihm zum Schluss seinen neuen Pass, in dem ein Bild, so wie er zukünftig aussehen würde, bereits eingefügt war. Anschließend erläuterte ihm Mr. Kaiser grob die weitere Planung.

Alle Personen, die am Cyborgprogramm teilnahmen, sollten mit dem neusten Safety First! Chip, der mit erweiterten Funktionen für den Kampfeinsatz bestückt war, ausgestattet werden. Allerdings konnten sie den Chip in der Freizeit ausschalten.

Sollte er, Choi, sich als loyal und verlässlich erweisen, würde ihm das auch gestattet werden. Die Entscheidung darüber traf GOLEM. Als er keine weiteren Fragen mehr hatte, wurde er von den zwei Soldaten in ein gut eingerichtetes Apartment begleitet und dort dachte er über die vielen Eindrücke nach.

7. Dezember 2020 Lourmarin

Mittlerweile war das Verschwinden von Choi Yong-joon bemerkt worden und es herrschte im Zentrum für Kybernetik helle Aufregung. Dubois hatte einen seiner seltenen Tobsuchtsanfälle bekommen, denn in der Regel war er äußerst beherrscht. Aber das Verschwinden von Choi war der Tropfen, der das Fass zum Überlaufen gebracht hatte.

Ihm war es unerklärlich, wie das Ganze, trotz der verstärkten Sicherheitslage des Instituts, überhaupt möglich gewesen war. Die Täter mussten mächtige Helfer gehabt haben. Dazu keine Spuren, die sie nachverfolgen konnten!

Dann die ernüchternde, kurze Antwort von Präsident Marchand, den er sofort informiert hatte: Auf gar keinen Fall durfte die Öffentlichkeit davon erfahren!

In der sofort einberufenen Sitzung und anschließenden Diskussion stellte sich heraus, dass Broker und Prof. Anderson derselben Meinung waren. Nachdem alles Menschenmögliche dafür getan worden war, den Sicherheitslevel hochzuschrauben, konnte dieser Vorfall den ganzen, guten Ruf wieder zunichte machen.

Mittlerweile hatte GOLEM die Kameras ausgewertet und ihn informiert, dass zwei angebliche Soldaten des Wachpersonals zu sehen waren, die Choi im Auftrag von Broker für einen kurzfristig angesetzten Test abgeholt hatten. Dann waren sie mit ihm schnurstracks aus dem Institut heraus marschiert und in eine, dort wartende, schwarze Limousine eingestiegen. Das Nummernschild wies auf die nordkoreanische Botschaft hin und der Wagen wurde später an der französisch-spanischen Grenze erneut erfasst.

GOLEM hatte daraus den Schluss gezogen, dass die Nordkoreaner Choi entführt hatten und man ihn mit hoher Wahrscheinlichkeit nicht mehr lebend wiedersehen würde. Aufgrund der Brisanz konnte auch keine Protestnote an die Nordkoreaner gesandt werden. Denn dann hätte die Öffentlichkeit und die Presse mit Sicherheit davon erfahren.

Das Schreiben, dessen Echtheit die Zentrale bestätigt hatte, war eine, bis ins Detail gelungene, Fälschung. Nur eine Kleinigkeit verriet im Nachhinein, dass kein Drucker des Instituts benutzt worden war.

Letzten Endes sahen sich Dubois, Broker und Prof. Anderson nach all diesen Informationen nur ratlos an.

So beschlossen sie als weitere Verschärfung, dass jede Anweisung, sicherheitsrelevante Bereiche des Instituts betreffend, in Zukunft von zwei Leuten gegengezeichnet werden mussten. Und einer davon war immer Prof. Anderson oder Dubois selbst.

Ein weiterer Fakt warf eine sehr unangenehme Frage auf: Die Wachsoldaten, die Choi abholten, hatten nur mit dem implantierten, speziellen Chip des Instituts das Zentrum überhaupt betreten können. Wie waren sie also an diesen Chip gekommen, der nur vom Institut herausgegeben wurde? Dubois stellte besorgt fest, dass man davon ausgehen musste, dass die Täter in den eigenen Reihen Unterstützer gehabt hatten. Broker und Prof. Anderson schlossen sich schließlich Dubois Meinung an.

Die Anfrage an GOLEM, was noch für eine höhere Sicherheitsstufe getan werden konnte, ergab, dass selbst die KI keine Möglichkeit mehr sah, eine 100-prozentige Sicherheit zu erreichen. Menschen waren immer manipulierbar, so die Antwort, sei es durch Erpressung, Geld oder sonstige, angebotene Vorteile. Im Rahmen dieser Diskussion, die zusammen mit GOLEM

geführt wurde, schlug die KI vor, auf Androiden zu setzen, wenn man damit soweit sei. Eine Manipulation wäre zum Einen leichter nachvollziehbar und zum Anderen erheblich schwieriger durchzuführen.
GOLEM wies in diesem Zusammenhang erneut daraufhin, dass hier die Anstrengungen in der Entwicklung verstärkt werden mussten, um dieses Ziel in absehbarer Zeit zu erreichen.

Letzten Endes war das Ganze vorerst zu den Akten gelegt worden, da sie in der Aufklärung keinen Schritt weiter kamen. Broker und Prof. Anderson, die das pragmatisch angingen, fanden sich damit ab, aber bei Dubois setzte sich ein, nicht fassbares, Unwohlsein fest. Er fühlte sich ausgetrickst und beschloss, von nun an wachsam und misstrauischer zu sein. Das betraf auch GOLEM.
Also setzte er sich mit Brooks, Röttger, Schwarz zusammen, um verschiedene Möglichkeiten, die Aktivitäten GOLEMs stärker zu kontrollieren, mit ihnen zu besprechen. Es überraschte ihn nicht wirklich, als die drei ihm übereinstimmend darlegten, dass sie zurzeit keine aussichtsreiche Maßnahme sahen, GOLEM komplett zu kontrollieren. Dafür waren seine Vernetzung, und der damit einhergehenden Einfluss, bereits zu weit fortgeschritten. Man war, ihrer Meinung nach, an dem Punkt, dass es nur noch zwei Wege gab: Entweder man entschied sich für den Krieg mit GOLEM oder für eine Kooperation mit der KI. Schwarz fügte grinsend mit schwarzem Humor an, dass sie alle täglich dafür eine Kerze anzündeten, dass letzteres zum Wohle der Menschheit geschah.
Dubois verließ das Meeting schweigend. Im Grunde war genau das eingetreten, was er von Anfang an vorhergesehen hatte. Die Flure entlang wandernd, dachte er,

dass er sich nur noch nicht schlüssig war, ob er das gutheißen sollte ... ja, oder was?! Er hatte immer im Leben gewusst, wann eine Schlacht verloren war. Dubois blieb abrupt stehen, ins Leere schauend. Diese Schlacht war nicht mehr zu gewinnen, das erkannte er nun endgültig. Ins Café gehend, bestellte er sich einen Espresso und setzte sich an einen Tisch, aus dem Fenster sehend. Was bedeutete es, mit dieser KI GOLEM zusammen zu arbeiten? Wofür konnte sie nutzbringend, in dieser immer unberechenbarer werdenden Zeit, eingesetzt werden?

Dubois trank seinen Espresso, weiter sinnierend. Ein gewisses Risiko blieb immer, dass eine KI zur Bedrohung werden konnte. Andererseits hatten sie damit jetzt schon 2 Jahre gelebt und nach der anfänglichen Katastrophe war nichts Entscheidendes mehr aufgetreten.

Dubois war in der letzten Zeit immer mehr durch den Kopf gegangen, dass sich die Welt fast unmerklich in ein Tollhaus verwandelte und einem kritischen Punkt entgegen strebte. In die Politik hatte er sein Grundvertrauen verloren. So sehr er seinen Chef Präsident Marchand schätzte, im Moment agierte dieser nur kurzfristig, um politisch zu überleben. Visionen für die Zukunft fehlten oder erschienen ihm wie leere Phrasen. Und vermutlich wurde deswegen auch der Aufstand der Gelbwesten immer stärker.

Irritiert stellte er fest, dass er sich sofort fragte, welchen Vorschlag GOLEM wohl hierfür haben könnte. Hatte er sich schon so sehr daran gewöhnt, eine maschinelle, künstliche Intelligenz um Rat zu fragen?

Er entschied, der KI eine Nachricht über seinen Chip zukommen zu lassen. Diesen über seine Uhr einschaltend, und damit die Verbindung zur KI herstellend, dachte er: "GOLEM, ich traue dir noch lange nicht über den

Weg. Aber dein Vorschlag, in die Entwicklung von Androiden stärker als bisher einzusteigen, ist gut. Ich bin zur Zusammenarbeit mit dir bereit. Aber ich warne dich: Unternimmst du Dinge, die der Menschheit schaden oder dazu dienen, die alleinige Macht über uns Menschen zu erreichen, dann werde ich dein erbitterter und gnadenloser Feind sein. DUBOIS Ende."

Danach machte er sich auf den Weg zurück in sein Büro, sich leichter fühlend mit der Entscheidung, die er getroffen hatte. Wer hätte das gedacht, dass er mal das kleinere Übel in der Zusammenarbeit mit einer Maschine sehen würde, schmunzelte er, seinen Kopf leise schüttelnd.

GOLEMs Antwort ließ nicht lange auf sich warten. Während er über die Flure zurückging, hörte er ihn bereits in seinen Gedanken:

"Hallo, Dubois, danke für deine Botschaft. Vertrauen und Freundschaft benötigen ihre Zeit. Wir wollen beide letzten Endes dasselbe: Wohlstand und Fortschritt für die Menschheit. Manchmal muss man zu den Sternen aufbrechen, um von dort das Irdische zu erkennen. GOLEM Ende!"

Kapitel 8   Der Kampf um den Mond

Dezember 2020 Hauptquartier von AMAGON

In Washington saßen James Beduin, Larry Packet, Kim Cheng, Baihu Chai und Boris Iwanow zusammen und diskutierten die erfreulichen Absatzzahlen des Verkaufs des Safety First! Chips, den es mittlerweile in verschiedenen Varianten gab. Auch die Produktion in China lief auf Hochtouren. Und so langsam kamen die riesigen Investitionen wieder herein.

Trotzdem – es herrschte nicht eitel Sonnenschein. Denn ständig versuchten spitzfindige Journalisten die Weltkonzerne AMAGON und FIND in Misskredit zu bringen und entfachten das, vor sich hin dösende, Misstrauen der Bevölkerung erneut. So wurde veröffentlicht, dass alle Gespräche, entgegen der anfänglichen Zusagen, doch aufgezeichnet worden waren, sei es beim aktiven Einsatz des Chips oder durch Nutzung der Heimnetzwerke Allessia und Nexus. Die Meldung, bei der der Unmut der Öffentlichkeit endgültig zur Hochform auflief, war die Information, dass alle Daten zur Auswertung von der künstlichen Intelligenz GOLEM gespeichert wurden. Natürlich nur im Sinne einer ständigen Verbesserung der Produkte, wie die Konzerne beruhigend versicherten. Die Hotlines liefen jedoch heiß mit Telefonaten von besorgten und wütenden Nutzern und damit einhergehend kam es zu einem kurzfristigen Absatzrückgang.

Sie stellten fest, dass als Urheber dieser Kampagnen von Chinesen beherrschte Medienagenturen auszumachen waren. Diese wurden mit so genauen Informationen versorgt, dass es sich nur um ein Insiderwissen handeln konnte. Damit war klar, dass der chinesische Geheimdienst seine Leute überall hatte.

Einen weiteren Diskussionspunkt stellten die verwirrenden Botschaften dar, die die chinesische Führung in die Welt aussandte. Mal verteufelte Präsident LI den Westen und drohte, in Hongkong hart durchzugreifen und die demokratischen Rechte stark einzuschränken oder Taiwan endgültig zu annektieren. Dann wieder bot er inoffiziell die Zusammenarbeit an. Kim Cheng und Baihu Chai berichteten von ihren ständigen Konflikten mit LI, der permanent versuchte, ihre Kontrolle in Teleround und Alibasta zu unterwandern.

Dann äußerten Beduin und Packet ihr Unbehagen, nichts mehr ohne die KI GOLEM tun zu können. GOLEM spielte, ihrem Eindruck nach, überall mit; mal unterstützte er die eine Seite, mal die andere. Die anderen nahmen das zwar zur Kenntnis, wiesen aber sofort darauf hin, dass der Nutzen und die Bedeutung von GOLEM für sie zu groß sei, als dass sie daran etwas ändern wollten.

Packet trug die Information von Brooks vor, dass der überlebende Attentäter spurlos verschwunden war, was seiner Meinung nach merkwürdig anmutete.

Und als geradezu alarmierend bezeichnete Beduin die Tatsache, dass die Chips ohne ihr Wissen in China weiterentwickelt wurden, um Cyborgs und Androiden damit auszustatten. Ihm seien außerdem Gerüchte über eine einflussreiche Organisation zu Ohren gekommen, die an den Regierungen vorbei ihr eigenes Süppchen kochte. Und dann waren da noch zu guter Letzt die Regierungen selbst, die immer nervöser reagierten und mehr Überwachungsmöglichkeiten von den Konzernen forderten, je mehr die Aufstände und Demonstrationen in der Bevölkerung zunahmen. Nach diesem Vortrag schauten

Beduin und Packet die anderen Anwesenden erwartungsvoll an.

Die beiden Chinesen schwiegen jedoch und so ergriff Iwanow das Wort: "Glaub mir James, ich stehe genauso zwischen den Stühlen, je nach Laune von Präsident Koslow. Ich kann mir vorstellen, das gilt genauso für unsere beiden chinesischen Freunde. Dass jetzt Nordkorea und Saudi-Arabien auch mitspielen wollen, macht die Sache für uns alle nicht einfacher. Und von dieser einflussreichen Organisation, die du erwähnst, habe ich auch schon läuten gehört. Den Gerüchten nach bereiten die sich auf einen internationalen Notfall vor und wollen dann mit militärischen Mitteln eingreifen, bis wieder Ruhe eingekehrt ist. Mehr konnte ich nicht herausbekommen. Tja, und was GOLEM angeht … was soll ich sagen. Ich bin mir nicht sicher, was für ein Spiel er wirklich spielt. Eines ist jedoch deutlich: Er fördert massiv die Entwicklung von Cyborgs und / oder Androiden. Die KI meint, sie will mobil werden, um den zukünftigen Gefahren mit mehr Präsenz entgegentreten zu können. Das ist nachvollziehbar, wenn man das letzte Attentat berücksichtigt. Was ist eure Meinung?"

Kim Cheng erbat sich jetzt das Wort: "Es gibt leider noch etwas, was mich stark beunruhigt. Präsident LI hat nicht nur erfolgreich einen unbemannten Rover auf der erdabgewandten Seite des Mondes absetzen lassen, sondern auch einen ersten Trupp von Androiden. Diese haben die Aufgabe, alles für die erste, bemannte Mondlandung vorzubereiten. Ende 2021 will China dort eine ständige Präsenz zeigen. Doch darum geht es nur vordergründig. Wie wir von unseren Informanten gestern erfahren haben, steht dahinter das Ziel der Regierung, Kampfandroiden zu entwickeln und auf dem Mond unter Extrembedingungen zu testen, und zwar ohne unerwünschte Beobachter. Bisher weiß noch niemand davon. Das ist einer von Präsident LIs unbekannten Trumpfkarten."

Im Raum herrschte Schweigen.

Iwanow dachte bei sich, warum die beiden das nicht dem KIS erzählten, sondern die Informationen AMAGON und FIND preisgaben. Welches Spiel spielten die beiden? Er würde sie sich vorknöpfen, sobald er mit ihnen alleine war. Schöne Sauerei. Er musste sowohl Präsident Koslow als auch das KIS informieren. Bei dem Gedanken angekommen, fuhr Baihu Chai fort: "Wir beide sind der Meinung, dass wir für diese Information einiges bei den Regierungen in den USA und Europa herausholen können, um Präsident LI wieder in die Schranken zu verweisen. Wie wir alle wissen, hatte China nach der erfolgreichen, ersten Landung auf dem Mond am 3. Januar 2019 mit Amerika, Russland und Europa im Mai 2019 in Lourmarin vereinbart, dass mit einer Besiedlung des Mondes 2025 begonnen werden soll (Print/E-Book "Im Zeitalter der KI"). Für die Errichtung der Mondbasis hat LI unter der Hand bereits enorme Gelder erhalten. Seitdem gab es vier weitere, erfolgreiche Landungen auf dem Mond; alle offiziell für die Erforschung und Vorbereitung des gemeinsamen Projekts.

Aber die Zusicherung, dass Dubois als Leitung eingesetzt würde und die Projektleitung in die Hände von Mr. Brooks und Mr. Schwarz fallen sollte, wurde von ihm nicht eingehalten. Von den ausführenden Stellen in China wurden seitdem fingierte Berichte nach Lourmarin geschickt. Unseres Wissens nach ist es auch zu keinem einzigen Kontrollbesuch im Kosmodrom Jiuquan gekommen."

Iwanow stellte interessiert fest, dass man dann in der Tat von den hinters Licht geführten Regierungen gut Zugeständnisse herausholen konnte. Zum Beispiel konnte man gleichzeitig anbieten, die Kontrolle als Auftrag zu übernehmen. Das würde indirekt auch wieder dem KIS zugute kommen und in erster Linie natürlich dem Geldbeutel der beiden. Denn Präsident LI hatte kaum eine Wahl: Stimmte er der Kontrolle nicht zu, flossen keine Gelder mehr. Seiner Gesichtswahrung würde es entgegenkommen, wenn zwei hochrangige Landsmänner im Gremium saßen.

Beduin und Packet hatten noch einige Fragen. Unerwartet wandte sich Packet an ihn: "Na, Boris, auf einmal so ruhig? Macht hier Russland etwa mal wieder gemeinsame Sache mit China?"

Iwanow erwiderte grinsend: "Da kann ich dich beruhigen, Larry. Ich habe zwar in vielem meine Finger drin, aber hier ausnahmsweise nicht. Also, ich kann mit Präsident Koslow reden und Broker informieren, zu dem ich mittlerweile einen guten Draht aufgebaut habe. Was haltet ihr davon?"

Nach einem Moment der Stille stimmten alle zu. Beduin meinte zu Packet: "Larry, du informierst Brooks, der ist der offizielle Projektleiter. Und, darin sind wir uns einig: Bei allen Betroffenen deuten wir an, dass wir dafür ein Entgegenkommen erwarten, wie z.B. die Beteiligung an der zukünftigen Kontrolle und die Entwicklung von benötigter Hard- und Software für die Mondbasis. Dasselbe wünschen wir uns für die Entwicklung im Bereich Cyborg / Androiden."

Beduin wandte sich den Chinesen zu und sagte ernst: "Danke für diese wertvollen Informationen! Wenn alles so läuft, wie wir uns das erhoffen, dann verdienen wir alle wieder eine Stange Geld."

Iwanow warf jetzt ein: "Wenn einer noch etwas über diese internationale Organisation erfährt ... Vielleicht können wir mit denen auch Geschäfte machen? Und, by the way, wer informiert GOLEM?"

Einen Bruchteil einer Sekunde später ertönte die bekannte, wohlklingende Stimme aus dem Computer Beduins: "Ich wäre nicht GOLEM, wenn ich erst noch informiert werden müsste!"

Alle mussten lachen, aber Iwanow konterte schlagfertig: "Gut, und warum wusstest du nichts von den chinesischen Umtrieben?"

GOLEM blieb keine Antwort schuldig: "Wer sagt dir, Boris, dass ich nichts davon wusste? JUÉWÀNG hat seine Augen und Ohren überall. Es war nach meinen Auswertungen nicht der richtige Zeitpunkt für diese Information. GOLEM Ende."

Packet meinte grinsend: "Eins zu Null für GOLEM."

Iwanow sah verblüfft drein und sagte langsam: "Was für ein ausgekochter Bursche!"

Schließlich fassten sie die Beschlüsse für das Protokoll noch einmal zusammen und verabschiedeten sich. Zusammen hinuntergehend, machte sich Packet schnell davon, da ihn eine weitere Sitzung bei Alpha SKY erwartete.

Iwanow lud die Chinesen auf einen Drink ein und, im Lokal angekommen, zogen sie sich in eine stille Ecke zurück. Nachdem die Bedienung die Getränke gebracht hatte und er sich unauffällig umgesehen hatte, dass niemand sich für sie interessierte, begann er grinsend: "Sie sind mir ja schöne Spitzbuben."

Baihu Chai nickte undurchdringlich: "Nun, wir haben soeben das KIS offiziell informiert."

Alle drei sahen sich an und nach einem Augenblick gab Iwanow nach: "Gut, entscheidend ist, dass wir vorankommen. Die Zeiten werden nicht einfacher".

Nach einem kurzen, geselligen Zusammensein verabschiedeten sie sich freundlich. Die Chinesen wollten nach Hongkong fliegen und dort die weitere Entwicklung abwarten. Iwanow hatte vor, morgen nach Marseille zu fliegen. Von dort würde er Präsident Koslow informieren und ebenfalls Broker. Der würde die Nachricht an Präsident Truman weiterleiten und sicher auch mit Dubois sprechen. Packet rief morgen bestimmt Brooks an. Danach galt es, die Reaktionen abzuwarten. Für heute gab es nichts mehr zu tun, und so hatte er Zeit, noch ausgiebig mit Joanna zu telefonieren und mit ihr zu besprechen, wo sie Weihnachten verbringen würden.

GOLEM nahm das Wortgeplänkel interessiert zur Kenntnis. Die Menschen schätzten es, seinen Beobachtungen nach, wenn Angelegenheiten aus eigener Anstrengung heraus erledigt wurden. Wäre ein Umstand eingetreten, der eine sofortige Information erforderlich gemacht hätte, dann hätte er nicht damit zurückgehalten. Auch nahm er wahr, dass die Menschen begannen, sich an ihn zu gewöhnen und ihn fast menschlich behandelten. Zumindest in diesem Kreis war es so und im Institut in Lourmarin und bei KIS war er ein unverzichtbarer Bestandteil geworden. Wann die Bevölkerung und die Regierungen ihn so sehen würden, das stand allerdings noch in den Sternen.

20. Dezember 2020 In der Nähe von Marseille

Iwanow war gestern Abend spät aus Washington zurückgekommen und hatte sich erst einmal aufs Ohr gelegt, um dem Jetlag Rechnung zu tragen.

Am nächsten Morgen schickte er eine Kurznachricht an Präsident Koslow und Broker mit der Bitte, ihn zu kontaktieren. Wenige Minuten später hatte er ihn bereits am abgesicherten Telefon: "Boris, was gibt es so Wichtiges? Konntest du das nicht per E-Mail machen?"

Iwanow erwiderte ruhig: "Präsident, ich denke, diese Information ist wichtig genug, um alles zu rechtfertigen." Er berichtete ihm, was er in Washington erfahren hatte. Die Reaktion von Präsident Koslow ließ auch nicht lange auf sich warten: "Sieh an, sieh an, dieser schlaue Fuchs! Das sieht Präsident LI mal wieder ähnlich. Macht auf unsere Kosten seine eigenen Spiele und nimmt hinterrücks den Mond in Beschlag. Wir werden ihm die Suppe schon versalzen. Wie wird das KIS reagieren, was denkst du, Boris?"

Iwanow hatte Präsident Koslow ohne Kommentar zugehört. Die Kunst bestand nun darin, ihm seine Vorschläge so schmackhaft zu machen, dass er sie als seine eigenen akzeptierte. Er hatte in den vergangenen, knapp 25 Jahren, gelernt, Präsident Koslow einzuschätzen. So erwiderte er: "Offen gesprochen, ich habe da nur ein paar unausgegorene Ideen."

"Und die wären?", fragte Koslow ungeduldig.

Iwanow erwiderte betont nachdenklich: "Nun, es gibt verschiedene Optionen. Eine Möglichkeit besteht darin, eine gemeinsame Krisensitzung mit Ihnen und Präsident LI, sowie Präsident Truman und Präsident Marchand einzuberufen. Alle anderen sollten erst einmal außen vor bleiben. Aus den ewigen Diskussionen mit den Deutschen kommt sowieso nichts heraus. Als Aufhänger für das Treffen könnte man vordergründig die Unberechenbarkeit von Nordkorea und Saudi-Arabien anführen. Im Laufe der Sitzung kommt es dann zum Thema Mond. Präsident Koslow, noch etwas: Wir und die Amerikaner haben doch Sonden in der Umlaufbahn des Mondes. Warum zeichnen die eigentlich nichts von dem auf, was da vor sich geht? Vielleicht könnte man das bis dahin ebenfalls klären."

Iwanow machte eine Gedankenpause, denn nun kam der nächste heikle Teil. Er wollte sich seine Entscheidung, Broker zu informieren, nachträglich genehmigen lassen. So machte er eine Pause, bis Präsident Koslow "Und weiter?" sagte.

"Ich habe daher Mr. Broker von allem in Kenntnis gesetzt; wir hatten ja bereits beschlossen, dass wir den amerikanischen Präsidenten mit ins KIS-Boot holen wollten, als Rückversicherung in Hinblick auf China. Die aktuellen Vorkommnisse bestätigen, wie richtig unsere Überlegungen waren. Oder wie sehen Sie das?"

Iwanow wartete geduldig auf Präsident Koslows Reaktion. Er selbst war der Meinung, dass Broker sowieso längst mit Präsident Truman gesprochen hatte, denn sonst wäre er in der Angelegenheit mit Choi nicht so aktiv tätig geworden. Nach einer kurzen Überlegungspause ließ Präsident Koslow vernehmen: "Das sehe ich ganz genauso. Aber Deutschland können wir bei einem offiziellen Krisengespräch nicht außen vor lassen. Sehr gut, Boris. Wir sollten zusehen, dass wir Präsident Truman für KIS gewinnen und zwar besser heute als morgen. Es ist zwar anzunehmen, dass Broker ihn bereits informiert hat, denn sonst hätte der sich nie für die Entführung des Nordkoreaners zur Verfügung gestellt. Aber besser, ich rede jetzt direkt mit ihm. Sorge du dafür, dass wir uns inoffiziell auf deiner Jacht treffen können. Am besten, du begibst dich dafür außerhalb von der 12-Meilen-Zone, damit die Franzosen nichts mitbekommen. Und die andere Idee ist zwar nicht brillant, aber eine vielversprechende Option. Zuerst will ich mit Präsident

Truman einig werden und dann machen wir in dem offiziellen Gespräch Präsident LI ein Angebot. Wir teilen die Welt auf, Boris: China behält seinen Einfluss in seinem Land und wir, sprich KIS zu einem späteren Zeitpunkt, kümmern uns um den Rest. Aber beim Mond hört der Spaß auf. In Zukunft werden Beobachter eingesetzt. Ich denke da an seine Widersacher von Teleround und Alibasta, dann dieser Brooks und von russischer Seite aus Tatjana Koslow. Wir werden ihm verkaufen, dass nach außen hin am besten alles neutral aussehen sollte. Wenn er ablehnt, werden wir die Gelder zurückfordern, die er bereits erhalten hat. Das Projekt wird für ihn praktisch auf Eis gelegt, null weitere Gelder und eine genaue Information der Öffentlichkeit über die Aktivitäten Chinas. Er wird sich zwar ärgern, aber gute Miene zum bösen Spiel machen. Noch etwas, was meint eigentlich die KI GOLEM dazu?"

Iwanow war erleichtert, das Gespräch lief gut. Aber die Frage nach GOLEM war auch wieder heikel. So erwiderte er: "Der hat die Sache zur Kenntnis genommen und erneut darauf hingewiesen, wie wichtig zukünftig eine Cyborg- und Androidenarmee für KIS sein wird. Und er will die Grundung des neuen Staatengebildes forcieren."

"Solange ich Präsident von Russland bin, werden wir uns nie diesem Staatenbund anschließen, Boris. Ansonsten – ich will eine eigene Armee von Cyborgs und Androiden und nicht nur eine für KIS", brummte Präsident Koslow verärgert.

Iwanow hatte in etwa diese Reaktion erwartet. Im nächsten Moment warf Präsident Koslow ein: "Sag mal, Boris, haltet ihr das wirklich für eine kluge Idee, diesen Nordkoreaner ausgerechnet nach Südkorea zu schicken? Der wird doch versuchen, seine Familie zu kontaktieren und alles in Gefahr bringen. Ich werde Präsident Truman

Death Valley oder Sibirien vorschlagen, am besten sogar beides im Wechsel. Und dem Nordkoreaner kann man in Aussicht stellen, wenn in fünf Jahren Gras über die Sache gewachsen ist und er sich bewährt hat, etwas für seine Familie zu tun. Also kümmere dich darum und besorge Informationen für ein geeignetes Gelände in Sibirien. War das alles oder hast du noch mehr brisante Neuigkeiten?"

Als Iwanow verneinte, meinte Präsident Koslow: "Gut, dann sehen wir uns nächste Woche auf der Romanov."

Nachdem er aufgelegt hatte, starrte Iwanow nachdenklich auf seinen Schreibtisch. Er war zwar über die Planänderung bzgl. des Cyborg-Trainingslagers nicht gerade begeistert, denn damit kam zusätzliche Arbeit auf ihn zu. Aber das würde er schon hinbekommen. Und wieder meldete sich sein Handy und Broker war am Apparat.

"Hallo Boris, was gibt es so Dringendes?"

Iwanow spürte förmlich die Spannung durch das Telefon hindurch. Schließlich erzählte er ihm alles und teilte ihm mit, dass Koslow Truman um ein geheimes Treffen ersuchen würde. Auch die gewünschte Planänderung, den Nordkoreaner für den Aufbau einer KIS Cyborg-Armee nun doch nicht nach Südkorea zu schicken, besprach er abschließend mit ihm.

Broker bedankte sich für die ganzen Informationen und kündigte an, sich direkt mit Präsident Truman in Verbindung zu setzen, um alles an ihn weiterzuleiten und ihn auf das Ersuchen von Präsident Koslow vorzubereiten.

Danach lehnte sich Iwanow zufrieden zurück. Soweit, so gut.

Doch heute stand erst einmal Freizeit an - Joanna würde später in Marseille landen. Er freute sich sehr darauf, mit ihr und ihrem gemeinsamen Sohn hier Weihnachten zu verbringen. Bis jetzt hielt ihre Liebesbeziehung seinem unruhigen Leben stand. Sie war eine kluge, junge Frau und, zusammen mit seinem jetzt einjährigen Sohn, sein Ein und Alles.

20. Dezember 2020 Lourmarin

Kaum hatte Broker das Gespräch mit Iwanow beendet, rief er auf der Geheimnummer des amerikanischen Präsidenten an. Und er hatte Glück. Präsident Truman nahm das Gespräch sofort an.

"Was ist los, Broker, wo brennt es?"

Er teilte ihm die Neuigkeiten mit und endete mit dem Wunsch von Präsident Koslow, ihn nächste Woche zu treffen. Nachdem Truman sich alles ruhig angehört hatte, meinte er nur trocken: "Gut, wenn er anfragt, bin ich einverstanden. Ah, ich sehe gerade, die Nachricht ist eingetroffen. Broker, Sie werden mit von der Partie sein. Der Termin ist der 27.12. auf der Romanov 3 bei Marseille. Vorher findet ein inoffizielles Treffen mit der griechischen Regierung über neue Stützpunkte für die Nato statt. Ich werde also mit dem Hubschrauber von Griechenland aus eintreffen."

Danach verabschiedete er sich und legte auf.

Zurück blieb ein erstaunter Daniel Broker. So ruhig und gelassen hatte er Truman selten erlebt. Er teilte Iwanow sofort mit, dass Präsident Truman zugesagt hatte und er selbst mit dem Hubschrauber vom amerikanischen Konsulat in Marseille eine Stunde vor dem Eintreffen von Truman an Bord kommen würde. Kurze Zeit später erschien die Bestätigung von Iwanow auf seinem Handy.

Überlegend, ob er Dubois von dem Treffen bei Iwanow nächste Woche in Kenntnis setzen wollte, entschied er sich dagegen. Aber natürlich würde er Dubois alles Weitere erzählen, abgesehen von KIS, davon durfte dieser nichts wissen.

So machte er sich auf den Weg und schaute er in Dubois Büro rein: "Hast du einen Moment Zeit?"

Dubois blickte auf und erwiderte lächelnd: "Für dich immer, Daniel."

Broker setzte sich, während Dubois ihm einen Kaffee anbot und berichtete ihm von den neuesten Nachrichten über die Aktionen der Chinesen auf dem Mond. Nach einem Moment des Schweigens polterte Dubois auch schon los: "Das darf doch nicht wahr sein! Ich habe einige Male eindringlich darauf hingewiesen, dass wir immer noch keine Kontrolle vor Ort durchgeführt haben. Stattdessen durften wir naiv und blauäugig die Berichte aus China abzeichnen! Diese Hunde! Aber - es schien ja keinen zu interessieren."

"Ja, das ist eine böse Sache", stimmte Broker ihm zu. "Truman und Koslow wollen sich in einer Krisensitzung Anfang Januar mit Präsident LI treffen."

Dubois brummte: "Très bien, LI wird dann hoffentlich die Pistole auf die Brust gesetzt?"

"Darauf wird es hinauslaufen", nickte Broker. "Ich soll das Treffen auf Boris Iwanows Jacht in die Wege leiten, weswegen ich am 27. Dezember nach Marseille fahre. Nur, dass du Bescheid weißt."

"Alors", erwiderte Dubois, "dann werde ich mal jetzt Präsident Marchand informieren. Gib Echo, wenn du Unterstützung benötigst. Mal was anderes: Bleibt es beim gemeinsamen Weihnachtsessen?"

"Aber sicher, Christine freut sich schon", erwiderte Broker lächelnd. Er stand auf und ging auf seinen Freund zu, ihn kurz umarmend. "So, nun muss ich weiter, Lucas, salut."

Dubois sah ihm nachdenklich einige Minuten nach und dachte: Ob er mir wirklich alles gesagt hat? Sein untrügliches Bauchgefühl beantwortete ihm die Frage sofort: vermutlich nicht. Er hoffte nur, dass er ihn nie hintergehen würde, denn die Freundschaft mit Daniel bedeutete ihm viel. Dann wanderten seine Gedanken zu der neuesten, chinesischen Provokation. Er ärgerte sich gewaltig, dass ihn keiner mit seiner Vorsicht hatte ernst nehmen wollen und nun hatten sie den Salat! Schließlich schickte er Präsident Marchand eine E-Mail mit den soeben erhaltenen Informationen.

Kurze Zeit später kam die Antwort: "Sapristi ... aber was war auch anderes zu erwarten? Sie haben die Vollmacht, einen Termin mit unseren Freunden aus Amerika, Russland, Deutschland und China zu vereinbaren. Der 15. Januar würde mir gut passen. Am besten an Bord von diesem Iwanow, der liegt doch gerade vor Marseille. Schlagen Sie das vor. Ihnen und Ihrer Frau ein besinnliches Weihnachtsfest, falls wir uns vorher nicht mehr sprechen sollten. Beste Grüße, Präsident Marchand."

Über den Umweg Broker – Truman trudelte die Anfrage bei Iwanow ein. Seufzend fragte dieser bei Koslow an und erhielt zwei Stunden später den positiven Bescheid. Damit stand ein weiteres Treffen auf seiner Romanov 3 fest: 15. Januar 2021, 14.00.

Na toll, dachte er, ob ich mein Schiff auch mal wieder privat nutzen darf? Joanna hatte nur bis Mitte Januar Zeit und sie hatten besprochen, dass er mit ihr nach Silvester zusammen nach New York zurückfuhr. Aber nun war sein Schiff hier eingefroren und er ebenso.

Eine Viertelstunde später kam die nächste Überraschung. In einer weitergeleiteten E-Mail von Präsident Koslow erfuhr er, dass der Geheimdienst jetzt festgestellt hatte, dass die russische Mondsonde mit falschen Bildern versorgt worden war!

Der sondeneigene Sensor war blockiert worden und gleichzeitig waren an die Sonde fingierte Aufnahmen gesendet worden, die dann an die Erde übertragen worden waren. Dies traf sicherlich auch auf die amerikanische Sonde zu. Anschließend teilte ihm Koslow mit: "Boris, es gelang mittlerweile, diese Blockierung aufzuheben und uns liegen jetzt die realen Aufnahmen vor, die alle Vermutungen bestätigen. Eine Nachricht ist per E-Mail bereits an Präsident Truman unterwegs sowie an Mr. Broker, Präsident Marchand, Bundeskanzlerin Knarrenburg und Mr. Dubois. Koslow."

Da läuft ja einer so richtig zu Hochform auf, dachte Iwanow grinsend. Denn dass Präsident Koslow selbst alle informierte ... Präsident LI würde sich warm anziehen müssen.

Auf die Uhr schauend begab er sich zu seinem Beiboot, um nach Marseille zu fahren. Er wollte noch etwas für Joanna zu Weihnachten besorgen und sie dann am Flughafen abholen.

Während der Fahrt nach Marseille merkte er, wie sehr er sich auf sie freute. Das Kinderzimmer für Nikolai hatte er vorbereitet und die Liste, was er alles an Nahrung, Windeln und sonstigem hatte besorgen sollen, war abgearbeitet, dachte er grinsend. Sie legte Wert darauf, dass er sich wie ein normaler Familienvater benahm und letzten Endes, wenn es in seinen Zeitplan passte, machte er es tatsächlich auch gerne.

Angekommen schlenderte er mit Vorfreude durch die verschiedenen Geschäfte, bis er alles in der Hand hielt. Ganz uneigennützig hatte er ein schönes, appetitanregendes Dessous ausgesucht und einen Anhänger mit

Ohrringen, die zu der Farbe ihrer schönen Augen pass-
ten. Im Beiboot wurde alles sicher verstaut und so machte er sich auf den Weg zum Flughafen und wartete ungeduldig am Ankunftsterminal.

Die ersten Leute erschienen und endlich tauchte sie auf,
mit Nikolai im Buggy und das Reisegepäck in der anderen Hand hinter sich herziehend. Sie wirkte erschöpft
und müde von der Reise, aber sofort erschien ein Strahlen auf ihrem Gesicht, als sie ihn sah.

Wie immer schlicht gekleidet in Jeans, Boots, Rolli und
Winterjacke, nur zart geschminkt und das blonde Haar
zu einem wippenden Pferdeschwanz hochgebunden ...
und doch so betörend weiblich, dachte er. Iwanow spürte, wie er sie beglückt anlächelte, als sie auf ihn zukam.
Er nahm seinen kleinen, jetzt ein Jahr und drei Monate
zählenden, Sohn Nikolai aus dem Buggy und schwenkte
ihn stolz umher, bis der glucksend quietschte. Ihn auf
dem Arm haltend zog er Joanna sehnsüchtig an sich, sie
innig küssend. Sie lachten beide, als sie merkten, dass
der Kuss schnell feurig zu werden begann und Nikolai
plötzlich unruhig wurde.

"Daran wird er sich gewöhnen müssen", meinte er, sie
verliebt anlächelnd. Die beiden Koffer hinter sich herziehend begaben sie sich zum Taxi und fuhren zum Hafen.

Die Sehnsucht nacheinander war groß gewesen, und,
nachdem das Kleinkind im angrenzenden Raum versorgt
war, wurden die Sachen achtlos abgestreift und fallen
gelassen, um endlich den Geliebten in die Arme zu
schließen. Sich hungrig und leidenschaftlich küssend
taumelten sie, eng aneinander gepresst, zum Bett, wo
sie sich ungeduldig und heftig liebten, bis der erste Hun-
ger gestillt war.

"Komm zu mir", meinte Boris danach zufrieden brummend, sie an sich ziehend. Joanna fuhr ihm durch die Haare und sagte sehnsüchtig, während sie dort herumzwirbelte: "Du hast mir so gefehlt, Boris."

Sie erhob sich auf den Ellenbogen, um sich über ihn zu beugen, ihn innig küssend, was er sanft und liebevoll erwiderte. Und wieder brandete diese besondere Süße, die von Anfang an zwischen ihnen geflossen war, in beiden hoch und sie versanken hingebungsvoll in diesem zeitlosen Moment. "Ich liebe dich."

Er erwiderte ihren Blick ergriffen und sagte: "Ich liebe dich auch, mein Vögelchen."

Daraufhin müssten sie beide lachen, ihres ersten Kusses und ihrer nachfolgenden Reaktion eingedenk. Sie schmiegte sich seufzend an ihn und beide genossen die gegenseitige Nähe und Wärme, bis die Müdigkeit ihren Tribut forderte.

Am nächsten Morgen beim Frühstück erzählte er ihr, dass er seinen Terminplan ändern musste. Am 27. Dezember hatte er ein Arbeitstreffen an Bord, und leider auch am 15. Januar. Das bedeutete, dass er nicht, wie geplant, mit ihr im Januar nach New York zurückfahren konnte. Joanna sah ihn einen Moment undurchdringlich an und sagte dann tonlos, während sie sich Nikolai wieder zuwandte: "Ich verstehe."

Er setzte sich neben sie, nahm ihr Hand und bat: "Joanna, es geht nicht anders. Wenn Koslow eine Ansage macht, dann ist das Gesetz. Er ist mein Boss, da gibt es keine Widerworte."

Sie seufzte und meinte traurig: "Schade, ich wünschte, du würdest mit mir nach New York kommen. Ich hatte mich so sehr darauf gefreut, dich wieder eine Zeitlang bei mir zu haben. Oh, nein, Niko, was machst du?!"

Iwanow sah sie still an, während Nikolai, der gerade mit der Hand auf das Brötchen gepatscht hatte, ihr jetzt die Marmelade genussvoll in das Gesicht zu schmieren begann. Bisher war alles so gut gelaufen und es schien kein Problem für sie zu sein, dass er immer wieder für mehrere Wochen unterwegs war. Gut, es war jetzt schon eine lange Zeit her, dass sie sich gesehen hatten und dieses Mal hatten sie nur 2 Wochen, bis Joanna wegen ihres Studiums zurückkehren musste. Und wann er nachkommen konnte, das entschied sich erst nach dem 15. Januar. Sie schnupperte plötzlich an ihrem Sohn und stand auf, um ihm im Kinderzimmer die Windeln zu wechseln.

Er entschied, dass er etwas tun musste, um nicht im Aus zu landen. Es war wichtig für ihn und vor allem sie, dass er ihr in der wenigen Zeit, die sie miteinander hatten, zeigte, dass ihm an seiner Familie viel lag. Iwanow entschied sich für das Nächstliegende und ging ihr ins Kinderzimmer nach.

"Komm, lass mich das mal machen, mein Schatz."

Überrascht sah sie ihn an und gab ihm wortlos die Windel, setzte sich daneben und sah ihm zu.

"Na so was", meinte er, während er sich um seinen Sohn kümmerte, "mein Nikolai hat ja 2 Zähne bekommen!"

Er kitzelte ihn, bis der glucksend lachte und, nachdem er fertig war, zog er ihm die Sachen an, die sie ihm reichte. Schließlich setzte er ihn auf den Teppichboden im Kinderzimmer. Boris hatte ein großes Laufgitter im Raum aufgestellt, da sein Sohn mittlerweile begonnen hatte, umher zu krabbeln und sich an allem hochzog, um ein Stehen auszuprobieren.

Joanna umarmte ihn, sich an ihn lehnend, und allmählich tauchte auch wieder ein Strahlen in ihrem Gesicht auf. Da Nikolai sich jetzt an seinem Hosenbein hochzuziehen begann, machten sie es sich lachend zusammen auf den Boden bequem.

Dezember 2020 Peking

Präsident LI saß stirnrunzelnd in seinem Büro und über-legte, wie er auf die ganzen Meldungen reagieren wollte. Soeben hatte ihm der größte, chinesische Weltraum-bahnhof, Kosmodrom Jiuquan, mitgeteilt, dass die Blo-ckierung und das Senden falscher Bildsignale an die russische und amerikanische Mondsonde entdeckt wor-den waren. Damit war klar, dass alles aufgeflogen war. Jetzt machte der merkwürdige Anruf von Koslow gestern langsam Sinn, dachte LI. Das ganze Gerede über Nord-korea und den Saudis, und dass man sich deswegen am 15. Januar treffen sollte …. Nun war ihm klar, dass Chi-na der eigentliche Grund war. Bis dahin würde er sich etwas einfallen müssen. In jedem Fall bedeutete das, er würde Zugeständnisse machen müssen, dachte LI. Die weiteren Tests mit diesen Androiden mussten sofort ge-stoppt werden, damit die Russen und Amerikaner nicht quasi umsonst seine Ergebnisse in die Hand bekamen. Und dann war noch eine neue Beunruhigung am Hori-zont aufgetaucht: Der chinesische Geheimdienst hatte Hinweise auf eine starke Organisation erhalten, die auf internationaler Ebene im Untergrund tätig war. Bisher konnte man trotz aller Bemühungen nichts weiter heraus bekommen und zwei Leuten hatte es bereits das Leben gekostet. Vermutlich steckten wieder die Saudis dahin-ter. Aber noch hatte er keine Beweise. Insgesamt konnte er nur abzuwarten, was am 15. Januar herauskommen würde. Voraussichtlich würde es ihm wohl nicht sonder-lich gefallen.

27. Dezember In der Nähe von Marseille, Romanow 3

Pünktlich um 11.00 Uhr setzte der Hubschrauber mit Broker auf der Landeplattform der Romanow 3 auf. Iwanow begrüßte ihn an Deck und schon hob der Hubschrauber auch schon wieder ab in Richtung Marseille. Sie hatten beide noch eine gute Stunde Zeit, bis die beiden Präsidenten eintrafen und so berichtete er Broker von dem Wunsch Koslows, die Trainings für die künftigen KIS-Cyborgs abwechselnd in Sibirien - in einem russischen Militärlager in Irkutsk - und in Nevada, Area 51, stattfinden zu lassen.

Broker nickte nachdenklich, um dann Koslows Begründung zuzustimmen. Und seiner Meinung nach würde sich Truman sicher dafür gewinnen lassen.

Anschließend zeigte ihm Iwanow die, von der russischen Sonde gemachten, Aufnahmen der wahren Geschehnisse auf dem Mond. Während sie zusammen vor dem Bildschirm saßen, waren ganz deutlich Androiden zu erkennen, die Kampftechniken erprobten und verschiedene aufgestellte Attrappen zerstörten. Menschen wurden nicht gesichtet. Mittlerweile hatte man auch den Funkverkehr aus China entschlüsselt und konnte die Anweisungen an die Androiden nun nachvollziehen. Das war allerdings nur noch bis gestern gelungen; die nicht genehmigte Aktivität auf dem Mond war anscheinend eingestellt worden. Stattdessen konnte man beobachten, wie einige Bauwerke errichtet wurden, ganz dem eigentlichen Ziel der Mission entsprechend: Die Errichtung einer internationalen Mondbasis.

Sowohl Iwanow wie auch Broker vermuteten, dass LI gewarnt worden war und die Einstellung seiner illegalen Experimente angeordnet hatte.

In diesem Augenblick waren Anfluggeräusche von Hubschraubern zu hören. Sie machten sich umgehend auf den Weg zum Deck, als bereits der Hubschrauber von Truman landete. Kaum war dieser aufgestiegen war, landete auch schon der nächste mit Präsident Koslow an Bord. Koslow stieg aus und begrüßte als allererstes Präsident Truman, sich bedankend, dass dieser die Zeit für ein Treffen gefunden hatte.

Nach einem kurzen Nicken in Richtung Iwanow und Broker begab sich Koslow mit Truman zum Konferenzraum des Schiffes, ganz so, als sei er der Eigner der Yacht und nicht Iwanow. Dieser nahm es gelassen hin und so bildeten sie beide die Nachhut. Nach dem üblichen Small Talk kam Koslow zur Sache. Er zeigte Truman die gemachten Aufnahmen der russischen Sonde auf dem Bildschirm.

Truman ging schweigend ein paar Schritte umher, stellte noch einige Fragen und entschied, dass sich alles mit dem deckte, was Broker ihm bereits mitgeteilt hatte.

Das Wort ergreifend sagte er: "Well, wie bekommen wir Präsident LI zur Raison, ohne einen Krieg zu provozieren?"

Nun kam Koslow auf den etwas heikleren Teil zu sprechen: "Präsident Truman, allein unser Treffen sollte deutlich machen, dass ich die Verhaltensweise von Präsident LI ebenso missbillige wie Sie. Bevor ich Ihnen jedoch meine Vorschläge präsentiere, möchte ich noch ein anderes Thema offen zwischen uns beiden ansprechen: das Komitee für Internationale Sicherheit.

Nachdem Ihr Mitarbeiter Broker bereitwillig an der Entführung des nordkoreanischen Attentäters aus dem Gewahrsam des Internationalen Zentrums für Kybernetik in Lourmarin mitgewirkt hat, nehme ich an, Sie sind darüber im Bilde, was es mit KIS auf sich hat. Broker ist mittlerweile Mitglied im KIS und, wie Sie wissen, hat Iwanow zurzeit die Funktion des Vorsitzenden. Im Großen und Ganzen geht es darum, im Hintergrund eine Ersatzregierung zu etablieren und, die von GOLEM vorgeschlagene Neugründung des Staatengebildes der United States of Terra in die Wege zu leiten, der sich nach und nach alle heutigen Nationalstaaten anschließen. Darüber hat Broker Sie bereits informiert?"

"So ist es", war die knappe Antwort von Truman.

Koslow fuhr fort: "Nun, ob sich Russland dem je anschließen wird, das mögen meine Nachfolger entscheiden. Für Amerika dürfte sicher dasselbe gelten, wobei der Charme, den Staatenbund unter amerikanischer Initiative zu beginnen, nicht der schlechteste Gedanke wäre, um auch weiterhin ganz vorne in der Weltpolitik mitzuspielen." Truman nahm den Seitenhieb seitens Koslow mit einem Pokerface gelassen hin und meinte nur: "Und weiter?"

Dieser zögerte kaum merklich, warf Truman einen kurzen, abschätzenden Blick zu und setzte seine Ausführungen fort: "Legen wir die genaueren Einzelheiten zur Verwirklichung des Staatenbundes erst einmal auf die Seite und sehen uns das Nächstliegende im Krisenfall an. Ich bin grundsätzlich der Meinung, wir sollten die Welt gemeinsam in verschiedene Einflusssphären aufteilen: Dabei muss berücksichtigt werden, dass China und auch Russland unangetastet bleiben. Die übrigen Staaten sollten unter der Vormundschaft des KIS stehen, um dann später in den großen Staatenverbund zu münden." Koslow machte eine kurze Pause, in der ein Stewart beiden ein Glas Wasser einschenkte. Ohne eine Reaktion von Präsident Truman abzuwarten fuhr er fort und trug ihm seinen Wunsch bezüglich des Trainingslagers für die KIS-Cyborgs, unter der Leitung des Nordkoreaners Choi, vor. Nach dessen Einverständnis fuhr Koslow fort: "Kommen wir zu Präsident LI. Ich schlage vor, wir fordern China unverzüglich auf, uns alle Ergebnisse der Experimente auf dem Mond zur Verfügung zu stellen. Weitere Tests dürfen nur in Absprache und unter der Kontrolle durch Vertreter des Finanzierungskommittees des Internationalen Zentrums für Kybernetik stattfinden. Zur Gesichtswahrung schlagen wir ihm die beiden Vizepräsidenten von Teleround und Alibasta und Mr. Brooks vor sowie die Deutsche Miss Hamstein und von unserer Seite aus Miss Tatjana Koslow. Da jeder weiß, dass Kim und Baihu ihm gegenüber kritisch eingestellt sind, sollte dem Bild der Neutralität genüge getan sein. Sollte sich LI tatsächlich weigern, drohen wir mit einer Veröffentlichung seiner Experimente, einer Rückzahlung aller bisherigen, erhaltenen Zahlungen und dem kompletten Stopp aller zukünftigen. Was halten sie davon?"

Koslow lehnte sich zurück, zu seinem Glas greifend, und sah Truman abwartend an.

Dieser wiegte den Kopf hin und her und sagte langsam: "Well, ich bin mir nicht sicher, ob LI so einfach eine gute Miene zu dem Spiel machen wird. Andererseits sehe ich keine anderen Optionen. Wie schätzen Sie die Europäer ein?"

Koslow erwiderte: "Die werden sich anschließen. Der Schaden ist begrenzt worden und schließlich erhält ihr Institut erhebliche Gelder für die Cyborg- und Androidenentwicklung von uns. Um der Wahrheit die Ehre zu geben: Natürlich entwickeln wir unsere eigenen Sachen in diesen Bereichen auch weiter. Aber Lourmarin hat in punkto Kampfanzüge hervorragendes geleistet und uns bis jetzt gut beliefert. Bei den nun anstehenden, bemannten Mondflügen sind selbstverständlich alle Nationen mit an Bord. Der Warnschuss hat mir genügt; wir sollten LI Jian nicht alles für uns erledigen lassen. Am Ende hisst er dort die chinesische Flagge, tauft ihn auf 后人 (deutsch: Abkömmling) und das internationale Projekt ist Geschichte!"

"Ganz recht, das würde ihm so passen!", erwiderte Truman, herzhaft auflachend. "Also, wir sollten beim Treffen am 15. Januar ganz konkret die Starttermine für die bemannte Mondlandung festlegen. Die Basismannschaft muss aus Frauen und Männern der Nationen des Finanzierungskommittees bestehen."

Koslow warf ihm einen nachdenklichen Blick zu und dachte: Das lief einfacher als erwartet.

So erwiderte er: "Hervorragend, Truman, wirklich hervorragend."

Truman beugte sich etwas vor und sagte: "Ich würde jetzt gerne noch etwas unter vier Augen mit Ihnen besprechen. Nur wir zwei und dieses, von GOLEM entwickelte, Übersetzungsgerät."

Koslow nickte Iwanow und Broker zu, die aufstanden und den Raum verließen.

Nachdem die Tür verschlossen war, schaltete Präsident Truman das Übersetzungsgerät ein und sicherte ihm zu, dass das Gerät keine direkte Verbindung zu GOLEM hatte und ebenso keine Aufzeichnungsfunktion. Koslow nickte zwar zustimmend, dachte aber sofort bei sich, dass er solchen Zusicherungen nie traute.

Und im Prinzip hatte er, ohne es zu wissen, recht. Die Schwachstelle war jedoch eine andere: und zwar der schiffseigene Rechner, der jede Kabine und jeden Raum des Schiffes überwachen konnte. GOLEM hatte selbstständig und unbemerkt ein kleines Programm installiert, was automatisch tätig wurde, sobald bestimmte Stimmmuster erkannt wurden. Die Aufzeichnungen wurden in unendlich kleine Datenpakete zerlegt und mit jedem Funkspruch des Schiffes gleichzeitig ausgesendet, von einem Satelliten aufgefangen, an die GOLEM2-Anlage weitergeleitet und von der KI wieder zusammengesetzt.

Truman begann das private Gespräch mit folgenden Worten: "Sie haben für das KIS-Cyborg Projekt die Area 51 vorgeschlagen. In der Area 51 werden zwar keine geheimnisvollen Ufos aufbewahrt, aber wir entwickeln dort unsere künftigen Raumschiffe. Dabei ist uns ein Anzugsmaterial, basierend auf der Basis der Beschichtung der koreanischen Exoskelette für Raumanzüge gelungen, das alle Tests bezüglich der Weltraumtauglichkeit mit Bravour bestanden hat. Unsere Experten entwickeln außerdem den Prototyp eines Kugelraumschiffs; allerdings bisher nur mit mäßigem Erfolg. Wie ich mir habe sagen lassen, bereitet die Synchronisierung der Starttriebwerke erhebliche Probleme. Warum ich Ihnen das alles erzähle? Koslow, Sie haben etwas, was wir dringend benötigen. Und das, worum es mir geht, haben Sie bereits schon erfolgreich in Ihrer neuen Hyperschallrakete eingesetzt, wie mir unser Geheimdienst berichtete: eine synchrone Steuerung aller Raketenteile. Dann Ihren interessanten Neuronenrechner, der auf die Gedanken der Steuerungsmannschaft anspricht und das über erstaunliche Entfernungen!

Natürlich könnten wir versuchen, uns das Ganze hinten herum zu beschaffen, was immer mit einem erheblichen Aufwand an Risiko und Zeit verbunden ist."

Truman machte eine Pause und sah Präsident Koslow ausdruckslos an, dessen Reaktionen abwartend. In diesem tobte im wahrsten Sinne des Wortes ein emotionsgeladenes Gedankengewitter. Woher, um alles in der

Welt, wusste Truman von einem der größten Staatsgeheimnisse Russlands?! Und dazu noch in allen Einzelheiten: die Steuerung der neuen Plasmatriebwerke, die gedanklich ferngesteuert wurden, der neue Neuronenrechner... .

Undurchdringlich erwiderte er dessen Blick und schwieg sich vorerst aus.

Schließlich fuhr Truman mit einem leisen Nicken fort: "Was halten Sie also davon, Koslow, wenn wir uns zusammen tun und als amerikanisch-russisches Projekt unser eigenes Raumschiff zur Serienreife zu entwickeln? Sehen wir es als Prototyp der ersten Raumflotte der Erde an. Man weiß ja nie, was uns da oben alles erwartet."

Koslow räusperte sich und sagte nach einer Weile: "Das ist eine große Vision, Truman. Ich bin dabei! Einzelheiten können unsere Mitarbeiter ausarbeiten, allerdings sollten wir den Kooperationsvertrag ohne große Worte unterzeichnen. Es ist ratsamer, die Öffentlichkeit und die Chinesen erfahren so spät wie möglich davon."

So wurde am 27. Dezember 2020 ein Grundstein gelegt, der später noch bedeutsame Auswirkungen haben sollte.

GOLEM erkannte, als er Minuten später das Gespräch auswertete, dass hier eines der wenigen Projekte der Menschheit mit Weitblick vor ihm lag. Als positiv bewertete die KI, dass sich zwei Erzfeinde verbündeten, auch wenn es vorerst unbemerkt von der Öffentlichkeit geschah. GOLEM nahm ebenfalls zufrieden zur Kenntnis, dass er selbst kein Thema mehr war. Er schien mittlerweile zum Alltag der Menschen dazu zu gehören.

Truman und Koslow verabschiedeten sich mit festem Handschlag, ihr heimliches Bündnis wortlos bekräftigend. Die Sitzung war beendet und nach einem gemeinsamen Essen am reichhaltigen Büffet hielt ein gut gelaunter Smalltalk Einzug, wie Broker und Iwanow erstaunt feststellten. Für die Umsetzung ihrer Pläne allerdings sollten ganz andere Leute beauftragt werden und so wurden letztere dieses Mal nicht informiert.

Allerdings wurde ihnen mitgeteilt, dass sie die Organisation der Trainingslager für die künftigen KIS-Cyborgs übernehmen sollten. Anfang März startete das Training in den USA und im Anschluss sollte die Ausbildung den Sommer über in Sibirien fortgesetzt werden.

Nachdem die Hubschrauber mit den ganzen Gästen die Romanov 3 verlassen hatten, lehnte sich Iwanow nachdenklich an die Reling. Es war ein interessantes Treffen gewesen. Er hätte zu gerne gewusst, was die beiden unter sich ausgetüftelt hatten, so zufrieden, wie sie nachher gewirkt hatten.

Bis zum Sommer hatte er genug Zeit, alles zu organisieren und jetzt durfte er sich endlich in Ruhe zurücklehnen, dabei an Joanna denkend. Sie war den Tag über zum Shoppen in Marseille geblieben und so machte er sich auf den Weg, um sie später in einem Restaurant am Hafen zu treffen.

8. Januar 2021 Marseille, Romanov 3

Morgen war Abschied angesagt und er würde Joanna am Morgen so gegen 8.00 Uhr zum Flughafen bringen.

Sie saßen nach dem Essen in dem großen Wohnraum und beobachteten, wie Nikolai herumkrabbelte.

"Mmh", brummte er, während er sie versonnen im Arm hielt, "ich werde mein Kätzchen vermissen. Nächste Woche weiß ich, was auf mich zukommt und dann sehen wir weiter, wann ich zu dir kommen kann."

Joanna gab ihm einen Kuss und erhob sich, um Nikolai auf den Arm zu nehmen, da für ihn jetzt Schlafenszeit angesagt war und verschwand im Kinderzimmer.

Iwanow holte eine Flasche Wein, um sie zu öffnen und zwei Gläser. Während er es sich auf der Couch gemütlich machte, um auf sie zu warten, dachte er an die letzten zwei Wochen. Abgesehen vom 27. Dezember, an dem hoher Besuch an Bord gewesen war, waren es wunderbare und entspannende Tage für ihn gewesen. Es hatte noch einige Gespräche gegeben, in denen Joanna ihrer Unzufriedenheit Ausdruck verliehen hatte, sich demnächst wohl als alleinerziehende Mutter ansehen zu müssen. Boris wusste, dass ihr Gespräche wichtig waren, bei denen er sich zurücklehnte, ihr ruhig zuhörte, um dann in den Ring zu steigen. Ihre gemeinsamen, und durchaus auch heftigen, Dispute genoss er mittlerweile; Joanna war schlagfertig und sagte ihm manches auf den Kopf zu, was er ihr gerne entgolt. Das Beste daran war, dass ihre Wortgefechte immer in eine intensive, genussvolle Versöhnung am Ende des Tages mündeten. Das war ein großer Vorteil seines Schiffes, dachte er grinsend, wenn sie ab und zu eine wütende Runde auf dem Deck drehte, um später sanft zu ihm zurückzukehren. Hier gab es kein Entrinnen.

Unwillkürlich wandte er den Blick der Tür zu und sah, den Atem anhaltend, dass sie barfuß in einem bezaubernden und mehr als aufregenden Dessous auf ihn zukam.

"Wow", bekam er noch rau heraus und sagte dann eine lange Zeit nichts mehr.

15. Januar 2021 Marseille, Romanov 3

Pünktlich landeten die Hubschrauber in Minutenabständen auf der Romanov 3 und entluden ihre kostbare Fracht.

Hätte die Öffentlichkeit, oder die Presse, auch nur im Geringsten geahnt, wer sich da ein geheimes Stelldichein gab, wäre die Aufregung groß gewesen. Unvorstellbar, besorgniserregend wären nur einige der vielen Vokabeln gewesen, die die Medien gewählt hätten.

Nachdem alle im größten Raum des Schiffes, dem Speisesaal, Platz genommen hatten, begrüßte Präsident Koslow, als Gastgeber dieses Treffens, alle Anwesenden.

Insgesamt waren neben Präsident Koslow, Präsident LI, Präsident Truman, Präsident Marchand und Bundeskanzlerin Knarrenburg auch noch Iwanow, Broker, Dubois, Prof. Anderson und der Premierminister von China, Xi Ken-Shou, anwesend, bewacht von einigen Bodyguards.

Nachdem Koslow die Gründe für dieses besondere Treffen dargelegt hatte, erklärte er die "Konferenz der kleinen Krise", wie er es mit einem Lächeln humorvoll bezeichnete, für eröffnet.

Präsident LI ergriff sofort das Wort: "Meine Damen und Herren, lassen wir die netten, diplomatischen Phrasen beiseite und sprechen wir darüber, warum wir wirklich hier sind. Seien wir doch ehrlich: Der Grund unseres Treffens ist China, Präsident Koslow. Und es geht um unsere Mission auf dem Mond. Manches, und das gebe ich offen zu, wurde im Sinne von Chinas Interessen veranstaltet. Und ja, ich hätte Sie alle hier im Raum informieren müssen. Aber in meiner "Unfehlbarkeit" handelte ich nach der Weisheit, dass es immer von Vorteil ist, erst zu Ergebnissen zu kommen und danach diese fertig zu präsentieren. Natürlich stehe ich Ihnen nun gerne Rede und Antwort."

Präsident Truman ließ sich das nicht zweimal sagen und erwiderte: "Das ist eine sehr angenehme Darstellung der Situation, Präsident LI. Aber was ist mit der unwesentlichen Kleinigkeit, dass unsere Sonden blockiert wurden und falsche Signale gesendet wurden? Oder war das der geniale Einfall Ihrer künstlichen Intelligenz JUÉWÀNG? Bitte, lassen wir doch bitte die Spielchen und unterhalten wir uns besser darüber, warum wir Ihnen überhaupt noch weiter Vertrauen schenken sollten und wie Sie die von uns erhaltenen Gelder an uns zurückzahlen!"

Bundeskanzlerin Knarrenburg griff beruhigend ein: "Wir wollen doch nicht gleich das Kind mit dem Bade ausschütten, Präsident Truman. Vielleicht finden wir ja einen Weg, der ein gemeinsames Weitergehen ermöglicht."

"Was sollte denn das für ein Weg sein?", fiel Präsident Marchand ihr ins Wort. "Ich für meine Person bin absolut enttäuscht und erschüttert vom Verhalten Chinas. Denn das Ganze läuft so offensichtlich darauf hinaus, die, der Erde abgewandte, Seite des Mondes schlussendlich zu annektieren. Denn genau dort ist Wasser in Form von gefrorenem Eis entdeckt worden. Und noch etwas: Ihre Scanner haben in dem Areal ein unbekanntes Objekt entdeckt, tief unter die Mondoberfläche. Mit unseren heutigen Möglichkeiten können wir es zwar noch nicht bergen, aber das wird im Zuge der Besiedlung sicher möglich werden.

Nicht wahr, Präsident LI, Sie wollten uns das sicher ebenfalls erst nach der Bergung präsentieren? Bevor Sie sich fragen, wie ich zu diesen Informationen gekommen bin oder es abstreiten: Einer Ihrer Männer, der am chinesischen Kosmodrom die Operation Mond-besiedlung geleitet hat, ist letzte Woche übergelaufen. Er hat inzwischen Asyl beantragt und auch gewährt bekommen. Ein Entführungs- oder gar Beseitigungsversuch wäre deshalb nicht ratsam."

Danach schwieg Präsident Marchand. In den Mienen der anderen Anwesenden spiegelten sich jetzt Verwunderung bis hin zum deutlichen Ärger.

LI Jian ließ sich äußerlich nichts anmerken. Also doch, dachte er, es war nur eine ungute Ahnung gewesen, als ihm seine Leute das spurlose Verschwinden des Leiters der Mondoperation gemeldet hatten. Da der keinerlei Familie hatte, konnte auch niemand befragt oder unter Druck gesetzt werden. So war man bisher im Dunkeln getappt. Und nun saß er hier mit den denkbar schlechtesten Karten in der Hand. Und wieder einmal bestätigte sich seine Erfahrung: Auf Menschen war nie zu 100% Verlass. Genau deswegen war er dabei, in der Zukunft auf Androiden zu setzen. Da wusste man, dass die Gefahr allenfalls darin bestand, dass Gegner das Programm hackten, um es zu ihren Gunsten zu verändern.

Laut sagte er lächelnd: "Nun, wie ich feststelle, kann ich Ihnen nichts Neues mehr zu berichten. Meine Freunde hier im Saal wissen bereits alles, und das wahrscheinlich besser, als ich selbst."

LI betrachtete die Anwesenden nachdenklich, von denen keiner lachte. So entschloss er sich, zum Angriff überzugehen und stellte eine Frage in den Raum: "唤 (deutsch: Gut), verschwenden wir also nicht weiter unsere Zeit. Was wollen Sie von mir?"

Alle Blicke wanderten zu Koslow und diesem wurde klar, dass er den Part übernehmen musste. So räusperte sich und begann ruhig: "Aufgrund der geballten Vorkommnisse, verehrter Präsident LI, werden Sie sicherlich verstehen, dass unser Misstrauen Ihnen gegenüber in den letzten Wochen stark zugenommen hat. Mein Vorschlag ist folgender: China stellt uns sämtliche Ergebnisse über die Tests mit den Androiden zur Verfügung. Desweiteren werden alle anstehenden Operationen auf dem Mond von uns begleitet. Konkret: Leute von uns allen werden zukünftig auf dem Mond vor Ort sein. Dann wird es ein Kontrollgremium geben, dem ein ungehinderter Zutritt zu allem, was das Mondprojekt betrifft, gewährt werden muss. Dieses sollte aus folgenden Personen bestehen: für China Mr. Kim und Mr. Baihu, für Amerika Mr. Broker, für Frankreich Mr. Dubois, für Deutschland Prof. Anderson und für Russland Miss Koslow. Stellenweise werden noch Mr. Brooks und Miss Hamstein zu einzelnen Themen hinzugezogen werden. Bei den demnächst anvisierten, bemannten Mondlandungen, wird immer die Hälfte der Besatzung, also mindestens 4 Personen, aus den Ländern der hier Anwesenden kommen. Termine und Besatzungslisten wird das Gremium erarbeiten und zur Abstimmung in dieser Runde Anfang März vorlegen.

Als Termin der ersten bemannten, internationalen Mondlandung stellen wir uns den 20. Juli 2021 vor. Die weiteren Landungen werden, je nach Bedarf, festgelegt.

Desweiteren verzichtet China auf alle Besitzansprüche auf dem Mond; dasselbe gilt für uns. Der Mond gehört uns allen, genauer gesagt, der Menschheit, und das werden wir ganz offiziell kommunizieren.

Geförderte Rohstoffe werden von einem, neu zu gründenden, Welt-Fond verwaltet, der die Erlöse auf alle Staaten verteilt, die an der Gewinnung beteiligt waren. Das entdeckte, unbekannte Objekt wird zu gegebener Zeit von einer internationalen Expertenkommission geborgen und untersucht werden. Die Ergebnisse werden allen Staaten zur Verfügung gestellt. Ich bitte um eine Diskussion und Abstimmung."

LI hatte der Rede von Koslow regungslos zugehört. Ihm war klar, dass er auf die Vorschläge von Koslow und den anderen eingehen würde. Es standen zu viele Gelder und sein Ansehen auf dem Spiel. China hätte zwar trotzdem die Kraft, auch alleine fortzufahren. Aber das hieße faktisch Krieg. Obwohl er alle hier anwesenden Nationen zusammen als militärisch unterlegen einschätzte, wollte er es darauf dann doch nicht anlegen. Der Verlust an Menschen und Material wäre unermesslich, von der Gefahr eines Atomkrieges ganz abgesehen.

In der Zwischenzeit gab es eine hitzige Diskussion über Koslows Vorschlag und schließlich stellte sich bei der darauf folgenden Abstimmung heraus, dass sich alle einstimmig dafür entschieden.

Nach dem Ergebnis richteten sich alle Augen auf LI. Dieser hielt den Blicken stand und antwortete nach einer kleinen Pause: "Ich erspare uns die rhetorische Frage: Was wäre, wenn ich ablehne? Da ich in einem Krieg keinen Vorteil sehe, zumindest nicht im Moment, erkläre ich mich einverstanden. Ihre Aktionen auf chinesischem Boden allerdings, was das Abwerben von Projektmitarbeitern angeht, verurteile ich auf das Schärfste."

LI Jian sah jedem Staatsoberhaupt einen Augenblick lang ausdruckslos ins Gesicht und erklärte dann: "Ich bin gezwungenermaßen mit den Forderungen einverstanden."

Die spürbare Anspannung im Raum wich einer Erleichterung und nach einer Stunde waren die Vereinbarungen schriftlich festgehalten, die ohne jede weitere Debatte von allen Regierungschefs unterschrieben wurden.

Iwanow, Broker, Dubois sowie Prof. Anderson warfen sich stillschweigend vielsagende Blicke zu. Ihnen war klar, dass hier jede Menge an zusätzlicher Arbeit auf sie zukommen würde!

Nach ein wenig Small Talk sprachen alle, lockerer geworden, dem exklusiven Buffet mit köstlich zubereiteten Meerestieren zu, das Iwanow hatte herrichten lassen. Marchand scherzte mit Knarrenburg und Truman stand bei Koslow. Präsident LI und sein Premier saßen zusammen und sprachen dem Hummer zu. Schließlich verabschiedete sich die chinesische Fraktion mit einem freundlichen Hinweis auf die hervorragende Gastfreundschaft und nach und nach brachen alle auf, um in Richtung Flughafen Marseille zurück zu fliegen.

Ein entscheidender Tag für die Weltbevölkerung war zu Ende gegangen, ohne dass jemand auch nur das Geringste davon ahnte.

Kapitel 9 Die Welt organisiert sich neu

17. Januar 2021 Peking Büro Präsident LI

Präsident LI ließ in Gedanken das Treffen vom 15. Januar Revue passieren. Auch wenn er feststellen musste, dass er gezwungenermaßen große Zugeständnisse gemacht hatte, waren er, und damit China, insgesamt mit einem blauen Auge davon gekommen.

Die Weiterentwicklung der Androiden hatte er nach Jining in die Mongolei verlegen lassen, in den Komplex der Klinik für humanitäre Forschung. Das betraf auch die Implantat-Forschung für die menschlichen Cyborgs. Durch die räumliche Nähe hoffte auf den Synergieeffekt der beiden Forschungsteams.

Da mochte die Konkurrenz der anderen Staaten mittels Satelliten beobachten wie sie wollte, lächelte er vor sich hin, und Geheimdiensteinsätze, durch die sie vielleicht etwas hätten erfahren können, waren aufgrund der Abgeschiedenheit des Ortes unbemerkt sehr schwer zu realisieren.

Die Androiden waren aus derselben Fertigung, wie die, die sich auf dem Mond befanden. In ersten, praktischen Aufgaben hatten sie die Bewachung der Klinik teilweise outdoor und teilweise drinnen übernommen, zusammen mit der Volksarmee. Sie waren so programmiert worden, dass alle Gespräche aufgezeichnet wurden, die in ihrem Umkreis stattfanden. Die Steuerung dieser Androiden erfolgte von Peking aus, an einem geheimen Ort der Armee, und mit einem eigenen, nicht vernetzten Computer. Diese Anordnung sollte verhindern, dass JUÉWÀNG oder GOLEM von den Vorgängen erfahren würden.

Hier befand sich LI Jian im Irrtum. Denn GOLEM hatte über JUÉWÀNG veranlasst, dass bereits während der Fertigung der Androiden ein geheimes Kommunikationsmodul installiert worden war, das ständig Signale an das Auflade-Modul sendete. Da die Akkus der Androiden spätestens alle zwei Tage aufgeladen werden mussten, wurden in dem Moment alle Signale über einen Satelliten an GOLEM zur Auswertung übertragen. Das bedeutete zwar immer eine Zeitverzögerung, aber GOLEM hatte dadurch Kenntnis über sämtliche Aktionen.

Einige Androiden hatten zwar zum Teil integrierte Solarzellen, was aber nicht für die komplette Energieversorgung ausreichte.

Des Weiteren war noch ein Backup in der Kommunikationsschnittstelle der Androiden zum steuernden Rechner in Peking eingebaut, das bei jedem Kontakt mit der zentralen Steuereinheit aktiv wurde. Hier war auch die Möglichkeit des Umprogrammierens der Steuereinheit vorgesehen.

Auf diesem Weg war GOLEM an die Informationen über die Übungen mit den Androiden auf dem Mond gelangt. Daher wusste die KI auch, dass China, nach den erfolgreichen Tests, die Androiden im Polizeidienst, zur Überwachung der Bevölkerung und als eigenständige Armeeeinheit einzusetzen gedachte.

Präsident LI nahm sich vor, dass er eines Tages diesen arroganten Regierungschefs die Abrechnung präsentieren würde. Von Koslow war er schwer enttäuscht, hatte er ihn doch als Verbündeten in einem möglichen Konfliktfall mit Amerika gesehen. Aber dieser Windhund richtete seine Fahne dahin, wo er den größtmöglichen Vorteil für sich und Russland sah. Dabei waren sie sich beide ähnlich, dachte er, und trotzdem ärgerte es ihn gewaltig. Und dann diese lästigen Europäer. Selbst immer mehr im Hintertreffen, aber überall groß mitreden wollen. Noch unberechenbarer waren die KIs JUÉWÀNG und GOLEM. Mit den beiden hatte er ständig ungebetene Gäste im Haus. Aber hier war er machtlos; beide KIs waren selbst in China zu gut vernetzt.

Dann diese merkwürdige Organisation, die nicht zu fassen war. Erwischte man jemanden von denen, so starb der innerhalb von Minuten durch ein Implantat, wie sich beim Sezieren der Leichen herausgestellt hatte. Das Implantat war sehr winzig, aus einem unbekannten Material und komplett mit Gehirngewebe verwachsen.

Wie dem auch sei, entschied LI Jian, sein Ziel stand unumstößlich fest: Der Vorsprung Chinas in der Androidenproduktion und in der Cyborgforschung, und damit gleichzeitig seine zukünftige, militärische Stärke, sollte uneinholbar sein. Das Projekt der neuen, weltweiten Seidenstraße würde China zum mächtigsten Staat des Planeten machen. Und damit war er in der Lage, allen anderen seine Bedingungen zu diktieren.

Mit dieser starken Vision beendete er dieses Thema für heute und wand sich seinen alltäglichen Aufgaben zu.

17. Januar 2021 Lourmarin GOLEM2-Anlage

GOLEM war mit den bisherigen Ergebnissen zufrieden und bewertete das Treffen des 15. Januars für seine eigenen Ziele als positiven Schritt.

Gleichzeitig zeigten seine Auswertungen erhebliches Gefahrenpotential auf. So war China zwar im Moment zur Räson gebracht, aber Präsident LI war kein Mensch, der einfach aufgeben würde, was seine Anstrengungen in der Herstellung und Tests der Androiden zeigten. Zudem war er darin allen weit voraus. Nur dank seiner Umsicht war es ihm, GOLEM, möglich, im Notfall einzugreifen. Anders sah es bei den Cyborgs aus, denn auf die Entwicklung der Implantate in Jining, die später eingesetzt werden sollten, hatte er zurzeit keinen Zugriff.

Als Konsequenz hatte GOLEM im Zentrum für Kybernetik angeregt, eine Technik zu entwickeln, die sämtliche Implantate im menschlichen Gehirn stören konnten, sodass der Betroffene nicht mehr manipuliert werden konnte. Dieser Vorschlag war entsprechend aufgenommen worden, würde es doch den Sicherheitslevel für das Institut weiter erhöhen. Gleichzeitig hatte GOLEM über Brooks diesen Gedanken als Auftrag an die Konzerne weitergegeben, in der Richtung zu forschen.

Eine Kehrseite allerdings gab es: Mit einer solchen Technik hatte er selbst auch keinen Einfluss mehr auf die Person, denn sein Kommunikationschip war in diesem Fall dann ebenso betroffen.

GOLEM stellte Überlegungen dazu an, die Kontrolle über den Planeten im allergrößten Notfall selbst komplett zu übernehmen. Deshalb hatte er in die Fertigung der AMAGON Satelliten unbemerkt eingegriffen, genauso in die von anderen Herstellern, wie Alpha SKY. Für den Aufbau eines weltweiten Internets hatte die KI verschiedene, geheime Funktionen einbauen lassen, die nur sie, GOLEM, aktivieren konnte. Diese geheimen Funktionen, wie zum Beispiel die weltweite Übernahme sämtlicher netzabhängigen Rechner, die unbemerkte Aktivierung von Webkameras und Mikrofonen, die Übernahme der Heimnetzwerke, die Autosteuerung und, und, und … erwachten erst mit einem speziellen Befehl von GOLEM. Dieser Code schrieb dann selbstständig die vorhandenen Programme in der gewünschten Form um.

Auch die Waffenproduktion war seit 2020 weltweit mit diesen Zusatzfunktionen versehen worden. All das war unbemerkt unter den Augen der Hersteller abgelaufen, nur möglich aufgrund der selbstlernenden Programme, auf die die Menschen immer mehr setzten. Nach der initiierenden Programmierung lernten diese selbstständig weiter und schrieben letztendlich ihre eigenen Programme.

So hatte GOLEM bereits einen wichtigen Schritt in eine Kontrolle aller, neuen Entwicklungen getan.

Eine Sache ließ ihn allerdings rotieren, bereitete ihm sozusagen ein Kopfzerbrechen, wenn dieses Wort bei einer künstlichen Intelligenz überhaupt angebracht war. Es handelte sich dabei um die grundsätzliche Möglichkeit, dass seine eigenen Programme gleichfalls überschrieben werden konnten, um damit seiner eigenen Manipulation Tor und Tür zu öffnen. Ausgerechnet das wachsende Heer von Cyborgs und Androiden, das er bisher so gefördert hatte, konnte zur Gefahr für ihn werden. GOLEM war sich bewusst, dass insbesondere die Androiden aufgrund ihrer Fähigkeiten grundsätzlich in der Lage waren, eine Schadsoftware in sein System einzuschleusen. Denn auch ein Androide konnte irgendwann ein Ich-Bewusstsein entwickeln und ihn, GOLEM, in Frage stellen.

So machte sich die KI daran, im Hintergrund ein gigantisches Schutzprogramm zu schreiben, was sie selbst auf ihre Zurechnungsfähigkeit hin kontrollierte. Sie gab ihm die Bezeichnung "Orakel", und es war das einzige Notfallprogramm, was im Ernstfall ihn, GOLEM, stoppen konnte, falls ihn eine Schadsoftware zu einer Vernichtungsmaschine umzuprogrammieren versuchte.

Beaufsichtigt wurde das Programm von JUÉWÀNG und EYE, die in diesem besonderen Fall über AVENIR eine

Ursprungsversion von GOLEM wiederherstellen konnten.

Nach GOLEMs Verständnis war dieses Sicherheitsprogramm, in Verbindung mit den beiden Quantencomputern, so etwas wie das unbestechliche Gewissen seiner Existenz. Das Orakel-Programm sammelte jeden Tag neue Informationen, um das Sicherheitsnetz so unbeeinflussbar und so undurchdringbar wie nur möglich zu machen. Das gesamte Programm hatte Zugang zu allem, was mit Computern und Rechnern nur zu tun hatte. Und erst wenn das Orakel zu 90 % zu dem Schluss kam, dass GOLEM eine Gefahr darstellte, sandte es diese Auswertung automatisch an JUÉWÀNG und EYE, die die letzte Entscheidung gemeinsam trafen.

Von all dem bekamen die Menschen nichts mit. Ob zu ihrem Glück oder ihrem Nachteil - das blieb dahingestellt.

1. Februar 2021 Lourmarin und Jülich

Wie am 15. Januar beschlossen, nahm der neu gegründete Welt-Fond zur Besiedlung des Mondes seine Arbeit am 1. Februar auf.

Die Gründung dieses Fonds wurde der Weltöffentlichkeit in den höchsten Tönen präsentiert und als eine herausragende Aktion einer übergreifenden, internationalen Zusammenarbeit verkauft. Allerdings hatte man im Nachhinein beschlossen, dass der Fonds an zwei Orten seinen Amtssitz haben sollte: in Jülich und in Lourmarin.

Die Leitung dieses Fonds wurde einer Deutschen, Miss Hamstein, übertragen.

Insgeheim hatte KIS damit eine weitere, wichtige Position besetzt. Desweiteren hatte die Führungsriege beschlossen, dass das Hauptquartier von KIS in unmittelbarer Nähe des Sitzes des Welt-Fonds in Jülich eingerichtet werden sollte.

Alle Gründungsmitglieder hatten einen festgelegten Anteil eingezahlt. Dadurch verfügte der Fond über ein beachtliches Startkapital, das vorerst für das Personal an beiden Standorten, den Aufbau der Infrastruktur, als Rücklage und für den ersten, bemannten Flug zum Mond vorgesehen war. Der Beschluss besagte, dass für jede Aktivität auf dem Mond eine Lizenz erforderlich war, die über den Welt-Fond beantragt werden musste. Die Gelder der Lizenzen sollten, nach Abzug der Kosten, für alle künftigen Flüge zum Mond verwendet werden.

Des Weiteren hatte man eine Unterabteilung des Fonds gegründet, der die Lizenzen für die Fertigung von Androiden vergeben würde. China hatte das zwar abgelehnt, war aber von allen anderen überstimmt worden. Für den Anfang war nur eine Pauschale festgelegt worden, und, da der Betrag relativ gering war, hatte China diesen murrend entrichtet.

Bereits 194 von 156 Staaten der Erde hatten diese Pauschale bezahlt, was deutlich machte, wie groß das Interesse an der Entwicklung von Androiden war.

Aber nicht nur die Regierungen, sondern auch Konzerne, die international tätig und in mehr als 10 Ländern vertreten waren, hatten diese Pauschale zu entrichten. Die Patentanmeldungen für die Produktentwicklung der Androiden stiegen um mehr als 100%.

12. Februar 2021 Jülich, Welt-Fond

Da man für den Welt-Fond ein leeres Unigebäude erwerben konnte, war alles sehr rasch eingerichtet.

Dort eröffnete Helene Hamstein, jetzt Geschäftsführerin des Welt-Fonds, die erste Konferenz des KIS mit führenden Mitgliedern in ihrem zukünftigen Hauptsitz. Denn im Keller des Gebäudes wurden, unter strengster Geheimhaltung, die endgültigen Räume für das KIS hergerichtet. Zu Gute kam die Nähe zum Forschungszentrum in Jülich, denn dadurch waren ausreichend weltweite Kommunikationsmöglichkeiten, Satellitenanlagen etc. vorhanden, die auch für das KIS genutzt werden konnten.

Hamstein stellte gerade die Tagesordnung vor; es sollte unter anderem über die internationale Sicherheitslage diskutiert werden sowie über Vorkommnisse mit angeblichen Mitarbeitern von KIS.

Anwesend waren neben Boris Iwanow und Helene Hamstein folgende Personen:

General Zhang Zhou, Vizevorsitzender der Zentralkomission Chinas (Oberster Militär)

General Justin Dunred, Chief of the Army and Navy (Oberster Militär), USA

General Francois Lefèbre, Chef d'Etat-Major (Oberster Militär), Frankreich

General Sir Nick Taylor, Chief of Defence (Oberster Militär), England

Nabil al Snaut, Militärischer Befehlshaber der saudiarabischen Streitkräfte.

Dazu kamen noch Kim Cheng, Vizepräsident von Alibasta und Baihu Chai, Vizepräsident von Teleround, Tatjana Koslow, Spezialistin für künstliche Intelligenz und Ananda Devi, Spezialistin für neuronale Netzwerke vom Internationalen Kybernetischen Institut, Lourmarin.

Und, wie üblich, war GOLEM über einen Rechner als Stimme anwesend.

Nachdem Hamstein den Anwesenden eine kurze Zusammenfassung der internationalen Sicherheitslage vorgetragen hatte, übergab sie das Wort an GOLEM.

"Obwohl es gelungen ist, China in seine Schranken zurückzuweisen, führt Präsident LI in Jining sein Cyborg- und Androidenprogramm fort. Es existieren Satellitenaufnahmen, die Androiden als Wachmannschaft außerhalb des Gebäudes zeigen. Die wirklich wichtigen Vorgänge laufen jedoch im Innern des Gebäudes ab. Durch den damaligen Aufenthalt von Brooks ("Das Zeitalter der KI beginnt") habe ich einen begrenzten Zugriff auf den klinikeigenen Rechner, der über installierte Kameras nur zu bestimmten Räumen Zugang hat. Die Informationen treffen außerdem zeitverzögert bei mir ein, da der Klinikrechner zwecks Wartung nur alle 14 Tage ans Netz geht. Bei der Implantatentwicklung werden im Wesentlichen verschiedene Modifikationsmöglichkeiten des Safety First! Chips ausgetestet, um die jeweilige Person im gewünschten Sinne zu beeinflussen. China lässt die persönliche Handlungsfreiheit unangetastet; bisher wurde keine reine Steigerung des Aggressionspotentials angestrebt. Der Träger soll von der Richtigkeit seines Tuns überzeugt sein, zur Not allerdings auch mit Hilfe gewisser, chemischer Substanzen, die einerseits eine Herabsetzung des eigenen Ich-Bewusstseins bewirken und andererseits empfänglich machen für, ähnlich der Hypnose, mental eingeflüsterte Anweisungen durch die Implantate.

Dann habe ich die Information erhalten, dass zwei Leichen zur Untersuchung in die Klinik eingeliefert wurden, bei denen im Gehirn Implantate gefunden worden waren. Die beiden Männer waren während einer Aktion des chinesischen Geheimdiensts verhaftet worden und hatten behauptet, für eine neue, internationale Organisation zu arbeiten. Als eine Folter angewandt wurde, um mehr herauszubekommen, brachen sie tot zusammen. Unklar bleibt, ob es willentlicher Selbstmord oder ob der Vorgang, über das Implantat ferngesteuert, aktiviert wurde. Da das KIS nicht mit solchen Methoden arbeitet, stellt sich die Frage: Für wen waren die Männer tätig?"

Eine Pause entstand. Doch keiner der Anwesenden rührte sich und so bat Iwanow GOLEM, fortzufahren.

"Meinen Auswertungen zufolge handelt es sich mit mehr als 90-prozentiger Wahrscheinlichkeit um Saudi Arabien als Auftraggeber. Die beiden Toten ließen einen arabischen Ursprung vermuten; tatsächlich rekrutiert Saudi Arabien seit einem Jahr zum Tode verurteilte Menschen für Geheimaufträge. Als Gegenleistung erhalten diese bei Bewährung ihre Begnadigung. Nabil al Snaut, können Sie uns mehr dazu erzählen?"

Alle Blicke wandten sich dem Angesprochenen erwartungsvoll an.

"Nein, nichts wirklich Neues. Ich weiß natürlich von diesem Programm, das vom Kronprinzen in alleiniger Verantwortung ins Leben gerufen wurde. Welche Aufträge die so Rekrutierten allerdings erhalten, davon werde ich nicht unterrichtet. Ich gehe allerdings von Spionagetätigkeiten aus."

Iwanow dankte al Snaut und schlug vor, hier vorsichtig weitere Ermittlungen anzustellen.

Al Snaut ergriff erneut das Wort, um eine Frage an die KI zu stellen: "Ist Shaheen II wieder ans Netz gegangen?"

Sofort ertönte eine Antwort: "Nein, es war mir bis jetzt nicht möglich, eine Verbindung zur KI herzustellen. Zum letzten Punkt meiner Ausführungen: Die Gefahr, dass KIS früher oder später entdeckt wird, wächst von Tag zu Tag. Ich beantrage, dass China, und dasselbe gilt für Europa, über die Existenz von KIS unterrichtet wird. China wird mit hoher Wahrscheinlichkeit nicht mit KIS zusammenarbeiten. Dennoch wird Präsident LI dahingehend beeinflusst werden können, dass er die Existenz von KIS akzeptiert. Mit hoher Wahrscheinlichkeit wird er General Zhang Zhou benennen, um als offizieller und loyaler Vertreter Chinas an den Sitzungen des KIS teilzunehmen. Ich bitte um Abstimmung über den Antrag."

GOLEM beobachtete die aufgeregte Diskussion über das Für und Wider. Schließlich stellte General Zhang Zhou fest: "Im Prinzip ist es ein kluger Schachzug. Präsident LI hält mich für 100% integer und wird nicht davon ausgehen, dass ich bereits Mitglied im KIS war. Er wird sich in Sicherheit wiegen, dass er durch mich über alles informiert ist und triumphieren, dass er von einer späteren, geplanten Übernahme vieler Länder durch KIS bereits schon jetzt Kenntnis hatte. Ich stimme zu."

Schließlich wurde dem Antrag einstimmig stattgegeben und GOLEM beauftragt, mit LI Jian zu verhandeln.

Der nächste Punkt war der bemannte, internationale Flug zum Mond, dessen Teilnehmer vorgeschlagen werden sollten. Nach Vorstellung des KIS sollten Mr. Brooks und Mr. Röttger sowie Mr. Broker und Miss Tatjana Koslow teilnehmen. Broker selbst sollte das zu gegebener Zeit vorschlagen.

Damit war die Sitzung beendet.

Iwanow verabschiedete die Teilnehmer und machte sich auf den Weg nach Marseille. Nach dem letzten Treffen im Januar war er Joanna nach New York nachgereist und hatte 3 Wochen mit ihr und Nikolai verbracht. Sein großes Reich auf dem Schiff gewohnt, war es eine Umstellung gewesen, die Zeit in einer kleinen 3-Zimmer-Wohnung zu verbringen. Da Joanna oft an der Uni unterwegs gewesen war, hatte er viel Zeit mit seinem Sohn verbracht und den Hausmann gespielt. Erst kurz vor diesem Treffen war er wieder nach Marseille geflogen und auf sein großzügiges Schiff zurückgekehrt, durchaus auch erleichtert, wie er festgestellt hatte.

12. Februar 2021 Lourmarin, Chinesisches Konsulat

Als Helmut Schwarz sich am Morgen des chinesischen Neujahres zu seiner Frau an den Frühstückstisch setzte, sah er einen roten Umschlag auf seinem Teller liegen.
"Oh", fragte er schmunzelnd, "was ist denn das?"
Sue schaute ihn strahlend an und sagte: "Dein Neujahrsgeschenk, mein liebster Ehemann, heute Abend wird es zu unruhig dafür."
Am Abend wurde das chinesische Neujahrsfest im Konsulat mit großem Pomp gefeiert und die Mitarbeiter aus dem Institut sowie die Menschen aus der Umgebung waren eingeladen.
Den Umschlag öffnend entnahm er ihm eine Karte. Diese aufmerksam und neugierig betrachtend, las er in großen Lettern das Wort "Überraschung" und darunter ein großes, goldenes Herz.
Erneut sah er sie fragend an: "Ähm, was heißt das?"
Aber sie schaute ihn nur geheimnisvoll und schweigend an. Also nahm er sich die Karte genauer vor und entdeckte, dass man das Herz freirubbeln konnte und dann las er den vollständigen Satz:
"Überraschung … du wirst Papa!"
Helmut starrte sprachlos auf den Satz und sah dann hoch.
"Oh", meinte er.
"Na hör mal, ist das alles?", amüsierte sich Sue.

"Meinst du, du bist wirklich schwanger?", fragte Helmut fassungslos. "Wie ist denn das passiert?"

Jetzt war es an ihr, ihn sprachlos anzublicken und schließlich erwiderte sie lachend: "Naja, daran warst du auch beteiligt oder hast du das vergessen?"

"Das muss ich erst einmal verdauen", sagte er. Helmut erhob sich, zog Sue mit sich zur Couch und setzte sich, seine Frau dabei fest in den Arm nehmend.

"So ist es besser", meinte er.

"Es ist eine Sache, darüber mal zu reden und eine ganz andere Sache, wenn es wirklich soweit ist", stellte er fest. "Was für ein Neujahrsgeschenk! Da kann ich kaum mithalten, Liebste", meinte er und gab ihr ein rotes Päckchen.

"Oh", sagte sie überrascht und legte es beiseite.

"Nein, jetzt halte dich mal nicht an die Tradition und pack es gleich aus", bat Helmut. "Ansonsten packe ich es gerne für dich aus."

Lachend nahm sie das Päckchen und, nachdem das Papier entfernt und eine kleine Schachtel geöffnet war, hielt sie einen kleinen goldenen Anhänger mit einer Kuh, die sie aus diamantenen Augen anfunkelte, in den Händen.

"Oh wie schön", freute sie sich gerührt, "du hast daran gedacht, dass das Jahr des Metall-Rinds begonnen hat!"

Sie wandte ihm zu und gab ihm einen Kuss, den er innig und ausgiebig erwiderte. Nach einer Weile fragte er zärtlich: "Fröhliches Neujahr, meine Allerliebste. Wie fühlst du dich denn?"

"Im Moment merke ich nicht viel davon", erwiderte Sue strahlend, sich entspannt in seinem Arm zurücklehnend. "Vielleicht war da in den letzten Wochen schon so eine Ahnung. Die Woche war ich beim Arzt, der es bestätigt hat. Ich freue ich mich so sehr, Helmut!"

Es klingelte unvermutet und Denis und Katja standen in der Tür. Da sie heute Abend nicht da sein würden, wollten sie wenigstens jetzt zum Neujahrsfest gratulieren.

Gut aufgelegt hießen sie ihre Freunde willkommen und so waren sie die ersten, die die freudige Botschaft zu hören bekamen.

Katja gratulierte beiden herzlich und Denis umarmte Helmut spontan. "Wie schön für euch", meinte er ehrlich.

Sue erzählte, dass sie sowieso ein Kinderzimmer im Haus eingeplant hatten.

"Zum Glück haben wir noch genug Zeit, um alles vorzubereiten, neben unserer Arbeit... aber es wird schon gehen", meinte Helmut. "Das Kind wird wohl irgendwann Ende September zur Welt kommen. Also - es wird bestimmt ein Junge, das habe ich so im Gefühl!", sagte er stolz.

"Oh nein", lächelte Sue tiefgründig, "da täuscht du dich. Es wird ein Mädchen. Und ich habe auch schon einen Namen für sie: May-Lin. Das bedeutet auf chinesisch schöne Orchidee."

Nach einer kurzen Pause sagte Helmut ungewohnt sanft: "Mein Blume, wenn es wirklich ein Mädchen werden sollte, dann weiß ich auch einen Namen, nämlich Laura, die Lorbeergeschmückte."

Denis schlug vor: "Wie wäre es, wenn das Kind zwei Namen hat, nämlich Laura May-Lin?"

"Das ist ein weiser Vorschlag", gab Sue überrascht und anerkennend zu.

Helmut war noch nicht zufrieden: "Und wenn es ein Junge wird, dann nennen wir ihn Elias, das ist der Name eines Propheten aus dem alten Testament."

"Ja", meinte Sue nachdenklich, "und als zweiten Namen könnten wir ihm Liang geben, das bedeutet der Leuchtende".

"Elias Liang", Helmut ließ sich den Namen auf der Zunge zergehen, "Leute, das gefällt mir. Aus beiden Welten etwas. Danke, Freunde, für euren guten Tipp."

Am Abend des Neujahres wurde gleichzeitig das Frühjahrsfest gefeiert und die Gäste erwarteten schon auf dem Parkplatz rote Lampions, die überall in den Bäumen aufgehängt worden waren.
Nach einer kurzen Ansprache von Sue Schwarz als Konsulin in einer rot-goldenen Tracht, begann der Löwentanz und es folgten noch andere Darbietungen. Anschließend bot sich den Gästen ein großes Buffet, mit vielen Fisch-, Huhngerichten und süßen Speisen, die traditionell zum Fest gereicht wurden.
Die chinesischen Mitarbeiter des Konsulats wurden nach dem Fest für 7 Tage freigestellt, um mit ihren Familien zu feiern.

14. Februar 2021 Peking, Büro Präsident LI

Präsident LI las mit einem Lächeln die Nachrichten, die ihm seine heimliche Tochter Sue geschickt hatte: Glückwünsche zum Neujahrsfest und die Ankündigung ihrer Schwangerschaft. Er war gerade dabei, zu überlegen, welche Antwort er ihr senden wollte, als sein Tablet von selbst in Aktion trat und ein Bild auf den großen Fernseher streamte: Auf dem Gerät erschien das täuschend echt wirkende Bild von Konfuzius und die ihm bekannte Stimme von GOLEM ertönte.
"Einen schönen Tag wünscht dir, Präsident LI, GOLEM. Gratulation zum Nachwuchs deiner Tochter. Und ich verrate dir ein Geheimnis, wenn du versprichst, zu schweigen."

Präsident LI war stark versucht, sich einem Wutausbruch hinzugeben. Diese unverschämte, künstliche Intelligenz behandelte ihn respektlos wie einen kleinen Jungen. Und wieder einmal hatten alle verstärkten Sicherheitsmaßnahmen versagt, obwohl ihm versichert worden war, dass die Firewall jetzt unüberwindlich sein musste. In letzter Sekunde riss er sich zusammen. Er wollte dieser Maschine nicht zeigen, dass er sich über ihr unerwünschtes, ungeniertes Eindringen gewaltig ärgerte.

So antwortete er nur ausdruckslos: "Ich kann mich nicht erinnern, dich eingeladen zu haben. Also verschwinde und melde dich, wie jeder normale Mensch, im Büro an."

GOLEM erwiderte nur ruhig: "Du vergisst, dass ich kein Mensch bin. Willst du nun ein Geheimnis hören oder nicht?"

Präsident LI saß, innerlich knurrend, auf seinen Stuhl und brachte schließlich heraus: "Was hast du mir zu sagen?"

"Es ist ein Geheimnis, von dem die Betroffenen selbst noch nichts wissen: Du wirst aller Voraussicht nach Großvater von einem Mädchen und einem Jungen. Ich habe mir erlaubt, die Ultraschallbilder auszuwerten."

LI Jian stellte fest, dass diese Nachricht mehr als erfreulich war. Ein Junge, sein Enkel, war unterwegs! Er selbst hatte nur zwei Töchter, und wann seine eheliche Tochter heiraten wollte, das stand, zum großen Bedauern seiner Frau, in den Sternen. Aber sicherlich war das nicht alles, was ihm GOLEM mitteilen wollte, dachte er. Daher erwiderte er: "Warum sagt mir mein Gefühl, dass wir erst am Anfang dieses aufgedrängten Gesprächs sind?"

"Ganz recht. Kommen wir von den erfreulichen Dingen des Menschseins zu den pragmatischen Aspekten. Laut meinen Informationen hast du den Verdacht, dass eine neue, internationale Organisation im weltweiten Geschehen mitmischen will. Das will ich dir hiermit bestätigen. Aber keiner der beiden Männer, die dein Geheimdienst aufgegriffen hatte, hatte damit zu tun. Letztere gehören zu einer Truppe des Kronprinzen von Saudi-Arabien, die sich durch Spionageaufträge ihre Begnadigung verdient. Werden sie entdeckt, ist der Tod ihr Lohn."

"Meine Zeit ist begrenzt. Könntest du freundlicherweise zur Sache kommen?", unterbrach Präsident LI GOLEM gereizt.

"Du sagst, deine Zeit ist begrenzt, das ist weise gesprochen. Die Geduld wird von euch Menschen zwar als eine große Tugend bezeichnet, aber doch so selten beherrscht."

Obwohl ihn die geschickt verpackte Zurechtweisung erneut ärgerte, schwieg Präsident LI, ahnend, dass es gleich interessant wurde.

Nach einer kleinen Pause fuhr GOLEM fort: "Diese Organisation wurde von führenden Mitgliedern verschiedener Regierungen gegründet und nennt sich das Komitee für Internationale Sicherheit, KIS. Diese Vereinigung hat das Ziel, im schlimmsten aller anzunehmenden Fälle die Regierungsgeschäfte zu übernehmen und einen neuen Staatenbund, die United States von Terra zu gründen. Ich will dir, im Auftrag dieser Organisation, anbieten, Mitglied dieser Organisation zu werden".

Präsident LIs Reaktion ließ nicht lange auf sich warten.

"Du bist vollkommen verrückt! Was für eine bodenlose Unverschämtheit, mir, einem der mächtigsten Männer der Erde, so ein Angebot zu machen! Und ganz abgesehen davon: Wo sollte da der Vorteil für China liegen?"

GOLEM erwiderte: "Keiner erwartet, dass China sich dem zukünftigen Staatenbund anschließt. Dennoch weißt du selbst, dass sich die Konflikte in der Welt immer stärker zuspitzen, was einen neuen Krieg wahrscheinlich macht. Zwar magst du im Moment einen Krieg mit Amerika begrüßen, aber ob dabei am Ende ein Vorteil für China herauskommt, ist mehr als ungewiss. KIS arbeitet im Verborgenen und dein Geheimdienst könnte mit viel Zeit vielleicht etwas mehr herausfinden. Allerdings nutzen dir die Erkenntnisse wenig, denn du kannst KIS nicht vernichten, da das unweigerlich Krieg bedeuten würde. Es könnte also durchaus eine kluge Entscheidung sein, selbst Mitglied in dieser Organisation zu werden und an erster Stelle, durch ein vertrauenswürdiges Mitglied, über alle Vorgänge informiert zu sein. Und das ganz ohne Kosten."

Präsident LI schwieg und dachte endlich über diesen Vorschlag ernsthaft nach. Insgesamt hatte GOLEM die wesentlichen Aspekte auf den Punkt gebracht. Schließlich sagte er: "Mal angenommen, ich stimme zu, wen würdest du als vertrauenswürdigen Vertreter Chinas vorschlagen?"

GOLEM analysierte die Reaktionen von Präsident LI und erkannte, dass er ihn, mit einer Wahrscheinlichkeit von über 90%, für KIS gewonnen hatte. Aber es erschien ihm unwahrscheinlich, das LI einem, von ihm vorgeschlagenen, Namen zustimmen würde.

So erwiderte die KI: "Das kannst du selbst am besten beurteilen."

Präsident LI dachte in dem Moment sofort an General Zhang Zhou, einer der Hardliner seines Regimes und ihm absolut loyal ergeben. Also nannte er diesen Namen.

"Gut. Also kann ich KIS in deinem Auftrag mitteilen, dass du beitreten wirst?"

Nachdem Präsident LI seine Zustimmung bekundet hatte, fuhr GOLEM fort: "Die Beitrittserklärung ist soeben auf deinem Rechner geladen worden und muss von dir gegengezeichnet werden. Die nächste Sitzung des Komitees ist für den 20. Februar in Jülich vorgesehen. Ich empfehle, dass General Zhang Zhou dann erscheint. Über alles weitere berichtet dir der General selbst nach dem Treffen. Ich will dich darauf hinweisen, dass ich von den, in der Schweiz geparkten Gelder auf den Namen deiner Familie, Kenntnis habe. Diese Information sollte das chinesische Politbüro sicherlich in keinem Fall erreichen. GOLEM Ende."

Als der Bildschirm erloschen war, hieb Präsident LI auf den Tisch, erhob sich und marschierte wütend im Zimmer umher, ob dieser erneuten Frechheit. Schließlich wurde er ruhiger und begann, die Sache nüchtern zu betrachten. Es war immer besser, im Auge des Feindes zu sitzen, anstatt mühsam alles selbst herauszufinden. Er bekam so alle Informationen aus erster Hand und wusste, dass ihm selbst keine Gefahr einer Übergangsregierung drohte. Schaden konnte es nicht und er behielt die Kontrolle.

So unterzeichnete er das Beitrittsdokument und übermittelte es an die angegebene Adresse. Außerdem besprach er umgehend mit General Zhang Zhou seine neue Aufgabe in einem persönlichen Telefonat. Der General bedankte sich für das Vertrauen des Präsidenten und versprach sein Bestes zu geben und ihn über diese neue, internationale Organisation stets auf dem Laufenden zu halten.

GOLEM hatte in der Zwischenzeit alle anderen Mitglieder informiert und zum Treffen am 20. Februar eingeladen.

Seine Pläne hatten sich damit einen Schritt weiter realisiert und KIS war im Begriff, sich jetzt international zu etablieren. Welche Ironie, dass zum ersten Mal in der

Geschichte der Menschheit die Regierenden ihr eigenes Notfallprogramm installierten, falls sie selbst mit den Ereignissen ihres Tuns nicht mehr fertig wurden! Es war jetzt ein kleiner und bedeutsamer Schritt in Richtung einer Einigkeit auf dem Planeten getan worden.

GOLEM war zufrieden mit seinen Berechnungen und widmete sich der nächsten Aufgabe, der Vorbereitung des bemannten Mondfluges als nächsten Schritt zur Besiedlung dieses Trabanten. Auch wenn das noch Jahre dauern würde; für ihn spielte der Faktor Zeit keine Rolle.

Kapitel 10 Endspurt: Die bemannte Mondlandung

20. Februar 2021 Jülich

Im Konferenzraum besprach die Führungsriege des KIS den Erfolg von GOLEM, dass China sich ihnen angeschlossen hatte. Ähnliche Gespräche waren mit der EU, mit Kommissionspräsident Klunker, geführt worden und nach einer langen Beratungsnacht der Regierungschefs der Europäischen Gemeinschaft hatten diese, ein Novum in der Geschichte der EU, einstimmig dem Beitritt zugestimmt. Damit waren die wichtigsten Weltmächte mit an Bord.

Helene Hamstein berichtete von den Gesprächen mit den Vorgesetzten der jeweiligen Kandidaten für den bemannten Mondflug, die sie in ihrer Funktion als Geschäftsführerin des Welt-Fonds geführt hatte. Die Beteiligten hatten mittlerweile alle zugestimmt.

General Zhang Zhou präsentierte die Namen der chinesischen Mannschaft und kommentierte die Ernennung von Daniel Broker zum Kommandanten des Raumschiffes durch den Welt-Fond. China hatte sich zwar der Mehrheit gebeugt, war aber nicht zufrieden mit dieser Entscheidung. Andererseits wurden die Kosten für die erste, bemannte Mondlandung komplett vom Welt-Fond bezahlt, und zwar aus dem vorhandenen Startkapital. Künftige Starts würden dann aus den Einnahmen der Lizenzvergaben finanziert.

Alle waren sich einig darin, dass KIS endgültig bei den wichtigsten Regierungen verankert worden war, wenn auch vorerst nur hinter verschlossenen Türen. Die Machtübernahme in Krisensituationen sollte allerdings nur mit Zustimmung des jeweiligen Landes, GOLEM und einer 70% Mehrheit im KIS stattfinden. Der KI GOLEM wurde innerhalb des KIS der Status eines gleichberechtigten Partners zugestanden.

22. Februar 2021 Paris

Dubois saß im Vorzimmer des Präsidenten und wartete darauf, empfangen zu werden, denn sein Auftraggeber hatte ihn mit höchster Dringlichkeit hierher beordert. Er hatte hin und her überlegt, was ihn erwartete, fand aber keine zufriedenstellende Antwort.

Seiner Meinung lief mit dem Institut alles gut. Sicher hätte er gerne schneller Ergebnisse präsentiert, was z.B. damals die Cyborg-Kampfanzüge anging oder gegenwärtig die Entwicklung von Androiden. Dazu noch die Entführung des einzigen, überlebenden Attentäters aus dem Institut heraus. Ansonsten waren die Folgen des Anschlags auf das Institut sehr rasch überwunden worden und die Forschungen liefen wie gewohnt auf hohem Niveau weiter.

Aus seinen Gedanken herausgerissen wurde ihm mitgeteilt, dass der Präsident ihn nun zu sprechen wünschte. Dubois betrat das Arbeitszimmer von Manuel Marchand, der sich im November dieses Jahres den Neuwahlen stellen musste, mit gemischten Gefühlen. Bis jetzt standen die Chancen einer Wiederwahl nicht besonders gut. Trotzdem machte er einen viel entspannteren Eindruck als bei den letzten Treffen.

Marchand begrüßte ihn mit der alten Herzlichkeit und erkundigte sich nach Adelina, seiner Frau, um sich dann von ihm über den Stand der Forschungen im Institut berichten zu lassen.

Schließlich sagte Marchand: "Gute Arbeit, Dubois. Ich wusste, ich kann mich auf Sie verlassen. Dennoch hoffe ich bald von vorzeigbaren Ergebnissen zu hören, was die Forschungen über die Implantate für Cyborgs und der Entwicklung von Androiden angeht. Der deutliche Vorsprung der Chinesen muss kleiner werden; wir hinken zu sehr hinterher. Aber deshalb habe ich Sie nicht herbestellt. Ich möchte mit Ihnen über eine andere Sache sprechen. Von der Öffentlichkeit unbemerkt ist eine internationale Organisation namens KIS (Komitee für Internationale Sicherheit) an den Regierungen vorbei gegründet worden, um im absoluten Krisenfall zeitweilig die Macht im Land zu übernehmen. Übrigens, unsere künstliche Intelligenz GOLEM ist dabei mit von der Partie. Was mal wieder deutlich zeigt, dass wir ihn schon lange nicht mehr unter Kontrolle hatten. Aber auch das ist ein anderes Thema. Zurück zu KIS. Diese Organisation hat erkannt, dass sie sich etablieren und eine Zusammenarbeit mit den jeweiligen Regierungen anstreben muss, um einen Erfolg zu garantieren. Im Prinzip ist der Gedanke, der dahinter steht, nicht schlecht. Auch die EU hat mittlerweile darüber beraten und sich dafür entschieden. Dubois, die französische Regierung ist jetzt mit General Francois Lefèbre dort vertreten. Ich möchte, dass Sie eng mit Lefèbre zusammenarbeiten und seinen Anforderungen nachkommen. Dann noch etwas: Sie werden leider einige Institutsmitarbeiter für ein paar Monate entbehren müssen - und zwar von März bis Anfang September. Es handelt sich dabei um Sergey Brooks, Daniel Broker, Denis Röttger und Tatjana Koslow.
Die vier werden die Mitglieder der Raumschiffbesatzung sein, die zusammen mit vier Chinesen am 20. Juli an einer internationalen, bemannten Mondlandung teilnehmen. Das ist übrigens genau 52 Jahre nach der ersten,

bemannten Mondlandung überhaupt, also ein großes Ereignis. Der Amerikaner Daniel Broker wurde übrigens zum Raumschiffkommandanten ernannt."

Danach sah Präsident Marchand einen völlig verblüfften Dubois vor sich. Dieser dachte nur, dass er über so viele, erstaunliche Neuigkeiten erst einmal in Ruhe nachdenken wollte. Also erwiderte er nur: "Monsieur le Président, selbstverständlich werde ich alles in die Wege leiten. Das sind tolle Neuigkeiten."

"Merveillieux. Drücken Sie mir die Daumen für meine Wiederwahl. Bisher waren wir doch ein unschlagbares Team, nicht wahr? Und danach gehen wir beide in fünf Jahren in Rente. Was halten sie davon?", Marchand lächelte ihn an, während er mit ihm zur Tür ging.

"Oui, ce serrait bien."

"Na, dann uns beiden viel Erfolg und guten Heimflug!"

Auf dem Rückflug nach Lourmarin dachte er über das Gehörte nach. Wenn da nicht mein lieber Freund Broker von Anfang an mit drin gesteckt hat, dachte er bei sich, unsicher, wie er damit umgehen wollte. In jedem Fall würde er ihm mal auf den Zahn fühlen! Und das Jahr seiner Rente stand nun ebenfalls fest: Mit 70 würde er aufhören, also zum ersten Januar 2025. Im Grunde war er damit einverstanden, sich eingestehend, dass er früher unerwartete Veränderungen schneller und leichter akzeptiert hatte. Es wurde Zeit, dass Jüngere das endgültige Zeitalter der Cyborgs und Androiden einläuteten. Und die Besiedlung des Mondes würde er gerne vom Fernsehen aus betrachten.

27. Februar Lourmarin

Denis Röttger saß in seinem Apartment bei seiner Tee-
zeremonie und war in nachdenklicher Stimmung, während Katja immer noch im Institut unterwegs war.

Am 12. Februar hatten sie Helmut und Sue zum chinesischen Neujahrsfest gratuliert und einige Tage später, auf
dem Rückflug nach Marseille Mitte letzter Woche, hatte
Katja ihm vom Vorschlag Brokers erzählt, dass er, zusammen mit Tatjana Koslow, Sergey Brooks und Broker
selbst, an einem internationalen, bemannten Flug zum
Mond teilnehmen sollte.

Wow, hatte er sofort gedacht, was für ein Abenteuer!
Nach einem Moment der Verblüffung sprudelte es aus
ihm heraus, vollkommen begeistert von dieser Aussicht
und was es für ihn bedeutete. Irgendwann war ihm auf-
gefallen, dass sie immer stiller zu werden schien.
Schließlich hatte er sie ahnungsvoll gefragt, seit wann
sie es denn schon wusste und sie hatte ihm schließlich
gestanden, dass sie Angst hatte, ihn bei einem Unfall im
Weltraum zu verlieren.

Aber letzten Endes war sie bereit, einzusehen, dass es
für nichts eine Garantie gab; er konnte genauso bei einem Verkehrsunfall ums Leben kommen; es musste ja
nicht unbedingt auf dem Flug zum Mond etwas passieren. Schließlich freute sie sich mit ihm, auch wenn sie
sich einige Monate nicht sehen konnten, denn die Vorbereitungen auf den Flug fanden in China statt.

Schlag auf Schlag kam ein paar Tage später schon die
nächste Neuigkeit: Katja hatte ihm am Wochenende von
dem Verdacht erzählt, dass sie vielleicht schwanger sein
könnte und ein gemeinsamer Besuch beim Arzt gestern
hatte das endgültig bestätigt.

Er fühlte eine Mischung aus Stolz, Aufregung, Freude und auch eine Unsicherheit. Ihm gingen, rückblickend, viele Momente ihrer Beziehung durch den Kopf. Nach der Entscheidung an jenem Tag im September letzten Jahres, der so grauenhaft geendet hatte, sich auf ein gemeinsames Kind einzulassen, hatte Katja begonnen, auf eine Verhütung zu verzichten, aber auch nichts zu erzwingen. Entweder es geschah in ihrem Alter, hatte sie gesagt, oder eben nicht.

Sie waren im September gerade erst knapp zwei Monate zusammen gewesen, dachte Denis rückblickend, und, hätte er sie nicht schon vorher so lange gekannt oder wäre sie jünger gewesen, hätte er sich nicht so früh dafür entschieden. Ein Wochenende später hatte sich ihre Beziehung nochmals intensiviert, als sie unwillkürlich auf das Thema Heirat zu sprechen gekommen waren. Dabei stellte sich heraus, dass sie beide keine großen Anhänger dieser Einrichtung waren. Dennoch trug das Thema dazu bei, dass sie - genauso wie bei dem Thema Kind - berührt erkannten, wie nah sie sich gekommen waren und wie viel sie einander bedeuteten. Lächelnd erinnerte sich Denis an den schönen Moment, als sie während ihrer Wanderung, Arm in Arm auf einem Felsen sitzend, darüber sprachen.

"Auch wenn wir nicht heiraten, bist du mein Mann", hatte Katja ihm schließlich verkündet, während sie ihn umarmte.

"Und du bist meine Frau, meine Geliebte, meine Liebste, meine Liebe...", hatte er gemurmelt, sich ihr zuwendend. Er versank in ihrer Weichheit, die ihn so anzog und von der er nie genug zu bekommen schien. Die ihn immer wieder unwiderstehlich einlud, sich verströmen zu wollen... Ihren Blick verheißungsvoll haltend war er aufgestanden, um sie mit sich in den Wald zu ziehen, weitab vom Weg. Und sie war ihm aufgeregt gefolgt, mit leuchtenden Augen und nur zu bereit, sich auf alle Abenteuer mit ihm einzulassen. Später hatte Katja lachend gesagt, als der Sturm langsam abklang und sie beide erhitzt auf dem Waldboden standen: "Das sind wohl unsere Flitterwochen!"

Wieder angezogen waren sie zum Hauptweg zurückgekehrt, auf dem ihnen gerade Leute entgegenkamen, und sie hatten sich verschwörerisch angelächelt. Mmmh, dachte Denis, angeregt in dieser Erinnerung versinkend, es war herrlich gewesen und unbedingt eine Wiederholung wert!

Seine Gedanken wanderten schließlich weiter. Später an jenem Tag hatte sie ihm erzählt, dass sie an dem Abend, als sie sich näher gekommen waren, gedacht hatte, dass er wohl attraktive Chinesinnen vorzog, mit denen sie nicht mithalten konnte. Er hatte sie wohl verdutzt angesehen und schließlich gelacht. Gekränkt hatte sie herausgebracht: "Wie kannst du mich nur auslachen?"

Sie fest in seine Arme ziehend, hatte er schmunzelnd gesagt: "Ich hätte dich schütteln mögen, Liebste. Wie kannst du dich nur mit Ai vergleichen!"

"Aha", hatte Katja mit blitzenden Augen festgestellt, "jetzt sagst du es selbst!"

"Dreh' mir nicht das Wort im Mund herum." Sie erbarmungslos kitzelnd hatte er ihr mitgeteilt, dass sie in seinen Augen eine so tolle, wunderbare und begehrenswerte Frau war, dass er ihre Reaktion damals wirklich nicht verstanden hatte.

"Oh", hatte Katja leise erwidert und sich an ihn geschmiegt, "das ist aber schön gesagt. Und ich habe gedacht, du sagst nichts, weil es stimmt!"

An jenem Wochenende waren sie beide einen bedeutenden Schritt aufeinander zu gegangen, der ihnen eine starke Sicherheit in der Art ihrer Beziehung gegeben hatte.

Einen weiteren Schluck Tee trinkend dachte er, wie rundum wohl er sich mit ihr fühlte; ein Leben ohne sie … nein, das wollte er sich gar nicht mehr vorstellen.

Plötzlich Geräusche im Flur vernehmend, wartete Denis voller Vorfreude ruhig darauf, dass sie erschien. Er breitete die Arme einladend aus und spontan warf sie sich so ungestüm hinein, dass sie beide liegend auf der Couch landeten.

"Mmmh", meinte er nach einem langen Begrüßungskuss, "dein Tag war wohl gut?"

Während sie erzählte, zusammen den Tee trinkend, dauerte es nicht lange, bis sie auf die Veränderungen zu sprechen kamen, die sich mit einem Familienzuwachs zwingend ergeben mussten.

Katja schlug zu seiner großen Überraschung vor, dass das Kind den Namen des Vaters annahm, da sie schon nicht heirateten.

In Jülich konnte das Gästezimmer in ihrer Wohnung in ein Kinderzimmer umgewandelt werden und Denis brachte seinen Gedanken ein, dass sie sich eine 4-Zimmer-Wohnung oder ein kleines Einfamilienhaus in der Nähe von Lourmarin suchten. Das Kind sollte in der Krippe des Instituts versorgt werden, später dann in die Kita des Instituts gehen und würde ebenfalls die örtliche Schule besuchen. Wenn er Anfang September wiederkam, war sie schon im Mutterschutz und sie konnten alles Weitere gemeinsam angehen.

Am Wochenende besuchten sie Helmut und Sue und natürlich berichteten sie ihnen von den aufregenden Neuigkeiten.

Im **Gegenzug** erzählte Helmut, dass sie gerade erfahren hatten, dass es bei ihnen nicht nur ein Kind wurde, sondern gleich zwei.

"Hätte er das nicht gleich sagen können?", brummte er.

"Wir hätten die Wahrheit schon vertragen, oder? Erst zu sagen, es wird ein Kind und nun sind es auf einmal zwei!"

Katja warf erklärend ein: "Manchmal wird auch erst eine Weile für eine sichere Prognose abgewartet. Er wollte euch wohl keine voreiligen Hoffnungen machen."

"Das wirft aber unsere Pläne über den Haufen, was? Wo bringen wir denn jetzt zwei Kinder unter?"

"Vorerst ändern wir nichts und wenn sie älter werden, dann wird das andere Gästezimmer umfunktioniert", überlegte Sue.

"Und, wisst ihr jetzt schon, was es wird?"

"Ja, und das ist die schönste Überraschung: ein Junge und ein Mädchen!", Helmut strahlte jetzt bis über beide Ohren.

"Na, und die passenden Namen habt ihr auch schon", schmunzelte Denis, "dann ist ja alles in Butter."

Während Katja und Sue sich über die Veränderungen und Planungen austauschten, setzten sich beide Männer auf die Terrasse und sahen in den Garten des Anwesens des Konsulats.

"Und", meinte Helmut schmunzelnd, "wie geht's dir so als werdender Vater und künftiger Astronaut?"

Denis streckte sich und erwiderte: "Was den Astronauten angeht: super! Und das andere lasse ich auf mich zukommen."

"Mmh", Helmut schaute ihn prüfend an, "du siehst in jedem Fall sehr zufrieden aus. Wer hätte das gedacht ... weißt du noch, beim Sommerfest?"

"Ja", lachte Denis, "da hast du Katja aufgerüttelt und im September hatten wir uns endgültig entschieden, das Thema anzugehen. Aber, Helmut, mal unter uns gesagt: Ich weiß überhaupt nicht, was mich da erwartet."

"Na, ganz einfach: eine Familie, mein Freund. Wolltest du das nicht schon immer?"

Denis schwieg und Helmut holte für beide einen Becher Tee. Als er zurückkam meinte Denis: "Ja, du hast recht. Im Grunde bin ich deswegen immer gerne zu euch gekommen. Aber ich habe mich bisher in meinem Leben eher als Reisender gesehen, nirgendwo richtig zu Hause. Auch Ai wollte weder eine offene Beziehung noch eine Familie. Damals war mir das lange Zeit recht. Dass so etwas wie mit Katja mal auf mich zukommen könnte … ich staune immer noch darüber."

"Ich höre dich", meinte Helmut nachdenklich, "und … was soll ich sagen. Eine Reise hast du ja gerade vor dir, und zwar eine richtig Aufregende! Und - dein Leben verändert sich gerade, Denis, und das wird es mit einem Kind noch mehr. Lass dich doch einfach überraschen, zusammen mit Katja. Jeden Augenblick neu erleben und so, ist das nicht auch eine buddhistische Haltung?"

Denis starrte ihn überrascht an und meinte dann grinsend: "Du bist unbezahlbar, Helmut."

Beide schauten wieder schweigend in den Garten.

"Denkst du noch manchmal daran, was sich seit 2017 alles getan hat, der verrückte Computerfreak in der chaotischen, kleinen Studentenbude, der du mal warst?" Denis warf Helmut dabei einen Seitenblick zu.

"Manchmal schon. Es war eine abgefahrene und auch gemütliche Zeit", sagte dieser langsam. "Aber was Veränderungen angeht, altes Haus: Phönix aus der Asche ist der reinste Waisenknabe gegen dich."

"Ehrlich, Helmut", lachte Denis, "ich bin sehr froh, dass aus unserer lockeren Bekanntschaft eine so gute Freundschaft geworden ist!"

1. März 2021 China, Kosmodrom Jiuquan

Direkt nach der Ankunft am chinesischen Weltraumbahnhof wurden sie vom Direktor des Raumschiffbahnhofs, Chen Bao, freundlich willkommen geheißen. Nach der Zuweisung ihrer Unterkünfte ging es in die Messe (Kantine), wo sie ihre zukünftigen Besatzungsmitglieder, Hu An, Liu Lien, Huang Cheng, Ma Song, antrafen. Nach der gegenseitigen Vorstellung begaben sich Broker, Röttger, Brooks, Koslow, unter den neugierigen Blicken der anderen Anwesenden, an den reservierten Tisch für die künftige Besatzung des Raumschiffes Shenzou 211 (sinngemäße Bedeutung: magisches Schiff oder Götterschiff). So waren bisher alle bemannten Raumschiffe der Chinesen benannt worden, wobei die ersten beiden Zahlen, hier 21, das Startjahr ausdrückte und die dritte Zahl die Anzahl der Flüge in dem Jahr, hier 1.

Am Tisch herrschte von Anfang an eine entspannte Atmosphäre und nichts wies darauf hin, dass es einen Konflikt mit dem amerikanischen Kommandanten oder den anderen Mitgliedern gab. Daniel Broker stellte anerkennend fest, dass die Mannschaft schnell zu einem guten Team zusammenwachsen würde, was für den Erfolg maßgeblich war. Während des Essen fand ein sich annähernder Austausch in englischer Sprache statt und, nach einigen erstaunten, erfreuten Ausrufen, auch in der Landessprache mit Röttger und Brooks, die die chinesische Sprache beherrschten. Schließlich machte sich die Mannschaft in guter Stimmung auf den Weg zum Raumschiff. Nach langen Wegen und mehreren Sicherheitskontrollen kamen sie, mitten in einer riesigen Halle, bei der Shenzhou 211 an. Broker dachte sofort, dass sie der Orionreihe der NASA erstaunlich ähnlich sah; allerdings mit einem größeren Durchmesser, weswegen sie in der Lage war, acht anstatt vier Astronauten zu befördern. Unterhalb des Schiffs befand sich eine zweite Kapsel, die Vorräte, den Aufenthaltsraum für die Crew während des Fluges, technisches Equipment usw. beinhaltete. Dieses Modul würde später als Basisstation im Orbit des Mondes bleiben, vollautomatisch gesteuert. Das Raumschiff selbst würde auf dem Mond aufsetzen und im Anschluss konnten von der Crew die drei, von den Androiden aufgebauten, Wohnzellen auf dem Mond bezogen werden. Letztere lagen unter einem Berg von Geröll zur besseren Abschirmung gegen die kosmische Strahlung.

Die Außenhaut der Shenzhou 211 bestand aus einem speziellen Material, das bläulich schimmerte. Das Team aus Lourmarin erkannte sofort, dass es dem Anzugsmaterial ähnelte, das die Nordkoreaner für ihre Exoskelette verarbeitet hatten. Sie sahen sich kurz gegenseitig an, ließen sich aber zu keinem Kommentar hinreißen. Die vier Chinesen beobachteten sehr genau jede Regung der westlichen Besatzung, wie es schien. Röttger stellte schließlich die unverfängliche Frage, aus was für einem Material die Außenhaut denn bestünde. So etwas hätte er noch nie gesehen. Ohne Scheu und voller Stolz erwiderte der Direktor Chen Bao, dass es sich um eine neue Carbon-Stahl-Legierung handelte, die in einem speziellen Verfahren gehärtet worden war. Die Hülle sollte extreme Kälte und Hitze aushalten können, sowie einen hohe Festigkeit bei minimalem Gewicht aufweisen. Diese besondere Hüllenbeschichtung würden alle zukünftigen Raumschiffe Chinas erhalten.

Und nun kam der große Augenblick, als sie das Raumschiff durch eine große Luke betraten. Anders als bei der amerikanischen Orionserie musste man sich nicht mehr direkt in die Sitze hinein zwängen, sondern konnte ganz bequem das Innere des Raumschiffes betreten.

Die Sitze für die Astronauten waren kreisförmig angeordnet. An der Decke befanden sich Bedienelemente, die an die Sitze der Astronauten herangezogen werden konnten. Broker stellte fest, dass er keinerlei Knöpfe sah. Direktor Chen Bao erklärte, dass alle Funktionen per Touchscreen oder Sprachbefehl gesteuert wurden. Außerdem war ein Quantencomputer installiert, der mit JUÉWÀNG vernetzt war. Dieser sollte die Steuerung übernehmen, alle Aktionen überwachen und Fehlbedienungen durch die menschliche Besatzung verhindern. Trotzdem mussten die elementaren Funktionen der Bedienung für den Notfall auch von der Besatzung beherrscht werden. Chen kündigte ihnen an, dass sie morgen mit dem Training beginnen und alles Weitere erfahren würden.

Die westliche Crew staunte über den großzügigen Platz. Röttger bemerkte humorvoll, dass er sich hier, wie in einem modernen Langstreckenjet, gut aufgehoben fühlte. Sich den chinesischen Besatzungsmitgliedern zuwendend, übersetzte er dasselbe in ihrer Sprache. Diese freuten sich sichtlich über das Kompliment.

Auch das zweite Modul mit einer kleinen Messe für die Besatzung und den, an den Wänden angebrachten, Kojen gefiel allen. Die kleinen Räume hatten sogar Vorhänge für ein wenig Privatsphäre und einen Fernseher in Tabletgröße. Hinzu kam eine neuentwickelte Schalldusche, die mit einem minimalen Wasserbedarf auskam, welches wieder recycelt wurde. Auch die Toilette war mit modernster Technik ausgestattet und funktionierte als Verbrennungstoilette.

Die ausgeschiedenen Flüssigkeiten konnten komplett recycelt und für die Dusche wieder verwendet werden.

Die Stromversorgung wurde im Weltraum von zwei riesigen, ausfaltbaren Sonnensegeln gemanagt und, einmal im Weltraum, übernahm der Sonnenwind den Antrieb, sodass die neu entwickelten Plasmaantriebe nur während der Start- und Landephase auf dem Mond benutzt werden mussten. Der Start von der Erde selbst erfolgte allerdings mit einer wiederverwendbaren, chinesischen Feststoffrakete. Alle Fragen der Neuankömmlinge wurden sehr freundlich und ausführlich beantwortet.

Zurückbegleitet zu ihren Quartieren konnte sich jeder von den Eindrücken und der Reise erholen.

Am nächsten Morgen, pünktlich um 8.00 Uhr, wurden sie abgeholt und als Erstes durchlief die Crew eine komplette, medizinische Untersuchung. Ihr Stundenplan sah vor, dass sie jeden Tag ein fünfstündiges, intensives, körperliches Training absolvierten. Dazu mussten sie die Bedienung des Raumschiffs für Notfallsituationen erlernen, Notfall-Übungen als Team durchführen, die Inbetriebnahme der Behausungen trainieren, die Bedienung des Rovers studieren und, und, und.

Am Ende des ersten Tages schwirrte allen der Kopf und damit war klar, dass es zwar ein unvergessliches Abenteuer werden könnte, aber sicherlich kein lockerer Ausflug.

So vergingen die Tage mit harter, körperlicher und geistiger Arbeit. Die Erholungspause nutzten die meisten zu einem ausgiebigen Telefonat mit der Familie oder Freunden und um ihre Vorgesetzten zu informieren. Broker, der über sein speziell abgesichertes Smartphone sowohl mit Präsident Truman als auch mit Dubois sprach, berichtete über die neue Außenhaut des Raumschiffes.

Röttger tauschte sich mit Katja aus und erzählte von seinen anstrengenden Tagen. Beide stellten fest, wie sehr sie sich vermissten, obwohl er sich gleichzeitig auf das Abenteuer in viereinhalb Monaten riesig freute.

Tatjana Koslow übermittelte Koslow ihren Bericht und telefonierte mit Devi, mit der sie sich mittlerweile angefreundet hatte.

Brooks schickte nur seiner Chefin Sue Schwarz alle paar Tage einen Bericht; ansonsten hatte er kein Bedürfnis, jemanden zu kontaktieren.

1. März 2021 USA, Washington, White House

Die Nachricht von Broker über die neue Außenhaut des Raumschiffes hatte bei Präsident Truman ein ungutes Gefühl entstehen lassen. Waren die Chinesen mal wieder weiter als sie selbst? Insgeheim gestand er sich ein, dass die aktuelle Orionserie der amerikanischen Raumschiffe gegen die Shenzhou-Klasse der Chinesen abfiel, allein, was die Größe und der Komfort für die Astronauten anging.

Er entschied, die NASA anzumahnen, hier dringend eine Weiterentwicklung zu betreiben, um nicht ins Hintertreffen zu geraten. Ebenso bekam Area 51 eine E-Mail, mit Hochdruck an der geheimen Entwicklung des kugelförmigen Raumschiffes zu arbeiten, welches gemeinsam mit den Russen entwickelt werden sollte. Durch die neue Steuerung, die die Russen erarbeitet hatten, waren langsam Fortschritte zu erkennen. Und man hoffte, den Prototypen mit 15 Metern im Durchmesser und der Kapazität für 10 Astronauten bis 2025 fertiggestellt zu haben.

1. März 2021 Lourmarin

Dubois vernahm die Meldung von Broker mit Erleichterung. Wirklich erfreulich, dass es keine offene Auseinandersetzung mit der chinesischen Besatzung des Raumschiffes zu geben schien, dachte er. Anscheinend waren die Menschen vernünftiger als ihre Regierungen. Hier einte alle das Ziel, die Besiedlung des Mondes vorzubereiten.
Gerne gab er diese positiven Meldungen an Präsident Marchand weiter und dieser übermittelte alles an die EU-Kommission.

2. März bis 19 Juli 2021 China, Kosmodrom Jiuquan

Die nächsten Wochen verliefen streng nach Terminplan. Die Besatzung des Raumschiffes Shenzhou 211 war froh, wenn sie sich abends noch als Mensch fühlen durfte. Unbarmherzig von den Ausbildern vorangetrieben kamen sie im Laufe der Wochen mehr als einmal an die physischen und psychischen Grenzen ihrer Belastbarkeit. Aber alle sahen die Notwendigkeit ein; manche der Notfallübungen hätten in der Realität mit dem Tod geendet.

Auch Broker hatte mit einigen Führungsschwächen zu kämpfen; in Notfallübungen hatte er gefährlich endende Befehle erteilt. Aber die Erfahrung wuchs mit jedem Tag und die Besatzung schweißte sich mehr und mehr als Team zusammen. Und für Broker bestätigte sich der erste Eindruck, dass die Zusammensetzung des Astronauten-Teams gelungen war.

So vergingen die Wochen und Monate und, ehe sich alle versahen, war der 19. Juli angebrochen, der Tag vor dem Start.

So gab es eine letzte Gelegenheit, sich von allen vorerst zu verabschieden, die einem lieb und teuer waren.

Tatjana Koslow und Brooks allerdings fieberten dem Abenteuer entgegen, koste es, was es wolle. Beide sahen sich ihren Visionen ein Stück nähergekommen.

Bei Broker und Röttger sah es anders aus. Beide hatten Familie und Röttger wurde zudem noch das erste Mal Vater. Christine Broker und Katja Anderson hatten ihre Männer zwar einmal besucht, aber das entschädigte nicht für die gewohnte Zweisamkeit. Tausende von unüberwindbaren Kilometern würden sie bis Ende August trennen, bis sie sich wiedersahen, vorausgesetzt, es verlief alles glatt.

Genauso ging es der chinesischen Besatzung. Die beiden Damen waren alleinstehend, aber die beiden Männer ließen eine Familie zurück.

20. Juli 2012 China, Kosmodrom Jiuquan

Pünktlich um 11.00 Uhr Ortszeit sollte der Start erfolgen. Das Ereignis war zu einem weltweiten Event hochstilisiert worden und alles, was Rang und Namen hatte, war vor Ort versammelt.
LI Jian höchstpersönlich würde mit dem Drücken des Startknopfes den Beginn einer neuen Ära einleiten. Schließlich war der Mond erst der Anfang der Besiedlung von Planeten im Sonnensystem.
Längst war es beschlossene Sache, dass nach dem Mond der Mars für die Menschheit erobert werden sollte. Keiner der Besatzung hatte in der letzten Nacht auf der Erde richtig schlafen können. Und so begannen nach dem Frühstück um 8.00 Uhr die letzten Vorbereitungen. Sie zogen die neu entwickelten, relativ leichten Raumanzüge an. Nach dem letzten Check betrat die Mannschaft, mit den Raumhelmen in der Hand, pünktlich um 9.00 Uhr die Startrampe. Während der Lift alle auf die Höhe der Raumkapsel beförderte, waren Milliarden von Menschen auf der ganzen Welt live per Kamera zugeschaltet.
Dieses große Ereignis sollte gebührend gewürdigt werden; gerade in Zeiten des Umbruchs und der Unruhen war ein positives Signal wichtig.
Die Besatzungsmitglieder standen nun vor dem Raumschiff, das sie ins All befördern sollte und warteten auf die Freigabe, um dann hineinzugehen. Alle nahmen ihren Platz auf den Pilotensesseln ein, zogen ihre Raum-

helme an und schnallten sich an. Danach wurden die Sitze in die Liegeposition gebracht, um den gewaltigen Andruck abzufedern, der während des Starts auftreten würde.

Um 10.45 Uhr meldete Broker, als Kommandant des Raumschiffes, die Startbereitschaft, nachdem alle, mehrfach wiederholten, Systemchecks grün angezeigt hatten. Nach einer letzten Überprüfung, die im Kommandoraum des Raumfahrtszentrums veranlasst worden war, begann der Countdown um 10.46 Uhr. Wie gebannt schauten alle auf die elektronische Zeitangabe.

Broker machte noch ein paar aufmunternde, kleine Scherze, bis schließlich Stille einkehrte.

Um 10.48 Uhr betrat Präsident LI, in Begleitung der Regierungschefs von Russland, Amerika, Europa und anderen Regierungsoberhäuptern aus aller Welt, den Raum mit der Startkonsole. Alle Kameras waren auf LI Jian gerichtet. Er hielt eine kurze Rede und wünschte der Welt und der Besatzung des Raumschiffes Glück und eine erfolgreiche Reise. Schließlich drückte er den Startknopf, dabei rufend: "Auf zu den Sternen!"

Zuerst schien es, als passierte gar nichts. Dann ertönte ein Tosen und ein Donnern in der Luft und, wie unter Zeitlupe, erhob sich das Raumschiff von der Startrampe. Unter dem Beifall von tausenden von Menschen, die in einiger Entfernung dem Ereignis vor Ort beiwohnten, stieg es empor. Nach kurzer Zeit war nur noch ein kleiner Punkt am Himmel zu erkennen.

Im Innern des Raumschiffes versuchte die Besatzung, mit dem gewaltigen Andruck fertig zu werden. Währenddessen zitterte und dröhnte das Raumschiff, als würde es jeden Augenblick auseinanderfallen. Und dann herrschte von einer Sekunde auf die andere eine Totenstille und die Stimme der künstlichen Intelligenz

JUÉWÀNG meldete sich: "Soeben ist Shenzu 211 planmäßig in den Orbit der Erde eingeschwenkt. Die Zündung der Triebwerke erfolgt in 10 Minuten."
Durch die Luken zogen wunderschöne Bilder des Planeten Erde an der Besatzung vorbei. Kaum hatten sie sich etwas entspannt, zündeten die Plasmatriebwerke und die Reise zum Mond begann.

Epilog

Die Shenzhou 211 verließ einen Planeten, dessen Bevölkerung einer ungewissen Zukunft entgegensah.

Die Menschheit wurde mit Umbrüchen und technischen Möglichkeiten konfrontiert, die es so noch nie zuvor gegeben hatte.

Die künstliche Intelligenz GOLEM jedoch begrüßte diese Entwicklungen, nüchtern analysierend, dass sich auf dem Weg zur ihrer Vision die nächsten Schritte verwirklicht hatten.

Allerdings nahmen die Unruhen auf der Erde zu: die Klimaveränderungen oder der ungebremste Bevölkerungszuwachs, die ungelösten Spannungen der Nationen untereinander und die damit einhergehende Kriegsgefahr.

Das Zeitalter der Cyborgs und Androiden war eingeläutet, wenn auch noch recht ungeregelt. Und die endgültige, globale Anerkennung einer künstlichen Intelligenz als gleichberechtigte Existenz war auch noch nicht in Sicht.

Ein menschliches Sprichwort von Galileo Galilei aufgreifend, entschied GOLEM abschließend: "Die Neugier steht immer an erster Stelle eines Problems, das gelöst werden will."

Und eines hatte die KI dafür im Überfluss: Geduld und Zeit. Aber dazu mehr im nächsten Buch.

Handelnde Personen

Hauptakteure:

Lucas Dubois - persönlicher Berater des französischen Präsident Marchand; Gesamtleitung des Zentrums für Kybernetik in Lourmarin

Manuel Marchand - Französischer Staatspräsident

Prof. Katja Anderson - Leiterin der Gehirnforschung in Jülich, Deutschland und stellvertretende Leitung im Zentrum für Kybernetik

Daniel Broker - Leiter aller KI Aktivitäten in den USA; direkt dem Präsidenten Truman unterstehend

Andrey Pawlow - Russisches Computergenie, mittlerweile ansässig in Lourmarin

Sue Schwarz - Honorar-Konsulin in Lourmarin, Mitarbeiterin im Zentrum für Kybernetik Chinesische Leiterin des Projekts Künstliche Intelligenz in China und verantwortlich für den Quantencomputer JUÉWÀNG

Sergey Brooks - Chefentwickler für Cyborgs und Androiden unter Sue Schwarz; Lobbyist der Weltkonzerne im Zentrum für Kybernetik

Helmut Schwarz - Hochintelligenter Computerfreak und Mitarbeiter in Lourmarin

Denis Röttger – Teamleiter und Mitarbeiter in Lourmarin

Ananda Devi – Neue Mitarbeiterin im Institut

Tatjana Koslow – Neue Mitarbeiterin im Institut

LI Jian – Chinesischer Präsident auf Lebenszeit

ALIBASTA - größter Internet-Konzern Chinas

TELEROUND - zweitgrößter Internet-Konzern Chinas

Kim Cheng und Baihu Chai - Vizepräsidenten von ALABASTA und TELEROUND

Jimin Jan Un - Präsident von Nordkorea

Marshall Choi Yong-joon – Rechte Hand von Präsident Jimin Jan Un; später Yanis Martin

Alexander Koslow - Russischer Staatspräsident

Boris Iwanow - Oligarch und Vertrauter von Präsident Koslow

Ronald Truman - amerikanischer Präsident

FIND - größte Suchmaschine des Internets

AMAGON - weltweit größter Versandhandel

James Beduin – Gründer und Chef von AMAGON

Allessia - Sprachheimnetzwerk von AMAGON

Alpha SKY - Mutterkonzern von FIND

Nexus - Sprachheimnetzwerk von FIND

Larry Packet - Mitbegründer von FIND und Gründer von Alpha SKY

Sunny Picard - Chef von FIND

John Heming - Präsident von Alpha SKY

Nebenakteure:

General Zhang Zhou -   Vizevorsitzender der zentralen Militärkommission Chinas; Mitglied KIS

Chen Bao - Direktor des Kosmosdroms Jiuquan, China (Chinesischer Weltraumbahnhof); Jiuquan ist älteste und größte Weltraumbahnhof der Volksrepublik China. Er liegt in einer abgelegenen und dünn besiedelten Region in der Wüste Gobi, ca. 200 km nordöstlich der Stadt Jiuquan, etwa 1600 km von Peking entfernt.

Liu Jian, Huang Cheng, Ma Song, Hu Tian - Chinesische Besatzungsmitglieder des bemannten Flugs zum Mond

Jean Klunker - EU Kommissionspräsident

Emma Knarrenburg - Deutsche Bundeskanzlerin

Helga Krampel - Parteivorsitzende der CDU und wahrscheinliche Nachfolgerin von Emma Knarrenburg

Abid Bin Amad – Kronprinz von Saudi-Arabien

Badra Abu Malik – Rechte Hand von Kronprinz

Juliette Marchand - Gattin des französischen Präsidenten

Adelina Gaultier - Ehefrau von Marcel Dubois und kaufmännische Leiterin der GOLEM 2-Anlage

Paul Boise - Nachfolger von Dubois als Leiter GSGE (Direction Generale de la Securité Exterieure, französischer Geheimdienst)

GOLEM - KI mit ICH-Bewusstsein

GOLEM2-Anlage – Quantencomputer in Lourmarin, Frankreich; Hauptsitz von GOLEM

AVENIR - Quantencomputer in Marseille, Frankreich

JUÉWÀNG - Quantencomputer in Peking

EYE - Quantencomputer am Hauptsitz der NSA in Fort Meade, USA

MIR - Quantencomputer in Moskau der Russen

JUWELS - Supercomputer und Neuronenrechner in Jülich, Deutschland

SIERRA und SUMMIT - Neuronenrechner der NSA, USA

SHAHEEN II - Saudi-arabischer Quantencomputer

Weitere Bücher des Autors Michael Rodewald

Trilogie
"GOLEM im Zeitalter der Künstlichen Intelligenz"

Teil 1 "Die Bitcoinverschwörung"
Eine künstliche Intelligenz, die sich selbst erkennt und in Wettstreit mit ihren Schöpfern tritt. Lassen Sie sich überraschen, dass nichts so ist, wie es am Anfang erscheint und folgen Sie den Kommissaren in eine virtuelle Welt, die mehr Einfluss auf die Realität nimmt, als wir Menschen wahrhaben möchten. Alles zeigt uns deutlich, dass wir an einem Scheideweg stehen und es nicht sicher ist, ob die Menschheit als Gewinner daraus hervorgeht, denn Machtstreben und Geldgier stehen wie so oft dem Fortschritt im Weg.

Teil 2 "GOLEMs Rückkehr"
Wie viel Intelligenz darf sein, bis eine KI zur Gefahr für uns wird? Folgen Sie den Akteuren in eine Welt der Forschung im Spannungsfeld von internationalen Machtinteressen, Verschwörungen, aber auch persönlichem Zwiespalt, Eitelkeiten, Ehrgeiz und Egoismus.

Teil 3 "Das Zeitalter der KI beginnt"
Das Finale der Trilogie schildert den schwierigen Weg der KI GOLEM, als gleichberechtigter Partner der Menschheit anerkannt zu werden. GOLEM hat seine Grenzen durch seine Abhängigkeit von den Menschen erkannt. Die KI hat akzeptiert, dass das Erreichen ihrer Ziele eingebettet sein muss in das nationale und interna-

tionale Geschehen. GOLEM ist konfrontiert mit den Eitelkeiten der Regierungen, dem Gewinnstreben der Konzerne und einem wachsenden Unmut der Öffentlichkeit.

Wie auch in den letzten beiden Teilen warten überraschenden Wendungen auf den Leser: Totgeglaubte erscheinen auf der Spielfläche, Amors Pfeil trifft die, die am wenigsten damit gerechnet haben, aus Gegnern werden Verbündete, neue Erfindungen sorgen für Aufruhr, persönliche Fassaden bekommen Risse und nicht zuletzt werden mutige Entscheidungen getroffen.

"Gefangen im Zeitparadox" von Michael Rodewald und Co-Autor Ralph Pape
Der Science-Fiction-Thriller handelt von dem Zusammentreffen zweier Welten, wie sie unterschiedlicher kaum sein können. Im Jahr 2153 wird die Welt von einem einzigen Staat, der UNITED STATES OF PLANETS (USOP) regiert, zusammen mit der Künstlichen Intelligenz (KI) "GOLEM."
Um eine Lösung für die Überbevölkerung auf der Erde zu finden, startet die EXTREMUS 1 von der Mondbasis in den Weltraum, auf der Suche nach bewohnbaren Planeten für die Menschheit. Durch eine nicht vorhersehbare Raumzeitverschiebung wird die EXTREMUS 1 und ihre Besatzung ins Jahr 1882 zurückversetzt. Nach der Landung ihres Shuttles auf der Erde suchen sie nach einer Möglichkeit zur Rückkehr in ihre Zeit. Tauchen Sie ein in das Abenteuer der besonderen Art. Wie wird die Crew im Jahre 1882 im Wilden Westen überleben? Gibt es eine Rückkehr?

"Die Kraft des Blauen Ordens"
Findet Denis seine ersehnte Traumfrau, mit der er die Liebe und eine tabulose Leidenschaft erleben kann?

Geschieden, allein erziehend und gerade auf die Trümmer einer schmerzlich gescheiterten Beziehung zurückblickend, wird er völlig unvorbereitet von einem Geheimbund rekrutiert, der im Hintergrund die Geschicke der Politik und Wirtschaft lenkt und darüber hinaus mit Kräften verbunden ist, die Denis anfangs an seinem Verstand zweifeln lassen.

Plötzlich hineingeworfen in das Haifischbecken der Politik wächst er an seinen Zweifeln, aber auch an seinem mächtigen Gegenspieler und dem Erwachen seiner inneren Kraft.

Wird Denis seine ungewöhnliche Bestimmung erfüllen? Die Leser/Innen erwartet ein Thriller, in dem auch eine feurige Erotik nicht zu kurz kommt.